国家记忆与国际和平研究院
口述历史系列

日本友人和平实践口述
Oral Accounts by Japanese Peace-loving Activists

以史为鉴
History as a Mirror

凌曦 主编

江苏凤凰文艺出版社
JIANGSU PHOENIX LITERATURE AND ART PUBLISHING

图书在版编目(CIP)数据

以史为鉴：日本友人和平实践口述 / 凌曦主编. — 南京：江苏凤凰文艺出版社，2022.12
ISBN 978－7－5594－7312－7

Ⅰ.①以… Ⅱ.①凌… Ⅲ.①纪实文学－中国－当代 Ⅳ.①I25

中国版本图书馆CIP数据核字(2022)第221558号

以史为鉴：日本友人和平实践口述
凌　曦　主编

出 版 人	张在健
责任编辑	汪　旭
装帧设计	张景春
责任印制	刘　巍
出版发行	江苏凤凰文艺出版社
	南京市中央路165号,邮编:210009
网　　址	http://www.jswenyi.com
印　　刷	南京新世纪联盟印务有限公司
开　　本	890毫米×1240毫米　1/32
印　　张	11
字　　数	188千字
版　　次	2022年12月第1版
印　　次	2022年12月第1次印刷
书　　号	ISBN 978-7-5594-7312-7
定　　价	46.00元

江苏凤凰文艺版图书凡印刷、装订错误，可向出版社调换，联系电话 025－83280257

编委会

主　编　凌　曦
副主编　芦　鹏　王　立
编　委（以姓名笔画为序）
　　　　马　培　　刘静静　　刘嘉雯
　　　　刘红艳　　许亚文　　杨小平
　　　　欧阳沁苑　傅茜兰　　魏云兰

以史为鉴向未来

侵华日军南京大屠杀遇难同胞纪念馆自 1985 年 8 月 15 日开馆那日起，便是南京大屠杀这一历史惨案的"记忆之所"。

这里储存的，不仅有记忆主体——南京大屠杀幸存者的记忆、幸存者二代、三代的记忆，也有加害方日本老兵的口述记忆；不仅有当年帮助了中国人的国际友人后人的记忆，也有见证了东京审判、南京审判的法官与检察员及其后人的记忆；不仅有参与编史、立碑、建馆的有识之士的记忆，更有从世界各地赶来参观纪念馆的观众的记忆。这些记忆不断累积、叠加、相互作用，又构建生产了新的记忆……其中，有一群日本爱好和平的人士，他们近 30 年来始终与纪念馆保持着良好互动，他们的口述记忆，也是纪念馆这一记忆空间多棱镜里的一面。

本书《以史为鉴：日本友人口述和平实践》收录了由木荣司、山内小夜子、池尾靖志等 15 位战后日本爱好和平人士的口述采访，反映了他们的战后生活及其与南京大屠杀历史的交集。他们中有的父辈直接参与过侵华战争，有的关注日本战争罪行和遗留问题，有的将中日民间友好交流作为一生的事业。在了解到日本侵华和南京大屠杀历史真相时，他们选择站在正义的一方，为维护历史真相、弥补战争罪行、传递和平理念作出了贡献。鲜活朴素、充满个体经验和情感的记忆，为我们构建了日本战后那一部分反思战争群体的集体记忆，为中日两国关系宏大叙事提供了有机补充。

本书是继《和平之旅：东瀛友人口述史》之后，国家记忆与国际和平研究院出版的第二本日本友好人士口述史，也是智库出版的第四本口述史。建馆以来，几代纪念馆人接续努力，已整理出版了南京大屠杀幸存者、南京大屠杀历史记忆建构者、海外友人三大系列口述访谈，形成了一批重要的口述历史资料。我们的研究立足于南京大屠杀历史记忆传承，着眼个体一生的变化，以更加细腻的视角呈现出个体与社会命运的纵横交错。

民间交往是中日两国关系的韧劲之所在。此书付梓之际，正值中日邦交正常化50周年。恢复邦交给两国人民带来了重要福祉，也为地区和世界的和平稳定与发展繁荣作出了积极贡献。谨以此书献给中日两国爱好和平的人民，愿两国人民秉承建交初心，以史为鉴向未来，为建设持久和平、繁荣稳定的世界而共同努力。

侵华日军南京大屠杀遇难同胞纪念馆　副馆长
国家记忆与国际和平研究院　副院长　凌　曦

目录

"我把日中友好视为毕生的事业"
由木荣司　　口述 / 003

和平法会的使者
山内小夜子　　口述 / 031

开展日中友好活动是我的使命
樱井政美　　口述 / 077

毒气岛上的和平心声
山内正之、山内静代夫妇　　口述 / 113

"走上和平学之路"
池尾靖志　　口述 / 115

冲绳摄影家与中国的不解之缘
池宫城晃　　口述 / 171

把弥补日中历史裂痕视为使命
高币真公　口述　/　225

搭建日中劳动者交流的窗口
伊藤彰信　口述　/　239

纪念馆的首位国际志愿者
黑田薰　口述　/　265

端正历史认知才能开展友好活动
景山贡明、横见幸宪　口述　/　283

日本佛教与战争责任
一户彰晃　口述　/　299

三十年日中友好交往的组织者
鹤田恒郎、田下尚夫　口述　/　313

由木榮司

"我把日中友好视为毕生的事业"

杨小平　访谈
魏云兰　整理
访谈时间　2019年7月

由木荣司

1955年10月23日出生，日本广岛县吴市人。在广岛火车站工作了37年，是一位普通的铁路工人，也是广岛"原爆"受害者的儿子。他积极传播战争真相，自筹经费举办"南京大屠杀图片展"、南京大屠杀幸存者证言会等活动，促进中日友好交流。曾50次随团访问中国，多次来南京参加各种纪念活动。担任日本广岛日中友协青年委员会委员长、日中友好协会常任理事、严诚空手道严诚塾塾长等职。

因加害而受害

我叫由木荣司，1955年10月出生在广岛县吴市的一个工人家庭。家里有妻子、两个女儿、一个儿子，长女已经结婚并育有两个小孩。我父亲出生于1927年11月9日，以前在广岛海军工厂工作。海军工厂就是日本海军直属的工厂，海军设立据点时在工厂工作的人数达到了10万左右。1945年8月6日，广岛被美军投下了原子弹。8月7日，我父亲接到了前往广岛进行救援活动的命令，于是即刻动身进入了广岛，做搬运尸体和救助伤员等清理工作。他在广岛工作了5天，在残留放射能覆盖的环境中，接触、吸入了放射能。因为是在原子弹爆炸的第二天进入了广岛市，所以他被叫作入市原子弹受害者，他有原子弹爆炸受害者手账。后来我父亲身患很多疾病：肺结核、慢性肝炎、心绞痛，晚年还得了动脉瘤，就是在胸部、腹部、脑动脉长了瘤。他在医院接受了动脉瘤手术治疗，但第一次手术之后（2006年），我父亲就过世了，享年 78 岁。

广岛被投掷了原子弹，我父亲是核辐射的受害者，但我认为他也是加害的那一方。因为吴市是日本海军大本营的据点，有海军直属的海军工厂。根据当时的日本军国主义政策，初中毕业的十五六岁青少年要到海军工厂工作，让他们支援日本的侵略战争，这是必须正视的历史事实。我父亲遭受原子弹核爆炸辐射是 17 岁的时候，现在看就是在初中毕业的年龄，也就是 15 岁就在海军工厂里工作了。从这个层面上来看，他本人主观上并不是主动支持侵略战争才到海军工厂工作的，而是由于祖父身体孱弱，去世较早，家里生活困难，他得早些工作，多少补贴一点家用，所以才进了吴市的军工厂工作并且拿到了工资。但是从客观事实上来看，他确实协助了当时的侵略战争，这是毋庸置疑的事实，这跟他本人意识到还是没意识到没有关系。广岛遭遇原子弹爆炸灾害的人中有很多学生，这些学生当时被动员或去制衣厂工作，或者在粮食厂工作，或者被要求参军支援军队，不管是广岛还是吴市都是这样的情况。

1894 年到 1895 年发生的"日清战争"①，应该是日本第一次正式发动的侵略中国的战争。在这场战争中，广岛发挥了极其重要的作用，因为日本海军总部、陆军统帅机关都设置在那里，

---

① 指中日甲午战争。

当时的睦仁天皇①在战争中亲自在广岛指挥了侵略战争，还设置了临时的国会议事堂，因此广岛发挥了战时首都的作用。

吴市的军工厂此前也遭受过美军空袭，对市区的大规模空袭发生在1945年7月1日，有2000名左右的市民失去了生命。不管是在广岛投掷的原子弹，还是在吴市的空袭，都是近代以来日本一直对外进行侵略战争所招致的后果。从那场战争算来的话，日本的侵略历史有50年。在这之前是1874年侵略了台湾②，这也是很重要的历史事件。从侵略台湾来算的话，日本的侵略历史将近70年。我觉得如果没有加害他国的侵略史，广岛如果没有成为侵略战争的战略基地，也就不会受到原子弹爆炸的灾难。"原爆"的根源是日本对别国的战争加害，因为日本的侵略，因为广岛参与其中，才招致原子弹的爆炸。很多受害者都曾为军工厂工作过，也是间接的加害者。广岛是日本发动战争的基地，这就是广岛被投原子弹的原因。

从中国电台里听到历史真相

我最初接触到加害历史还是在中学时代。在研究日本加害历

---

① 指明治天皇，名睦仁。
② 1874年4月27日，日本借口琉球漂民事件，悍然出兵中国台湾。

史问题之前，我就对近现代中国的历史颇有兴趣。中国人民曾长期被帝国主义、殖民主义和国内的反动势力压榨、掠夺、压迫，然后众多的农民、工人阶级劳动者以及知识分子团结起来，推翻反动统治，建立了新中国。我也是在劳动人民家庭中长大的，我的父亲就是一名国有铁道的劳动者。所以我觉得中国人民很了不起，新中国是很多人浴血奋战、付出巨大牺牲才创建的。

上初中时（1968年），一次很偶然的机会，我听到了中国电台，之后，经常傍晚在自己的小房间里收听。正是从中国电台的日语广播节目中，我听到了关于第二次世界大战的历史真相。通过收听广播，我明确了这样的事实：日本的海军军事基地和美军弹药库是设在我们居住的吴市周边的。我清楚地记得，当年吴市周边就有3个美军弹药库，常有运弹药的美军军车从市区穿过，要是日本没有（为美军提供）这些武器，美军侵略越南的战争也就无法进行。我无法理解政府对市民安全的漠视，更无法接受日本充当战争的帮凶。日本军国主义全面支持了美帝国主义对越南、老挝、柬埔寨发动的侵略战争，是共犯。当时中国（电台）呼吁日本民众：你们真的要一直当旁观者吗？你们的国家一直在积极支持美国的侵略战争，要认识到你们的国家、政府在支持侵略，要反对战争才行吧。中国人民会坚决支持你们的反战斗争，一起团结起来战斗吧。广播一直这样号召，把之前我们不知道的事实一下子摆在眼前，让我受到很大的震撼。那时我才猛然意识到，是日本军国主义支持美国发动对越南、老挝、柬埔寨的战争，应该呼吁日本人民阻止美帝国主义以及日本军国主义的侵略战争。

进入高中以后，我很好奇新中国会是什么样子。1971年，我和同学们成立了"中国研究会"，加入"日中友好协会"。本来我就读的学校是没有（这个活动小组）的，是我们这些学生自发创立了"中国研究会"活动小组。我们小组在学校办过"南京大屠杀图片展"，给同学们放映过中国电影《红色娘子军》。高中文化节，我们活动小组还开了家"中国店"，专门卖中国的各种小商品。那时候，我做这些只是因为兴趣使然。

高中毕业后，我就职于当时的日本国有铁道部，现在是民营性质，已被分割成多个民营公司了。我工作那年是1974年，那时单位的名称还叫日本国有铁道部，全国只有这一家公司，是半官半民的性质，采取的是独立核算制。工作后的我，对中国的关注度未减半分，反而对中国的尊敬之意更为强烈并沉醉其中，于是跟一些志同道合的朋友们一起决心将日中友好活动继续进行下去。

积极宣传中国

在中日邦交正常化（1972年）之前，日本民间就有先进劳动者或日中友好运动的活动家访问过中国。他们去了中国之后都非常感动。我想听听他们讲述中国之行，于是邀请他们来参加集会，并在会上做访问中国的专题演讲，交流分享他们去了中国后有什么样的感想，中国的劳动人民又是怎样如火如荼地投入到社会主义建设事业中的。当时中国的电影已进入日本，我们还放映中国电影，比如《红色娘子军》《南京长江大桥》[1]。《南京长江大桥》是一部讲述在没有外国专家的情况下，中国的桥梁专家和劳动者如何艰苦卓绝地在长江上建起桥梁的电影纪录片，南京长江大桥象征着中国人民自力更生、自主创新的民族精神。还有电影《年轻的英雄们》[2]，讲述了参加抗美援朝战争的志愿军战士英勇战斗的故事。我们在广岛市和吴市开电影会，放映了这些中国电影，发动劳动者、市民和高中生来观影。我们还定期召开学习会，学习资料是当时中国的三本杂志，分别是以政治理论为主的《北京周报》、图文并茂的《人民中国》以及以图片为主的《中国画报》。

---

[1] 1969年，中央新闻纪录电影制片厂拍摄的关于南京长江大桥1968年12月通车的纪录片。
[2] 指1964年由长春电影制片厂拍摄的表现抗美援朝题材的电影《英雄儿女》。

我们想普及推广这三本杂志，积极开展了一系列的学习活动。比如说，大家集中起来阅读本期的《北京周报》上刊登的论文，然后各自发表读后感，大家交流自己的学习心得，不断加深对新中国的了解。

当时只有在友好商社才能购买到中国商品，不像现在可以随时都能买到，邦交正常化开始阶段也是很难买得到的。我们就从友好商社借出中国商品，说"借"，其实是商品如果卖出去，钱就当活动资金，卖不出去的商品还可以还回去。当时中国商品主要有茶叶类的乌龙茶、普洱茶，零食类的点心芝麻糖、花生米，还有蓝色的工人帽、英雄牌钢笔、《毛主席语录》和刚刚提到的三种杂志《北京周报》《人民中国》《中国画报》等等。当时我们借用公民馆、体育馆等场地卖这些东西，在各个地方开展宣传中国的活动。

早在高中时代我就组织过这样的宣传中国的活动，所以积累了一些经验。记得高中时的"文化祭"活动，在日本一年一次，学校社团各显神通、精心准备。有的社团组织演出节目、展示陈列品，有的社团自制各种各样的食品，在活动现场贩卖。我们社团则组织了一个迷你"中国店"，主要卖中国的英雄牌钢笔和工人帽等各种东西，结果卖得非常好，当天卖了200顶工人帽、100支英雄牌钢笔、50本《毛主席语录》，那场"文化祭"活动在社会上引起了很大的反响。所以我工作以后也在日本各地策划中国商品展销会，有时商品展销会还没开始，就已经有很多人在那里排队等候了。细算一下，我们组织开展了中国商品展销会大概 30 次左右吧，达到了预期的宣传效果。

心心念念的中国之行

现在日本的工会运动、青年运动衰退得有点厉害，但是在 1970 年代到 1980 年代初还是比较活跃的。其中很多先进的劳动者、进步的青年学生和高中生都对中国产生了浓厚的兴趣，社会上掀起了一股"中国热"。进入 1980 年代以后，（1982 年）日本政府已经出现历史教科书修订问题，（文部省）把"侵略中国"一词改成了"进出中国"，出现否定南京大屠杀的声音，这种逆流的反动势力开始抬头。但日本民间组织仍有一股批判政府的正义力量，他们勇敢发声，抗议政府的错误言论，在一定程度上与日本右翼势力的逆流进行着斗争。

我本人一直对中国心向往之，期待能亲自到中国去看看。1980 年，正巧有这种机会，于是成全了我心心念念的第一次中国之行。我第一次去中国，先后访问了北京、天津、上海，当时去中国的主要目的是学习中国共产党在国民党统治地区如何开展地下活动的。当时接待方请来了多位八九十岁的老共产党员，都曾经长期在国民党统治地区坚持斗争。他们讲述了在房间的阁楼上如何印刷、分发传单，向国统区人民宣传中国共产党的正确主张，在极其艰苦的环境中不畏艰险，一直战斗到最后的故事。听完这些我受到了强烈的震撼，中国共产党战胜各种各样的苦难直到取得中国革命的伟大胜利，这种百折不挠、坚韧不拔的革命精神让我敬佩。

自第一次访问中国后，我又先后前往中国 50 次之多，去看了中国很多地方。北京、南京、上海就不用说了，此外还有东北三省的黑龙江、吉林、辽宁，还去了侵华日军第七三一部队罪证陈列馆，参观了辽宁省各地的"万人坑"（遗址）。

我第一次去南京是在 1982 年。当时我作为日本劳动青年友好访华团的副团长随团访问南京，是受到中国共青团中央邀请而去的。接待我们的是南京共青团组织，他们安排我们参观了南京雨花台革命烈士纪念馆和纪念碑，国共谈判旧址梅园新村纪念馆，那时还没有侵华日军南京大屠杀遇难同胞纪念馆。我有一本影集，第一张黑白照就是 1982 年在南京雨花台拍摄的，影集里很多发黄的老照片一一记录了 30 多年来我与中国友人友好交流的珍贵瞬间。

传播战争真相

1988年，我作为团长，率领"起誓反侵略和友好中国访问团"成员再次访问南京，团员全部是劳动者以及家属，有国家铁道劳动者、邮政劳动者、教育劳动者以及民间劳动者。此次访问团的顾问是"中国归还者联络会"①的秘书长塚越正男，他曾是侵华日军第59师团的士兵，被扣留在（苏联）西伯利亚之后，于1950年移交给中国抚顺战犯管理所。1956年，中国政府作出不起诉的决定，塚越被释放返回日本。他说从内心深刻反省侵略战争，一辈子都要为自己犯下的侵略战争罪行作证。他还说，在抚顺战犯管理所得到了非常人道的待遇，让他作为人的良心苏醒了，他一辈子都不会忘记中国共产党、中国人民政府以及战犯管理所的工作人员的恩情，到死之前都会一直讲述这件事情。"中国归还者联络会"不仅帮助道歉认罪的日本老兵解决生计，还组织老兵开展了200多场证言讲座，把真相告诉更多的人。正如塚越所说的，他一辈子都在作证，一点都不逃避自己参加的侵华战争，直面自己的侵略和加害的事实。正是塚越先生让我清楚地了

---

① 简称"中归联"，是经中国审判和关押的日本战犯，1956年获释回到日本后于1957年9月成立的组织。该组织以"反战和平·日中友好"为宗旨，通过演讲、访华等形式宣传中国的战俘政策，对推动1972年中日邦交正常化起到了一定的作用。"中归联"于2002年解散。

解日军在中国战场的所作所为,很多很多可怕的事,比如"三光(政策)"。

当时塚越先生对我说:"我就作为顾问跟你一起去中国吧。"于是,塚越先生成为访问南京的22位团员之一。1988年这次访问南京的时间长达两周左右,是一次印象深刻的访问。因为这次也是我们第一次参观侵华日军南京大屠杀遇难同胞纪念馆,第一次在纪念馆的会议室听到了(南京大屠杀幸存者)李秀英老人的证言。记得第一次观看纪念馆的南京大屠杀专题展览[①]时,我完全沉浸在里面。从客观上来讲自己虽然没有直接上战场施暴,但是日本人是加害方,战后出生的日本人也要担负起战争责任,这种负罪感非常强烈。一张张照片触目惊心、直击心灵,我一边看一边默默流下眼泪。当时还参观了遇难者遗骨"万人坑",看到展示的遗骨时,我受到了非常大的震撼。

我记得1995年、1997年、1998年、1999年、2005年、2007年……我多次前往南京参加各种纪念活动。特别是2007年,我带了夫人一起去南京参加"南京大屠杀70周年活动"。当时南京有关人员联系我,说是有70周年学术研讨会问我们要不要参加,我说参加。接受邀请后我就号召了很多朋友一起参加,比如

---

① 1985年8月15日,侵华日军南京大屠杀遇难同胞纪念馆正式对公众开放,史料陈列厅展览的主题为"侵华日军南京大屠杀暴行"。

毒气岛历史研究所的山内夫妇，还有进行救济伊拉克孩子的活动人士，以及朴曜子女士。朴女士是日籍韩国人第三代，是我上一届的高中学姐，在学校时因为她没参加我们的"中国研究会"，所以并没打过交道，我和她认识还是在她举办的谈论广岛加害问题讨论会的时候。朴女士在广岛已连续10年举办广岛讨论会，她认为广岛市民必须清楚正确认识到广岛的加害性并进行反省，认识到近代以后广岛是侵略中国的据点。那个时候我跟前日本驻中国大使中江要介先生和外务省的亚洲局局长有些交情，就拜托他们来广岛发言。然后还有小林先生，这位小林先生是最早积极推进广岛和重庆之间交流的人，他发表了广岛市民该如何面对中国的演讲。另外还有一位朝鲜族中国老师，他从事教育行业，他也在讨论会上发过言。朴女士自己也想凭吊战争受害者，她说想要通过舞蹈来吊祭战争受害者。她问我，能不能在南京大屠杀70周年悼念活动中给她表演的机会。我当时跟纪念馆说了这件事情，然后这件事情就顺利实现了。

在南京去了日军慰安所旧址，参观了陈列馆①，那里展示了当时"慰安妇"实际使用的房间以及用过的物品，一目了然。一件件物品都被保存下来，战后到现在已经过了70多年，还是被

---

① 南京利济巷慰安所旧址陈列馆，于2015年12月开馆。

完好保存下来，从这层意义上来讲，我觉得这是非常有意义的文物。印象特别深刻的是有一个雕像，一个流泪的女性，我拿出了手帕擦，可是怎么擦眼泪还会流出来的。我一边看展品一边就想到受害国绝对不能忘记这段屈辱的历史，而作为加害者日本人，更应该来这里看看，了解史实，为避免日军"慰安妇"制度再次重演而努力，参观后我的这种决心更强烈了。加害国日本政府至今都没有向"慰安妇"谢罪，只是在日韩外相会谈上拿了10亿日元出来说，我拿了10亿，所以以后就不要再提"慰安妇"问题了。作为加害者，用这种傲慢的态度来对待受害国，这种完全不应有的态度和行为让我涌起一种羞愧感，激起了对安倍政府的愤怒。我认为，以安倍为主导的日本政客，都应该来参观侵华日军南京大屠杀遇难同胞纪念馆、"南京大屠杀史实展"以及南京利济巷慰安所旧址陈列馆，参观之后还应该向受害者道歉谢罪。

南京大屠杀是日本侵略中国犯下的最大的、最严重的战争罪行。在6周时间里进行了集体屠杀、零散屠杀、强奸、掠夺、破坏、纵火，干尽了惨无人道的坏事。而日本政府对南京大屠杀和南京古城的破坏行为，到现在都还没有好好谢罪，我对此表示非常愤慨！在日本也存在历史篡改主义者，他们否认南京大屠杀，对南京大屠杀历史进行攻击，说南京大屠杀是中国捏造的，根本不存在大屠杀，还一直在重复做这些事情。政府应该明确地定论南京

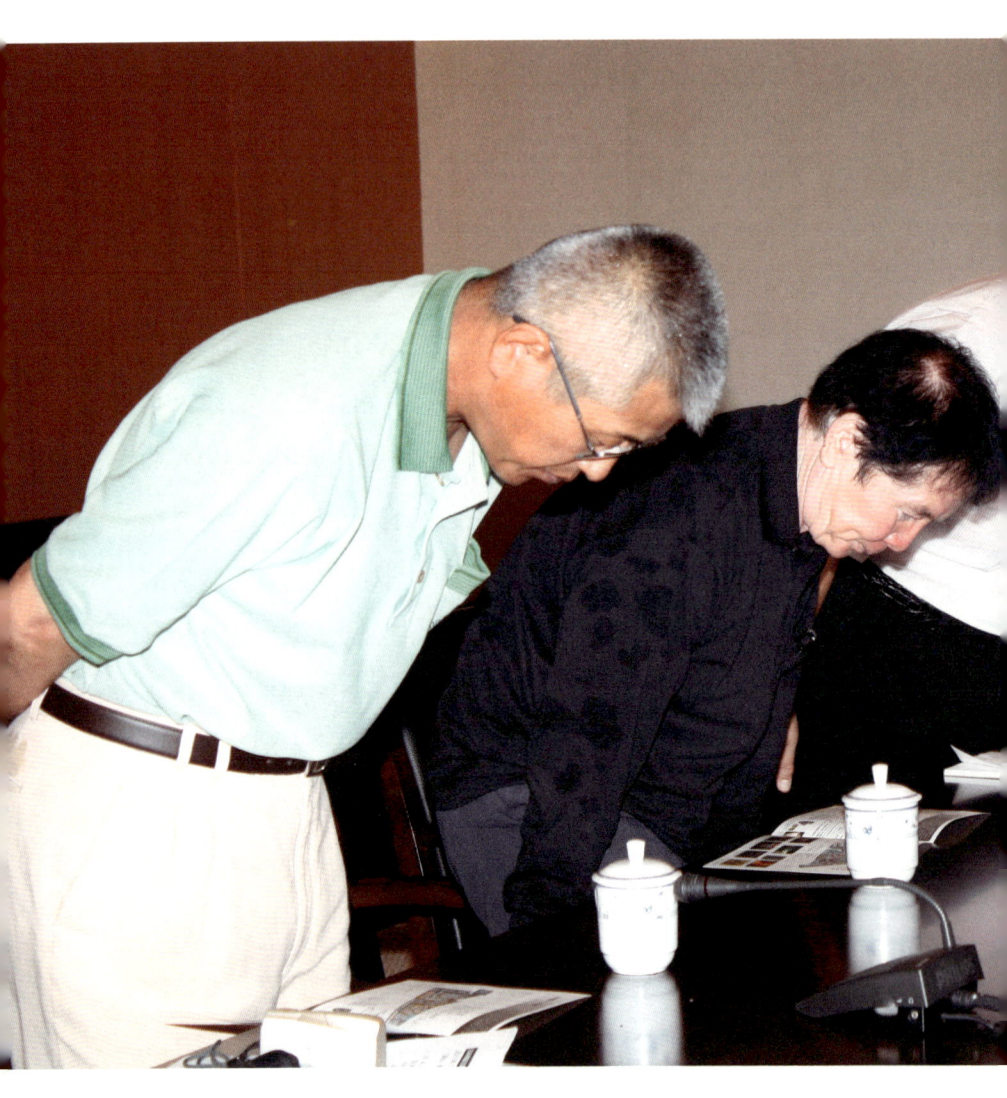

2010年8月，由木荣司（右二）一行在座谈中向南京大屠杀幸存者鞠躬谢罪

大屠杀确实存在，责任在日本，应该好好谢罪补偿。但是政府并没有做到这一点，所以在众多问题中，正视南京大屠杀是第一个要解决的，这个问题不可避免。

再说说中国人民对这个问题的关注。1997年中日邦交正常化25周年的时候，《中国青年报》进行了一项问卷调查，调查的题目是"一看到'日本'这两个字最先联想到什么？"大约有15000名25岁以下的青年参与了这个调查，调查对象并不是经历过战争的人，而是25岁以下的年轻人，大约90%的年轻人都说"会最先联想到南京大屠杀"。这就是现实，对中国人来说，南京大屠杀是不能忘却的一段历史。我们作为加害国应该直面南京大屠杀的历史，必须彻底明确这个事实，政府也应该承认这个事实，对受害者谢罪，真正肩负起这个时代的日本青少年的正确史观教育任务，告诉他们不能重蹈覆辙。所以我觉得我们肩负着传播战争真相、促进日中友好这样的使命，这是我一辈子要坚持做的事情。

那日本政府为什么不愿面对历史事实呢？因为没有反省对中国发动的侵略战争。虽然在中日邦交正常化的共同声明中说进行了反省，但实际上日本的执政者，特别是现在的执政者并没有深刻反省侵略战争，而是说日本要变成正常的国家。那什么是正常的国家呢？就是能够拥有军队和武器的国家。过去所进行的战争是侵略战争，违反了当时的国际法，犯下了许多战争罪行。无论是南京大屠杀，重庆、四川大轰炸，还是毒气制造、毒气战、细菌制造、细菌战，日本政府一个都没承认，想尽可能把过去的战争罪行对日本人民世世代代隐瞒下去。现在日本增强军事装备、自由派遣军队，所以要把过去的事情尽量隐藏起来，不告诉国民，然后作为战争国家再次发迹，我觉得这就是根本性原因。

组织幸存者证言会

早在 1995 年，广岛吴市就开始举办南京大屠杀幸存者证言会，邀请幸存者讲述南京大屠杀受害的史实，控诉侵华日军的暴行。算算从 1995 年开始至 2000 年，大概组织了 14 次。1996 年我们请了李高山、倪翠萍两位受害者，随行的还有当时的纪念馆馆长和北京的国际友谊促进会的 6 人代表团，在广岛县内 3 个地方分别召开了证言集会。让我印象特别深刻的是在世罗郡甲山町的一个山间小镇，我们在甲山中学体育馆召集了全校学生、教职员、学生家长以及当地居民大概 600 人，召开了证言会。中学的学生们真的非常认真地听了南京大屠杀幸存者的讲述，然后问问题。当地的居民也参加了，其中有一位老人说自己参加了侵略南京的战争，当场放声大哭进行了谢罪。证言会一般都是对此关心的人才会来听，当时有一位世罗郡甲山町的居民正好是广岛县"日中友好协会"青年委员会的委员长，他的儿子在甲山中学读书，他是家长教师协会的副会长。于是就跟学校交涉，提议在家长教师协会上演讲，此举得到了支持，后来大家认为应该让全校学生、全体教职员都来听一听，于是就作为学校的授课内容，举行了（幸存者）证言集会。

我觉得对于日本年轻一代来说，这是非常有意义的举动。1997 年，林伯耀先生、松冈环女士和我在日本组织了一个"南京大屠杀 60 周年全国联络会"。最想做的就是征集日本老兵的证言，因为日本更需要宣传南京大屠杀史实，日本人民需要知道历史的真相。从 1997 年开始，联络会正式邀请南京大屠杀幸存者到日本来，给大家讲讲他们受难的历史，有时也会请一位历史学者到日本开讲座，这一活动持续了 20 年。证言集会是在我的家乡广岛县的吴市进行的，集会结束后就是交流会，大家在交流会上唱了中国的歌曲《我爱北京天安门》《东方红》。

在我们陆续把南京大屠杀幸存者请到广岛之前，别的市民团体已经请过（南京大屠杀幸存者）夏淑琴老人了。作为主办者的我最先接触到的幸存者是潘开明老人，他现在已经去世了，2007 年的时候我还跟他儿子、儿媳见过。有一位沼田铃子女士，是广岛知名的原子弹爆炸受害者。因受到原子弹爆炸的伤害，她丧失了左腿，却顽强地参加证言活动，也积极参加国外的相关活动，是个很了不起的人。她去过中国南京，听过（南京大屠杀幸存者）李秀英老人的证言，还跟李秀英老人有所交流。沼田铃子女士虽然身体残疾行动不便，但只要我请来南京的幸存者，她拄着拐杖或坐着轮椅都会坚持去证言集会现场。那次集会结束后，她等候在从"原爆"资料馆东馆到西馆的路上，虔诚地把自己折的千纸鹤送给了潘开明老人，然后在那里交流了一会儿。原子弹爆炸受害者和南京大屠杀受害者互相坦诚内心，一起携手加油，反对企图发动战争的日本右翼势力。

4 次举办南京大屠杀史图片展

日本民间团体早在1950年就开展了日中友好运动,建立了"日中友好协会"①。广岛也建立了日中友好市民团体,开展一些日中友好活动。记得第一次开展跟南京大屠杀史相关的活动还是在高中时期,那时协会中有位仁井田教一先生,在他家,我看到南京大屠杀史的资料和展板。我们就把展板借出来,在学校里举办了"南京大屠杀史图片展"。因为展览距现在已经有40多年了,所以仁井田教一先生是如何得到这些资料照片的,我不得而知,但是展板上许多照片和侵华日军南京大屠杀遇难同胞纪念馆展示的照片是一样的。照片不大,齐整地贴在木框里,我们将课桌依次排起来,把展示板架在上面向同学们展出,同学们很感兴趣,他们平时根本接触不到这些内容和思想。就这样,我们顺利完成了"南京大屠杀史图片展"活动。

我工作以后,又举办了3次"南京展"。第一次是1997年的时候,也就是南京大屠杀60周年时。一个叫全电通名古屋支部的工会积极关注南京大屠杀的问题。全电通就是电信电话公司,通称NTT,当时还叫全电通工会。他们从侵华日军南京大屠杀遇

---

① 全称日本中国友好协会,是日本的一个民间组织,成立于1950年10月1日。

难同胞纪念馆接收到图片资料，自己做了展板。我们从全电通名古屋支部借了当时埋葬尸体的红卍字会、崇善会的会旗等文物复制品，包含这些展品在内，举办了"南京大屠杀史照片展"巡回展，分别在广岛县内的广岛市、吴市、三次市、三原市、甲山市、神边町6个地方举办展览，还放映了电影《南京1937》，大概有5000人参观了图片展、观看了电影。因为得到当地教育委员会的支持帮助，以及各个团体的配合，所以展览办得很顺利。

第二次是2002年的时候，是在吴市、广岛市和竹原这3个地方办了展览。那次夏淑琴老人也来了，陪同她的是当时纪念馆的日语翻译常嫦女士。每次举行图片展的时候都会请幸存者来现场，幸存者的证言会跟图片展分开举行。除了邀请幸存者，还有拉贝的外孙女乌苏拉·莱因哈特也来了，听到了她讲述的非常重要的内容。

第三次就是2017年，也就是南京大屠杀80周年时在广岛举办的展览，展览会场是原子弹爆炸受灾建筑物。我住在吴市，广岛市是广岛县最大的都市，（战时）广岛市的作用就像之前提到的，是进行战争加害的地方，所以举行这样的活动意义非凡。2017年的时候情况格外严峻，就是各个县、市、町的教育委员会完全不支持，广岛市也完全不配合。从这层意义上来讲，只能靠我们民间团体的力量来筹办了。那次大概有1000名参观者来了广岛会场，参观了南京大屠杀史展览，也进行了交流。幸存者李秀英老人的女儿也在会场，参观者积极地与她交流。因为有可以跟大屠杀幸存者后代交流的机会，所以会场不仅有广岛的市民，还有来自全国各地的人，纷纷来广岛参观展览，认真倾听幸存者后代的证言，这次的展览取得了圆满成功。中国的中央电视台也进行了报道，在网上也有数万人观看报道，反响是很大的。而另一方面，广岛市政府施加了压力，网络上也有来自右翼势力的压力。在展览期间我身体不适，一周还得去医院三次，我不在会场的时候我的同伴们就在会场做接待，迎接一批批来自全国各地的参观者。当然也有看起来像是日本右翼的人过来，多多少少做了些让人不愉快的事情。但是这丝毫没有动摇和影响大家在会场组织参观的决心，我们努力且坚定地把南京大屠杀史展览办到了最后一天，没有让右翼达到干扰和破坏的目的。

"日中友好的根本在于大家齐心协力"

回想这几十年我投入日中友好事业所经历的种种艰难，一方面我觉得个人的力量是有限的，因为我们是纯粹的民间组织，能做到的事情是有限的。但另一方面，我们比较自主，因为我们没有从任何地方拿到金钱的补助，所以也不受任何机关、企业、社会组织的制约，始终坚持贯彻自己的观点开展各项活动，这也是一个优势。我觉得日中友好的根本在于大家齐心协力，建立相互尊重、相互信赖的关系才是友好的根本。

那么要如何去建立这种关系呢？首先必须承认我们的父辈、祖父辈时代曾经对中国发动过侵略战争这一事实。我们日本人要从心里反省这场侵略战争，为了亚洲和平而努力。我们要将这段侵略历史铭记于心，在此基础上与中国人友好往来。今后无论发生什么事情，也要跟中国人保持友好关系。要不断壮大日中友好交流的队伍，决不能让战争悲剧再次重演。我会如实告诉我的儿孙们，他们的祖辈时代，日本发动了侵华战争，对中国做了很多残暴的事，杀害了很多中国人。作为日本人一定不能忘记这件事情，要带着反省战争的心情跟中国世代友好交往。这是最重要的事情，我一定会让子子孙孙都知道这一点。

最开始跟（中国）留学生交流是在1980年代初。那个时候广岛大学的中国留学生不到15人，他们全部都是中国政府派遣的公费留学生。虽说是公费留学生，学习生活也是非常艰苦的。我们夫妇二人做了10个中国留学生的保证人，其中有一位是上海华东师范大学的老师，他是我最早认识的中国留学生，也是我第一个中文老师，他的年龄跟我只相差2岁。那时候我还很年轻，经常跟他们交流，一起吃饭、喝酒，向他们学中文。通过与中国留学生的来往，我对中国的印象更深刻、兴趣更加浓厚，也更加坚信中国是个古老文明而又美好的国家。

1984年的时候，中国国家领导人邀请了3000名日本青年访华[①]。我们民间团体能力有限，无法像中国一样接待3000人，所以第二年，就邀请了500名中国青年代表团访问日本。这500名中国青年乘船来日本，叫做"中国访日青年友好之船"。广岛县负责接待80名访日青年。当时县市和行政部门都没有积极支持，全靠民间的力量，包括民宿在内提供了三天四晚的住宿，与他们面对面交流。华东师范大学的老师听说祖国的青年代表团过来，就主动承担翻译工作，不眠不休地陪同访日青年。我们跟（广岛大学）留学生齐心协力、相互配合完成了许多场重要活动，因此也培养出深厚的友情，他们学成回中国以后也一直和我们保持联系。现在每年都会开同学会或者说是交流会吧，之前在中国的上海、大连、成都，日本的广岛市、吴市、京都、奈良、冲绳等地都开过。我觉得与这些中国留学生是一辈子的友情，从这层意思上来看，他们对于我和我的家人来说都是珍贵的精神财富。

另外我还擅长空手道。因为要进行武术交流，我也多次去福建省，与福建省武术界的人士深度切磋交流。刚刚也说过广岛跟

[①] 1984年9月24日至10月8日，中方邀请3000名日本青年访华，举行了盛大的"中日青年友好联欢"活动。

四川缔结了友好县省关系，所以我也经常跟四川省武术界的人士进行友好交流。同时，还从福建省、四川省分别邀请过两次代表团来日本举行武术交流表演会，并在全国各地巡回表演。比如，去了神户的中华同文学校，在我孩子读书的小学体育馆，为全校师生进行了表演。总之，做了很多这样的民间交流活动。

我把日中友好视为我毕生的事业。从过去到现在一直尊敬中国，尊敬中国人民，也十分珍惜与中国老朋友的友情。用八个字来表明我的人生座右铭，那就是：反对战争，坚持和平。也就是反对侵略战争，坚持日中两国人民世世代代友好下去。我坚信，只要日中两国人民团结起来，一定可以实现亚洲和世界和平！

山内小夜子

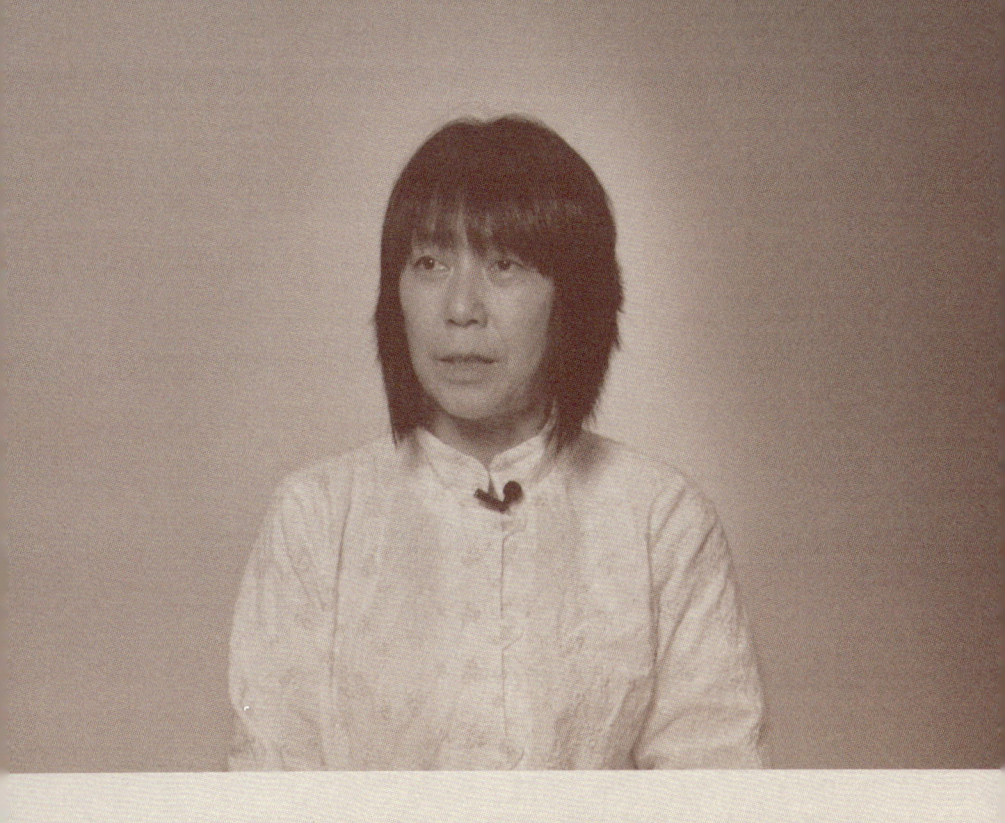

和平法会的使者

芦鹏　访谈
芦鹏　整理
访谈时间　2018年8月

山内小夜子

　　1959年8月出生于日本爱媛县,日本真宗大谷派东本愿寺解放运动推进本部研究员,曾任支援东史郎案审判实行委员会秘书长。1986年第一次访问南京后,致力于揭露南京大屠杀历史真相,在日本佛教的战争责任、日本右翼否定南京大屠杀历史等方面多有研究。

初到南京，消除误解

我叫山内小夜子，是真宗大谷派东本愿寺的僧人，同时也是那里的工作人员，出生于1959年8月，家人有父母和弟弟。1986年我第一次来到南京，当时我已经在现在的工作场所，也就是东本愿寺的教学研究所做研究员了。我在研究明治时代以后的宗派历史时，了解到中国和朝鲜半岛也有东本愿寺的寺庙、布教所、学校，对此我非常吃惊。正好我当时作为研究员正在编写一本叫《真宗与国家》的资料集，目的是为了研究战争中的宗派都进行过什么活动。

我于1986年首次来到中国。大谷派在上海建有一所大谷派上海别院，在南京也建造了南京布教所和一所名叫金陵女子技艺院[1]的学校。为了了解现在建筑物变成了什么样子，收集相关资料，

---

[1] 1941年5月1日，由日本真宗大谷派华中华南开教部与南京本愿寺共同设立的女子教育机构，1945年日本战败后撤销。

我来到了南京，这也是我第一次来南京的目的。第一次去侵华日军南京大屠杀遇难同胞纪念馆的时候，我了解到了教科书上没教过的南京大屠杀事件，对这段历史感到很痛心。听了段月萍副馆长还有翻译常嫱女士的讲述，我很惭愧，原来自己有那么多不了解的事情，同时又在想能不能跟与我差不多大的常嫱女士成为朋友。我们两人对历史的认识有很大的差距，真的能成为朋友吗？当时我曾感到非常不安。

1987年和1988年，我参加了日本"铭心会"[①]访华团，再次来到南京。1988年夏天的时候，紫金山脚的东郊丛葬地集体屠杀遗址正好建立了纪念碑。段月萍女士向我们介绍了纪念碑的情况，她是这样说的："1987年，在南京大屠杀发生50周年的重要年份，一位日本人来到了这里。他叫东史郎，以前是一名士兵，他来到这里对此处丛葬地的33000多名死难者表示谢罪，我对他表示敬意。"听完段副馆长的话，我感到很吃惊，日本老兵来了南京，一个怎么恨都恨不完的日本老兵，他来了南京，在这里谢罪了。听到这句话，我觉得我之前有一个很大的误解，我才知道原来中国人对正视历史，并且能够反省自己所作所为的日本老兵是表示认可的。我之前在日本看到的报道都是中国人反日、讨厌

[①] 1986年组成的日本民间左翼团体，全称为"缅怀亚洲太平洋地区战争牺牲者铭刻于心会"，1987年8月15日首次访问南京。

日本的报道，原来那些都是很片面的。这其实都是要日本人正视历史、学习历史的一种信息，那时候我才明白我对中国人的认识是有误解的。

回忆日本老兵东史郎的谢罪经历

我在东郊丛葬地听到了未曾谋面的东史郎先生的名字，并且从段馆长那里稍微了解到南京人是怎么看待日本，是怎么思考中日历史的，那是1987年、1988年的事情。回到日本后，日常生活很繁忙，工作繁多，我虽然觉得南京大屠杀历史很重要，但却没有具体地做些什么。当时有一个叫石原慎太郎的议员，后来还当了东京都知事，他在美国的杂志《花花公子》上说南京大屠杀都是中国人捏造的。我看到这篇报道的时候有点吃惊，捏造是怎么一回事？说南京大屠杀是假的就已经不能原谅了，还说南京大屠杀是中国人捏造、编出来的。我觉得这绝对是错误的，这与我那几年在南京学到的东西太不一样了。如果放任不管的话，他的言论恐怕会散播到日本，我感受到了这种危机，不知道该怎么办。这时候一起去南京的同伴说我们给石原慎太郎写一封公开的质问信吧，于是我们写了一封公开信问他：你说这是中国人捏造的，你这么说的依据是什么？

我们没有生活在南京大屠杀发生的时代，没有经历过战争，所以想要听一听战争经历者的故事。我想起段馆长说过东史郎先生是京都人，于是我们查了一下他的住处，联系上东史郎先生，组织召开了绝不容许石原言论的京都集会。这次集会上，东史郎先生跟另一位日本老兵舟桥照吉先生一起诉说了历史真相。这是从段馆长那儿了解到东史郎先生的事情3年之后，我第一次见到东史郎本人。

在召开京都集会之前，我在预备会议上跟东史郎先生首次见面。记得我跟他说："东史郎先生，我的祖父也参加了侵华战争，他作为辎重兵也去了南京。"东史郎先生就问我你的祖父是哪个联队的，我说我的祖父是114师团善通寺部队的。他就问那你的祖父是多大年纪去的，我说是36岁的时候去的。然后东史郎先生就对我说："山内，你的祖父在南京没有做坏事。做坏事的都是最早进入南京的现役兵，都是年轻的士兵。你的祖父是作为辎重兵进入南京的，就搬搬行李，都算不上士兵。而且都36岁了，这种辎重兵没有做坏事。"我感觉东史郎先生对我说的话，就像是在安慰我这个孙女辈的人一样。我还以为去中国的日本兵没有不做坏事的，杀人、伤人、抢东西就是士兵的工作。要问士兵的工作是什么，肯定就是杀人了，但东史郎先生对我说你的祖父没做过坏事，我感受到了他的人情味，原来他也会考虑到年轻一代的感受。他在证言里说，他在南京做了很残忍的事情，但我感受到他也会考虑到别人，也有一颗善良的心。

京都集会的内容汇总出了一本书，名为《伪造历史的是谁？》，内容是写给石原慎太郎议员的公开信以及他对此的回复，此外还有东史郎先生的证言录、东史郎先生年轻时的照片，以及前一年我们从南京大学高兴祖老师那儿学到的相关内容。我们把这些东西总结成了小册子，这样一来谁都能看了。伪造历史的是谁？谁说的才是真的？是老兵还是国会议员？大家自己想想看吧。在标题中就提出了疑问，让大家思考。通过这件事情我跟东史郎先生相遇，听了他的经历，也进行了书信往来。

在那之后没多久，我接到了东史郎先生的电话，他说："山内，我现在被人告上了法庭。"我问他是因为什么事情，他说："我出版了一本战争中写的日记《我们的南京步兵联队》，里面提到了南京，主人公叫桥本光治。"之前东史郎先生诉说证言的时候受到了很多诽谤，他担心自己出书会给那名老兵带来麻烦，在书里面就用了一个叫"西本"的假名。然而桥本说西本指的就是他，以损坏名誉为由把东史郎先生告上了法庭。我很惊讶，怎么会因为这个原因就被告上法庭？东史郎先生曾经是个文学青年，在战争中将自己的经历写成了日记，写在了一个小小的日记本上。我的祖父也有这种日记本。

东史郎先生从战场上回来后，就把日记本整理成了《东史郎日记》。东史郎先生是从中山门攻入南京的。京都第 16 师团第 2 联队大野部队在一个叫四方城①的地方进行了大规模的战斗，然后才攻入南京的。在侵占南京之前，东史郎先生被叫到马群镇集合，说是马群镇有大概 2000 名中国俘虏，要去处理那 2000 人。《东史郎日记》里写道："听说这 2000 人被分给各个分队，每个分队大概分到两三百人，进行了处理。"也就是说，被收容在马群镇的中国军人被日军的各个部队杀死了。处理了俘虏后，应该是 21 日的时候，他们回到了南京。日记里写到在南京的国民政府最高法院前，自己所属的十几人小队发现了一名中国人，然后"西本"就将他从后面绑起来打他、踢他，最后把他装进邮袋里，再从旁边的车里拿来汽油，泼上汽油点了火。那名中国人跳起来又跌倒了，但是还没有死，于是"西本"就在邮袋里放了两三个手榴弹，把他扔进了附近的水池里。过了一会，水面的波纹消失之后，手榴弹突然砰的一声爆炸了。

这不是战斗行为，而是日本兵在非战场上屠杀中国人的暴行。桥本说自己没做这种事情，却被写成这样还出了书，就以损坏名誉为由把东史郎先生告上了法庭。我来南京听了（南京大屠杀）幸存者的证言，看了当时写的东西。我听说南京战役结束后，日

---
① 位于南京市玄武区中山门外石象路 7 号明孝陵范围内。

军在南京城内杀了很多无辜的人，进行了杀人游戏。我也听当事者讲述过，有人被投入池子里，还有人被架在火上烤，我听说了很多这样的事情。书里面写的，都是如果没有亲眼见过的话就想象不到的事情，但是桥本却说这是假的，把东史郎先生告上了法庭。

审判需要证明东史郎先生所写的每一件事情都是真的。比如国民政府最高法院是什么样的建筑，前面是什么样的道路，它的斜前方真的有水池吗？当时南京街道上跑的都是什么样的汽车，能够很简单地就把汽油拿出来吗？当时的日本的邮袋有多大，里面能够塞一个人进去吗？必须要证明《东史郎日记》里面的所有细节，证明它的真实性。当时日本有个机构叫通信省，我们去查了一下当时邮袋是麻袋还是其他的材质，查了绳子的长度等等。然后我们做了相同尺寸的邮袋，测试能不能装一个人进去，结果证明袋子里面是能装下一个身高180厘米的人的，并测试了一个人能不能把袋子拖进水池里。只有一件事没能测试，那就是手榴弹丢在水里爆炸后，会不会波及到水池周边的人。

取证工作一开始在日本展开，后面发展到必须到中国取证才行。于是我们请求纪念馆馆长等人的帮助，最后得到了中国方面的支持。首先是手榴弹爆炸的问题，当时我们得到了大学火药专家的协助，分两次进行了实验。果然就像东史郎先生在日记里所写的一样，水面泛起了波纹，然后水花砰的一下扩散开来，我们把这个视频作为证据提交给了法院。南京市民得知东史郎先生来南京进行调查之后，也提供了很多帮助。有一位市民正好住在国民政府最高法院所处位置斜前方的公寓中，现在因为城市开发的原因，小河都被埋起来了，在上面建了公寓。他把公寓建起来之前的地图和建起来之后的土地所有权证提供给我们，让我们作为证据来使用。

不管是当时的老地图，还是中华人民共和国成立后为了开发城市而填埋水池的资料，都能证实国民政府最高法院前有几个水池，这就证明了桥本是能够做出那些事情的。这场官司并不是单纯的官司，不是桥本个人的诉讼，他的后面还有以第3中队为中心的队友会参与。"队友会"就是日本老兵的组织，同时还有想要篡改历史的团体参与，也就是试图以各种手段让诉说历史真相的人保持沉默的一股隐藏势力，我们称它为"虚构派"。

我跟东史郎先生上法庭的时候，东史郎先生遇到桥本的时候会跟他打招呼。我听到过这样的对话。东史郎先生对桥本说："好久不见。"桥本回道："大家年纪都大了，要保重身体才行。"这种对话让我觉得非常矛盾，我就对东史郎先生说，以后别跟桥本说这种话，他可是让您坐上被告席的人，我不希望您那么亲切地跟他打招呼。我记得东史郎先生说："他很可怜，他到现在都被迫穿着'军装'①。是以前的中队长命令他起诉我这个战友的,他很可怜。"我说:"这不是可怜就能算了的事情。"东史郎先生觉得桥本是一起战斗过的战友,战后却要以这种形式跟自己打官司很可怜。而自己明明说的都是真的,战场上发生的事情都是可印证的,自己还用日记记录了下来,没必要写假的东西。他很同情不得不说谎、战争后还得穿着"军装"的桥本。我那时候想说同情什么呀,我希望桥本能够说真话,战争已经结束了,就把"军装"脱了吧。

东史郎先生在一审中败诉后,二审的时候以我们为中心组成了辩护团。我们以各种方式唤起舆论,进行了这场诉讼斗争。高等法院判决的日子原本定在12月末,但突然改了日期,我们觉得非常不可思议。原来是当时的中国领导人访问日本,可能觉得这个时期不能做出东史郎先生败诉的判决,直到过完年才判了东史郎先生败诉。东史郎先生非常生气,真的是怒发冲冠,头冒青烟了。他说:"为什么会输?我无愧于天地!"接下来,我们对不当的判决、对二审进行了抗诉,官司打到了最高法院。最高法院的审理过程中,我们首先申请让不公正的法官回避。日本的法院分为地方法院、高等法院和最高法院,三次审判的判决都是只见树木不见森林。判决的内容是这样的,日记里写桥本把中国人

---

① 意为受日本军国主义思想控制。

装进邮袋里浇了汽油,此时桥本有被烧伤的风险,所以他不可能做这种事情。真的非常可笑,烤火的时候大家都会把手伸出来,如果害怕被烧伤,大家就不会烤火取暖,也不会使用煤气灶了。而且不光是东史郎先生的日记,还有许多证言、当时的报纸报道、许多人的日记中也提到了战争中日军针对中国人的杀人游戏。

败诉后东史郎先生非常不服,他说如果日本的法院不行的话就去找世界法庭,去"历史法庭"申诉,希望让世界上的历史法庭来审判这件事情。在证明东史郎日记真实性的时候,不仅是日本,南京市民、纪念馆都给予了很多帮助。让我们很欣慰的是,我们来到南京坐出租车从原国民政府最高法院旧址返回酒店的时候,出租车司机问:"你们是东史郎先生和东史郎先生的支持者吧?我明白你们做这事的意义,所以我不要你们的车费。"出租车司机以这种方式鼓励了我们,这很大程度上支持了东史郎先生的官司,成为了东史郎先生内心的一种支柱。官司开始之后,东史郎先生一路亲力亲为,战斗不息,他的家人也非常辛苦。

东史郎夫妇住的地方旁边就是女儿的住处。他的长子在东京工作,虽然平时难以支援父亲,但只要因为官司去东京,他肯定会来迎接,并且一起去旁听审判。右翼(分子)知道东史郎先生去东京的时候,就会开宣传车出来干扰。他们在东史郎先生居住的乡下,用巨大的声音广播东史郎先生不是日本人,是"卖国贼"。

几台宣传车连续数小时在东史郎先生家附近游荡，过分的时候还会往他家里面抛烟幕弹，有一段时间警察不得不在东史郎先生家附近严加戒备。东史郎先生的妻子东久江女士非常不安，特别是东史郎先生不在家的时候都快要被逼得崩溃了，但还是顽强地支持了这场审判斗争。

可惜的是东史郎先生的官司败诉了。引发这场官司的人想要证明南京大屠杀事件是假的，想让经历过战争的人闭嘴，告诉他们如果谈战争的话就会像东史郎一样被打击。但是东史郎先生并没有就此沉默，不管是哪里，只要有人来找，他就会去谈自己的战争经历。为了让更多的人了解日本侵华战争，他不断地向民众、向年轻人讲述（过去的战争）。在官司结束后，他仍然得到了民众的支持，四处讲述证言。《我们的南京步兵联队》这本书只是东史郎日记中的一小部分内容，东史郎先生留下的全部日记内容都出版了日语版，在南京也出了中文版，甚至还翻译出版了英语版。

1998年日本最高法院判决驳回上诉。东史郎先生虽然败诉了，但心境上却没有任何变化，我倒是有些失落。东史郎先生还问能不能上诉到日内瓦的国际法庭，说想去美国参加向美国民众诉说证言的集会。一直到最后，他的意志都没有改变。我非常惊讶，支持他的人都很失落，为什么他败诉了不气馁也不放弃，我本来还很担心他会被打垮。比起自己的日记是真是假、有没有损坏名誉这件事情来说，东史郎先生更担心的是日本人不能正确地认识历史，这样一来就会有人像石原慎太郎一样说南京大屠杀是中国人捏造的。如果不了解历史就会再次出现蔑视中国人的错误，这对今后的日中关系非常不好，对日本人更不好。

东史郎先生能够努力到这种程度是有原因的，跟战争刚结束的时候他经历的事情有关。在日本战败后，东史郎先生在南京被缴了械。当时中国军官把日军的刺刀、枪等所有的兵器收缴后，对东史郎先生说："南京战役的时候我也在南京，很多人在长江边被杀死了，我当时藏在尸体下得以活命。一想到当时的事情我就恨不得把日本兵大卸八块，但是上级下令不准杀。其实我很想把你扔进江里，但有这样的命令，所以就只是没收你们的武器。"东史郎先生这才能活着回到了日本。他战后养育了5个孩子，自己的生意也很成功，在想要平静地度过余生的时候，遭遇了这场官司。正因为中国人民的宽容，他才活了下来，所以他拼命地在这场官司中战斗。他想着自己都做了些什么，战后近50年只考虑到家族的繁荣。再次去了南京后才重新思考日本与中国的相处方法，觉得不能再犯同样的错误。东史郎先生在这场官司结束后也毫无改变地持续战斗着，四处诉说证言，传播历史（真相）。这场官司花了七八年时间，东史郎先生从80到90岁几乎都在打官司。他做过几次癌症手术，但还是复发了，最后在与病魔的斗争中去世。

通过与东史郎先生的接触，我学到了两件事情。一件是我曾经问过东史郎先生："我觉得战争就是士兵和士兵在战场上战斗死亡，但看看南京大屠杀、看看日本和中国之间进行的战争，会发现受害最多的是老人、孩子和普通人。这就是战争吗？看了您的日记才发现，有很多士兵以外的、战争以外的杀人行为，除了这次提到的事情，您的描述中还写到'西本'在其他地方也把中国人卷在被子里杀掉了。为什么您和战友能够那么残忍地杀害中国人呢？"东史郎先生说："山内，我们对中国人有很大的歧视，战争和歧视真的会把人变成鬼。"东史郎先生回顾自己小时候的教育，他说从小接受的教育都是歧视中国的教育。

例如有一些带有歧视性的话，放在现在是绝不可以说的，为了表现那段历史事实我介绍一下。有一句说："狗崽子小石子中国佬都踢飞。""中国佬"是东史郎先生包括我祖父那一辈人曾使用的对中国人的蔑称，说的是像踢狗崽子和小石子一样，要把中国人"踢飞"。东史郎先生小时候受到的教育就是这样的。东史郎先生初中的时候遇到了一位叫海音寺潮五郎的老师，他后来成为了一名小说家。东史郎先生跟他学习东方史，东方史就是中国的历史。中国给日本带来了巨大的影响，这位老师把中国的文化、传统、思想看得非常重要。东史郎先生跟着他学习东方史，回过头来才发现汉字是从中国那里学到的，筷子也是，论语和佛教典籍也是。本来应该感谢而不是蔑视，但是自卑感过于强烈，就变成了莫名的"优越感"，开始歧视中国人。日本人带着这种歧视，发动了对中国的战争，也因为这样，杀了很多人。

东史郎先生告诉我，日本兵并没有罪恶感，就像"杀死一只猪一样"杀死了中国人。当时的歧视就有这么严重，日本人的自卑感导致了战争和歧视中国人。他说之所以能那么随随便便就杀死中国人，是因为小时候接受了这种带有歧视的教育。如果在这个世界上，大家不能相互尊重的话，就会发生战争，战场上就会发生很残酷的事情。

他教给我的另一件事情是谢罪。在日本像东史郎先生一样诉说过去的历史证言、公开日记的日本老兵虽然很少，但还是有的。不过像东史郎先生一样为了向幸存者谢罪，专门来到中国的人就更少了。1987年京都举行了一场展览，在市民的请求下，东史郎先生在展览中公开了自己的日记。日记一直被东史郎先生包起来放在壁橱里，他自己没想过要公开。市民们对他说："听说你写了日记，我们想请你展示一下，请借给我们。"东史郎先生很配合地说："我有日记，那就借给你们吧。"这就是所有事情的开端。当时京都第16师团第20联队的老兵也提供了几本日记。有东史郎先生、上羽武一郎先生，还有一位我忘记名字了。几位老兵公开日记的同时召开了记者见面会，说自己曾是进攻南京的老兵，这是1987年7月7日的事情。在此之前从没有老兵实名露脸诉说战争体验，所以很多报社都进行了报道，电视也播放了新闻。我当时并不知道这件事情，这是第二年段馆长告诉我的。

东史郎先生1987年12月跟当时的《朝日新闻》记者本多胜一、早稻田大学洞富雄教授，还有吉田裕老师等人一起访问了南京。这是战后时隔50年的访问，段馆长还去上海迎接了他们。段馆长说纪念馆让她去上海迎接日本老兵，刚接到这个工作的时候她还有些抵触，因为她也是日军暴行的受害者，曾在日机空袭中四处逃难，所以她不想见日本老兵。接到东史郎先生后，他们从上海坐火车去南京，当时从上海到南京花了5个小时。段馆长在车里观察，发现学者和媒体人在火车里面会看着外面的风景谈笑，有时候还打打牌、喝喝茶，很放松。而东史郎先生则一个人坐立不安，也不喝茶，不停地走来走去，有时候走到连廊上，看上去心神不宁，越是接近南京他的脸就越是发青。问了问东史郎先生，他说越接近南京就越不安，不过已经做好了准备，就算被报复也是没办法的事情，说不定还会被人从身后刺一刀。

到了南京，到了纪念馆之后，在纪念馆的广场上，东史郎先生被很多中国人围住了。他本来以为可能会被人从身后刺一刀，

1987年12月13日至20日，以洞富雄为顾问、藤原彰为团长的日本友华人士组成的访问团一行13人专程来南京调查，并寻访南京大屠杀幸存者。图为1987年12月13日，东史郎在纪念馆参加座谈时，表示谢罪

但中国人并没碰他一根手指，而是问了他很多问题。"你是从哪个门入城的？""你在南京的时候杀了多少人？""你强奸了妇女吗？""南京大屠杀的时候你犯下了多少罪行？"问题一个接着一个，东史郎先生一一作答。最后，有一位看起来非常聪慧的年轻女性问他："东史郎先生，不管发生什么事情，过去就是过去，无法改变过去。您觉得今后的中日关系应该是什么样子的呢？"东史郎先生是为了赎罪才来南京的，他不想再为战争苦恼了，想在南京做个了断，想在这里向中国人谢罪。听到这个提问后，东史郎先生觉得开启了自己新的战后时代，不能让战争之罪就这样结束，不能认为谢罪之后就结束了。为了今后的日中关系的发展，自己必须思考能做的事情才行。后来，他把年轻女性问他的"不管发生什么事情，过去就是过去。您觉得今后的中日关系应该怎么发展"这件事情复述过很多遍。

这个问题东史郎先生在纪念馆没答上来，这成了他此后人生的一个课题。当时的纪念馆还是老馆，在接待室中，东史郎先生见到了十几名幸存者，此外还有学者、纪念馆馆长等人，东史郎先生则坐在了最后面。当时南京比较冷，东史郎先生一坐下来，一名幸存者就在他腿上搭了一条毛毯，这让他感到欣慰。最后轮到东史郎先生发言，他站起来，虽然此前准备了很多，但是站在幸存者面前的时候，他什么都说不出来。他深深地低下了头，说了一句"深表道歉"之后，就什么都说不出来了，就这样保持着鞠躬的姿势一动不动。过了一会儿，一位幸存者走到他身边，拍了拍他的背，他才终于抬起了头。那位幸存者说"你能来这里，我感到高兴"，两人还握了手。东史郎先生说，心中的坚冰在此刻逐渐融化了。东史郎先生说在他的记忆中，这位幸存者名叫唐顺山，是一位做鞋子的手艺人。

一起去的日本学者和日本媒体人都觉得东史郎先生的谢罪方式非常不充分，有人觉得做了那么过分的事情，应该尽全力用语言表述清楚并谢罪。而东史郎先生什么都说不出来，只是深深地低着头。后来这件事情被南京的媒体报道了，写的是一名日本老兵来南京向幸存者谢罪，东史郎先生深深低头的照片被登在报纸上。

东史郎先生的诉讼案中，南京市民进行声援的原因正是因为他谢了罪。我觉得东史郎先生的谢罪将支持他的南京市民们的心连在了一起。关于谢罪，东史郎先生跟我讲过这样一件事情。支援东史郎先生诉讼案的人里面有一位叫仓桥绫子的女士，她比我年纪还稍长一些。她的父亲曾是侵华日军宪兵队的宪兵。在日本说起宪兵，连日本兵都会害怕，一听到宪兵来了都会发抖。当时在日本只要对大哭的孩子说，你再哭宪兵会来哦，孩子的哭声就会止住，就有这么可怕。仓桥女士的父亲去世之前留下了遗言，让把他在中国东北当宪兵时对村民做的残忍事情刻在石头上，放在墓地里。仓桥家的后人开始很是犹豫，觉得难以做到，不觉得父亲是那样罪孽深重的人。后来仓桥女士牵头做成了此事，她把刻好的石碑照片发给了东史郎先生。

东史郎先生看着仓桥女士的父亲的石碑对我说："山内，你知道仓桥的父亲为什么要让子女把这些事刻在石碑上，而不是写在纸上或木头上？刻在石头上的意思是不会消失、无法抹去，谢罪就是这么回事，不是道一次歉，说一声抱歉就能消失的。自己杀死的人并不会因此而复生。谢罪需要持续一辈子，这才是真正的谢罪。我一遍一遍地问自己，自己那个时候为什么会随随便便地就杀死中国人，原因是什么，为什么变成了那样的人，我接受了什么样的教育？为了不再让像自己一样的人出现，自己活着的时候应该做些什么？一个一个地思考这些问题并且拿出行动才叫谢罪。谢罪并不是一次就能完成的，一遍一遍地重复才叫谢罪。"

在东史郎先生去世之前，纪念馆新馆建成。我把纪念馆的相片集拿去给东史郎先生看了，跟他说这是新的纪念馆。他说要去看看，还要再去一次，可惜最后没去成。东史郎先生死后，他的葬礼是在家乡丹后半岛的乡下办的，在日本海那一侧，离京都还很远，大概要花5个小时左右吧。时任纪念馆馆长的朱成山先生来参加了葬礼，他的吊唁对东史郎先生的家人来说应该是最好的安慰吧。东史郎先生的家人也在这场官司中吃了很多苦，朱馆长来到葬礼上，安慰了东史郎先生的妻子久江、长子隆、女儿和子等人。和子的"和"是和平的和，是东史郎先生从战场回来后生下的孩子。他希望未来能够和平，所以取名叫"和子"。

东史郎先生曾是侵占南京的日军第16师团第20联队第3中队的士兵，是侵略南京的日本兵的代表。与我的祖父一样，参与了侵略战争。他把这件事情记录下来，诉说证言，到南京谢罪，在有人妄图抹消这件事情的诉讼案中也没有认输。后人必须继承他的志向，继承的形式各不相同，作为其中的一种形式，我每年12月13日都会来到南京，跟同伴们一起学习历史，听南京市民诉说他们的感想。我们想把这样的活动持续下去。

作为侵华老兵的祖父等不来"自己的战后"

每年的8月19日有一个"铭心会"组织的活动，我都会参加。在会上诵读的文章里有这样的内容："我们的祖父辈、父辈践踏了南京大地，杀害了很多人，我们对这件事情发自内心谢罪。"我的祖父也参加过战争。我跟祖父住在一起，从小开始，包括后来我离家去上大学的时期在内，他都非常宠我。祖父很和蔼，我很喜欢他。我知道祖父参加了战争，但是家里人谁都不会问这件事情，祖父自己也不提。战后，日本老兵都结成了"在乡军人会"，这个"军人会"在新的和平宪法出台后仍然存在，但祖父一次都没去参加过活动。后来想想，祖父应该是不想回忆起关于战争的任何东西了吧。有一次，我大概上小学五年级放学回家的时候，在农田旁边看到了一团黑影，还在想那是什么，结果发现是我的祖父躺在那里。我问他："爷爷，你怎么了？"原来是他喝醉酒睡在了农田里了。我把他叫醒，牵着手一起回家了。对小孩来说，大人是非常重要的存在，他们永远都很温暖，很体贴孩子，永远都守护着孩子。看到祖父的那个样子，我总觉得有点悲伤，不知道他怎么了，可能是有难过的事情吧。

祖父在上战场之前，也就是在 36 岁之前非常能干，在我们那里算是比较富裕的，我作为他的孙女也是被宠爱着长大的，但祖父从战场回来后就没有工作过了。现在想想，用医学的观点来看应该叫 PTSD（创伤后应激障碍），战争给他造成了心理创伤。在我父亲的兄弟姐妹看来，他是一个麻烦的人，但从我的角度来看，他是一个宠爱孙女的爷爷。祖父去世前 3 年患上了认知障碍，分不清昼夜，非常痛苦。他一到晚上就会在被窝里叫嚷，有时候会像战争中用竹矛进行刺杀训练的日本儿童一样，发出"呀"的大叫声。因为祖父经常会这么叫，我就问父亲："爸爸，爷爷在叫什么啊？"父亲说："他应该是想起了战争时训练的口号。"我记得我和父亲谈到，在祖父人生最后的日子里，每天晚上睡觉的时候，战争的记忆就会袭来，让他大声叫起来。对祖父而言，就算是战败50年、60年，他也等不来自己的战后。战争的痕迹残留在日常生活中的某处，只要一有机会就会显现出来。

祖父去世后，我在整理他的遗物时发现了一本手账，里面写了各种细碎的事情，比如谁谁谁的生日，支付截止日之类的。其中有一页写着侵华战争，时间是从昭和十二年（1937年）8月29日开始的。祖父被叫到奄美町集合，9月10日坐上名为"坂出丸"的船，到了上海的淞沪。日军从上海攻往南京，祖父是辎重兵，跟在一线部队的后面负责粮食、武器弹药补给之类的事情。祖父详细地在手账上记录了哪个部队在什么时候去了哪里。看了这本手账我才发现原来祖父参加了侵华战争，1938年1月5日到了南京。我熟读过《东史郎日记》，于是就想起日记的内容来。《东史郎日记》中写到新年的时候有些好菜，刚过新年就收到了信。从日本本土送信到前线是辎重兵的事情，东史郎先生1月5日之后收到的信恐怕就是祖父的部队送过去的，时间上刚好一致。后来，祖父去了徐州，上面记录了一路到徐州的地名。之后祖父患上了疟疾，无法参加战斗，被送回日本治病。回国途中，他2月16日途经南京，2月24日乘坐一艘名叫"日龙丸"的船沿长江出发，3月6日抵达日本。

我与"铭心会"一同来到南京，后面也来过很多次。我们常说在中国大地上，我们的祖父辈给几十万南京人造成了巨大的伤害。在看到这本手账之前，我没有把"祖父辈"这个词当作是自己的事情。看到这本手账之后，我才深刻感受到我的祖父可能是在南京打过仗，是伤害中国人的一员。这不是"可能是"，没有上了战场不打仗的士兵。士兵的工作就是杀人，杀死敌国人也就是中国人，就是士兵的工作。我觉得就算我的祖父是辎重兵，也不可能没杀过人。一想到这里，我的各种记忆就一致了起来。比如一大早就喝得烂醉如泥的祖父，经常会去早上就开始卖酒的三浦酒馆。三浦酒馆是一位寡妇和她的两个女儿开的，她的丈夫在战争中死去，做正经的工作无法养活两个女儿，于是只好做从早上就劝人喝酒的工作。战后要复兴经济，打造新的社会，在建设新生日本的口号下，战争的记忆被逐渐抹消，但每个平民的生活中都留下了很深的战争创伤，如从早上就开始卖酒的酒馆、失去丈夫的妻子、失去父亲的女儿、一早就开始喝酒的老兵。祖父喝得烂醉如泥无法工作，被家人视作麻烦，但是对我这个孙女却很和蔼。他死前很痛苦，为什么在那时他会回想起战争的时候呢？人这一辈子不管多么长寿也就只能活八九十岁，为什么杀戮的记忆几乎占据了他整个人生呢？我思考这个问题的时候明白了一点，以战争中受害者一方的视角看来，加害方的"受害"可能是不值得一提的。但事实上发动战争、被命令进行战争的一方也受到了巨大的伤害，是一辈子的伤。这种战争不可能使人获得幸福。

我的祖父没有讲述过战争，我觉得他很可怜，他没办法讲述。如果讲述自己参加了什么样的战争，罪孽虽然不会消失，但说不定可以开始下一步，让这个世间不再出现像自己一样的人。东史郎先生来到南京，思考自己做了些什么，为什么那样做，现在是如何看待当时行为的，为了不让这样的事情再次发生应该怎么做。我觉得祖父的人生非常可惜。我想继续思考，为了不要再有人像（祖父）这样活着，为了不白白浪费祖父的人生，我可以做些什么。这本手账对于我和弟弟来说就像是重要的"遗言"，它告诉我们不要忘记战争，必须深刻认识到人在战场上会变成什么样子，要好好思考如何才能避免这种事情的发生。

山东退休教师"让我深受感动"

我在东史郎先生的官司中学到的另一件事情就是"以史为友"。就像是两条平行线一样，日本有人说南京大屠杀事件不存在，说"慰安妇"问题是交易，全然不反省自己犯下的罪行。这教会我在这种言论猖獗的情况下，要如何跟中国人交流南京大屠杀事件和战争的历史。有一位叫任世淦的先生看了中文版的《东史郎日记》，了解了自己的故乡山东省枣庄发生过的战争。任先生以前是当地的历史老师，他一件件地验证日记里出现的山、东史郎先生解渴的山泉、在附近死去的人、在附近生活的人等情况。他每家每户去打听，然后记录下来。为什么会做这样的事情呢？因为东京高等法院审判东史郎先生的诉讼时，需要验证日记的真实性。不仅是南京大屠杀事件的部分，如果发生在山东省枣庄的战争部分也是真实的，就更加证明了《东史郎日记》的真实性。

调查期间，任先生奔波在满是石子的乡间小路上，骑坏了3辆自行车。他四处奔走，向知道当时事情的人打听情况，向法院提供证书，证明《东史郎日记》的记录是完全正确的。在任先生的工作中，有一个地方让我深受感动。任先生提供的资料中出现了两位老人的证言，这两位老人的哥哥被杀害的事情，在东史郎先生的日记中有相关记载。当时，经过那个村子的日本军队只有东史郎先生的部队。日记里提到，抓到了一个年轻的中国人，不管问他什么他都说不懂，完全没办法沟通。于是（日军）就把他绑起来扔进了仓库里。后来，村民们发现这个年轻人已被残忍地杀害了。

任先生给我寄来了有许多证言的历史考证资料，我带着去找了东史郎先生。一开始任先生不知道我住在哪里，所以寄到了中国驻大阪总领事馆，大阪总领事馆查到我的住处后转寄给了我。我立刻请人翻译资料，并将此事告诉了东史郎先生。东史郎先生已经不记得了,他说不记得自己做过这样的事情,杀害了许多人,所以记不清了。但是自己的日记里确实是这样写的,所以肯定没错,是自己杀的。这段记述也许只占了日记中很小的篇幅,不过却清楚地记录了这两位老人的哥哥在什么地方被怎样杀害的事实。后人以《东史郎日记》为依据,沿着历史的线索追寻,并通过双方共同的历史研究,还原了一个战争受害者的死难过程。南京大屠杀事件也是这样的情况。我从任先生的工作中得知,对照日本和中国留下来的历史资料,可以复原没有记录在书籍里的历史。

任先生在枣庄收集了很多人的证言,写成了一本书,叫《山东省退休教师对日军士兵所犯罪行进行的现场调查——东史郎日记和我》,并在日本翻译后出版。日本的民众、老兵,以及以任先生为代表的中国民众的力量合而为一,让历史真相重见天日。大家能够通过此书了解到更详细的历史,我觉得这是非常重要的工作。

前面提到的两位老人也给东史郎先生寄了信,让我非常感动。两位老人知道东史郎先生正在东京打官司,在信里面写道:"虽然打官司的是日本老兵,但也是我们的朋友。我们从心底支持东史郎先生。"我被中国人的宽广胸怀感动了。不管过去犯下了多么深重的罪孽,只要勇于承认,从心里悔改,努力去偿还,即便是受害者们也会不遗余力地支持东史郎先生。我感受到了中国人的这种气魄、这种灵魂、这种内心深处的东西。而在日本有"厌中""厌韩"的说法，就是讨厌中国，讨厌韩国和朝鲜，这是一种非常狭隘的民族主义，我感到羞愧。犯下罪孽的人只要承认自己犯下的罪行，并且进行补偿，有所行动的话，也能得到谅解，我同时也想对这种做法从心里表示敬意，道一声感谢。东史郎先生说战争并不是平平常常就会发生的，战争中一定会有歧视，歧视心将人变成了鬼，让人像捏死一只虫子一样随随便便地杀人。我从两位老人的信中学到，不管人犯下了多大的罪孽，只要他承认罪行，反省并且补偿，就能化敌为友。这种相互尊重的人际关系真的非常重要，东史郎先生教会了我消除歧视和真心谢罪的重要性。我从任先生的工作中再次感受到了这一点。

参加南京和平法会做个"摆渡人"

1982 年日本的初中和高中（历史）教科书把侵略中国改成了"进出"中国，此事发展成为了教科书事件。那个时候日本的政治情况变得非常糟糕，尤其严重的是 1985 年首相中曾根康弘正式参拜了靖国神社，这恐怕也是南京建造纪念馆的一个原因。我听说中国人，特别是南京市民非常警惕日本的变化，并采取行动予以应对。日本也有民众觉得日本朝着不好的方向发展，特别在中曾根康弘参拜靖国神社后，民众觉得要靠自己的力量维护历史才行，其中有一个叫上杉聪的人为此行动了起来。上杉聪是关西大学的教师，他建立了名为"缅怀亚洲太平洋地区战争牺牲者铭刻于心会"，以大阪为根据地，在京都、岐阜、广岛、九州、长崎、四国、东京等全国10个地方（后来增加到12个地方）组织证言集会，倾听在日本了解不到的亚洲受害者的心声。这个会简称为"铭记于心之会"，中国叫"铭心会"。"铭心会"邀请战争受害者来到日本，倾听他们的证言。最早在南京和韩国首尔举行了南京集会和首尔集会，那是从1986年开始的，然后是1987年、1988年，有一段时间每年8月15日都会在南京的纪念馆内举行活动。

  "铭心会"一开始的代表是上杉聪和神户的大岛孝一两位老师。我参加了最初几年的活动，1990年代后每年的8月15日我都会前往南京，持续了10多年。8月15日对日本人来说是很重要的日子，这一天是战争结束的日子，在日本被叫做"终战纪念日"，那一天会在东京的九段会馆举行"全国战殁者追悼仪式"，天皇和皇后也会出席发言。这对日本人来说是记住战争的最重要的日子，所以8月份对日本人来说是非常重要的一个月。日本有一位思想家叫鹤见俊辅，他说8月是一个让日本人能清醒一下的月份。

中曾根首相正式参拜靖国神社在某种意义上有修改历史、篡改历史的意图，我对此感受到了非常大的危机。那场战争是侵略战争，靖国神社把参加侵略战争的士兵作为神明供奉起来，我觉得这对亚太地区受害者来说是无法接受的事情。首相居然还去参拜，说要表示敬意和感谢。为此，我们发起了一场靖国违宪诉讼案，我是原告支援会的一员，原告是被供奉在靖国神社的一部分士兵的遗属，起诉中曾根首相违宪。

南京大屠杀发生 65 周年的时候，侵华日军南京大屠杀遇难同胞纪念馆已经开始着手准备扩建了。时任馆长朱成山对我说，不光是举行集会，还想请死难者的遗属来这里参加法会。我接受了邀请，这一活动就发展成了今天的和平法会。不仅有来自日本的僧人，还有南京毗卢寺、栖霞寺和鸡鸣寺的众多僧人一同聚集到纪念馆。日本的参加者则有我们真宗大谷派，还有妙心寺派的僧侣。此活动名为南京国际和平法会，由中日双方共同举办。因为我正好是日方佛教人士，所以受邀参加了法会。

其实，我收到邀请的时候非常伤脑筋，因为日本国内对南京大屠杀事件的认识还没有统一，有观点怀疑是不是日本人干的，还有观点认为是正常的事情。我一直在思考来南京参加追悼法会有什么意义，不确定是否能够真的为逝者祈福。但正因为如此，我觉得这也是思考用什么样的形式去记住战争的一种手段，所以我最终参加了和平法会。第一次和平法会是在 2003 年举行的，直到 2017 年，我参加了 15 次。在这段时间内"铭心会"也发挥了自己的作用，到 2000 年为止的 10 多年间，中曾根首相之后就没有首相参拜过靖国神社。靖国神社问题的诉讼也结束了，我们的行动在社会范围内发挥了作用。后来，"铭心会"结束了使命，成员们分散在各自地区，像我一样以不同形式开展了新的活动。

可惜的是进入 2000 年以后小泉首相登场了，他参拜了 6 次靖国神社。对此我们发起了多地同时诉讼，在日本国内的 8 个地方法院都进行了诉讼。中国台湾的一些民众也作为原告跟我们一同在诉讼中斗争，高金素梅就是跟我们一起在靖国神社诉讼中战斗过的伙伴。在结束了诉讼活动之后，我思考该以什么形式汲取东史郎先生败诉的教训，如何促使民众牢记历史，如何继承这些活动，于是带着摸索的心情参加了和平法会。每年我都会来南京参加和平法会、听幸存者证言、与学者交流，遇到了很多人、很多事。其中让我印象尤为深刻的是 2015 年跟我一起来的一位老人，他叫西山诚一，父亲是参加进攻南京的日本老兵，隶属于金泽联队的野战炮兵。这位老兵后来受伤，被送回日本，病死于东京的陆军医院，那是在西山先生上小学的时候。西山先生跟我一样都是遵循净土真宗教义的门徒，他听说我经常去南京，于是让我一定要带他一起去，于是 2015 年他来到南京。

来到南京后我们准备参加和平法会。当时12月13日已经成了国家公祭日，西山先生一夜都没睡着，他想了很多，写下了一封信。那封信的内容是："致各位中国人：在距今70年前的那场战争中，包括我父亲在内的日本军队给中国带来了难以言状的痛苦。我的父亲西山政勇，作为日本陆军第9师团金泽野战炮兵第9联队第2中队的一员，参加了两次侵略中国的战役，分别是1932年'一•二八'事变和1937年进攻南京。1938年5月父亲在徐州附近负伤，1940年在东京的陆军医院病死了。就算父亲所犯下的侵略之罪是政府的命令，就算佛教告诉我世上无人能代替父亲谢罪，就算我谢罪父亲也无法得到原谅，即便如此我也必须谢罪。父亲的侵略事实会永远残留下来，不会消失。但是我作为父亲的儿子，想要对中国的各位说一句，真的非常抱歉。真宗大谷派西山诚一。"

吃早饭的时候西山先生对我说："山内女士，我昨晚一夜没睡写了这封信，我想把这封信交到某个地方，但是给谁比较好呢？"因为是写给各位中国人的，那就肯定要转交给中国才行。后来我访问了南京民间抗日战争博物馆，与馆长说了此事后，他说他想看看，于是就给了他。这封信并不是为了交给哪里才写的，是西山诚一先生写给中国的一封信。和平法会是为了悼念在南京这片土地上死难的人，发誓不要忘记（南京大屠杀）这件事情，

2009年12月13日，山内小夜子（右）等日本僧人在侵华日军南京大屠杀遇难同胞纪念馆参加悼念活动

不要再重蹈覆辙，思考为此我们能做些什么。来到法会的每一个人都拥有自己的故事，因为与南京有缘，所以来到这里。不过就算没有因缘际会，今后也会思考南京的事情，我们都是这样的人。南京大屠杀 80 周年的时候，张建军馆长向共同社记者说过，历史就是一条河，必须得过去才行。但是过河的时候，日本人得卸下肩上的重担，否则就无法过河。如果不过这条历史之河，大家在历史的两岸争论的话，就不会朝好的方向发展。特别是日本，争论南京大屠杀存不存在，这种偏见、成见和不学习历史的态度都是一种重担。我因为和平法会来中国，在与当地人的交流中成为了一艘摆渡的船。如果每个人各自过河的话，有可能会被冲走，他们需要有人与他们一同过河，或者带着他们摆渡。15 年间，和平法会虽然是一个小的活动，但也是一个为了加深历史学习、渡过历史之河的有意义的活动。

　　另外，我还想介绍一个人，她叫山崎妙圆，在中国宁波的大学深造。她学的是佛教学，来中国之前就是一名僧人。2015 年和平法会的时候，有一个人来到我旁边跟我们一起诵经。我一开始以为是中国的僧人，但是看她又不像其他僧人一样穿黄色的袈裟。到底是什么人呢？我用中文对她说你好，她用日文回应了我，原来她是日本人啊。我问她是什么人，她说她叫山崎妙圆，想跟我们一起诵经。我说那就一起诵经吧。法会完毕后，我问了关于她的事情，她说她的祖父是驻守中国东北的日本士兵，从小就听祖父讲述曾经对中国人做了什么事情。她说长大后想做一件事，那就是成为僧人去中国，为战争死难者诵经。她是一位女性，我有点吃惊，没想到现代还会有这样的日本女性僧人。2015年到2017年，她连续三年都来了，跟我们一起参加法会，与我们保持着联系。暑假的时候她会回日本，她回日本的时候我们就会交换信息，讲讲各自的事情。她最想做的事情就是成为僧人，超度被自己祖父杀害的中国人。为了实现这个目的，她学习中国佛教，进行僧人的修行。

虽然一年只见一次幸存者，不过能感受到双方的关系越来越近。每年法会的时候都很冷，而且是在室外，幸存者们在这种环境中参加法会，一坐就是一个小时、一个半小时，现在还有这种体力的人越来越少了。最开始的时候幸存者夏淑琴老人还会来参加法会，最近就很难来了。我们应该记住每一位老人的长相和名字，其中有一位叫金茂芝的幸存者老爷爷，我们每次进行法会的时候，他都会很热情地迎接我们，跟我们说"感谢你们来到南京"。第一次来南京的人，特别是在日本了解到南京大屠杀中残酷的日本人，对来南京这件事情都感到紧张。实际上在日本过分的言论也很猖獗，包括小孩和年轻人在内，会很随意地说南京大屠杀是假的。在这种情况下，来南京与受害者见面真的很让人紧张，不知道该用什么样的表情,该如何与他们见面。这让人烦恼,让人觉得没有容身之地。其实我们每次都是带着这种心情来参加法会的,这种时候高龄的幸存者说一句"感谢你们过来",让我们很是欣慰。

和平法会访华团的团长是一名叫长谷良雄的僧人,他第一次来南京的时候紧张地参加了法会。法会结束后,他被一名老奶奶叫住了。老奶奶说等一等,拍了拍他的背。他觉得奇怪,回头的时候被紧紧抱住了。他不知道发生了什么,就问你怎么了?怎么了?翻译急忙赶到翻译了老奶奶的话,老奶奶说:"你的行为了不起,你来这里做这件事情很了不起。"听到这句话后,长谷先生流下了泪水。长谷先生觉得虽然自己是来超度的,即便是僧人,但自己是日本人,是加害方,甚至不知道自己有没有来参加和平法会的资格。但老奶奶却赞扬了他,而且用态度表现了出来,这让他非常高兴。为什么不是指责,为什么能说出"谢谢你来"这句话呢?怎么才能说出这句话呢?明明吃了这么多苦,为什么能说出这句话呢?访华团回去之后,这件事情也引发了讨论,于是我们决定不如好好问一问。

去年(2017年),我们到南京的时候专门请来了金茂芝先生,他的家人也来了,我们聆听了他的证言。对我们来说这是非常宝贵的时间,当时参加者有将近20人。由此我们明白了幸存者的想法，觉得这样很有意义。金先生是这样说的，能活 100 年的人太少了，大多数人拼尽全力也改变不了人生的短暂。那为什么人们还要相互残杀、相互憎恨、相互伤害呢？当时正好看到一个石榴，金先生就说在巨大的地球上我们要像石榴籽一样相互依靠，友好相处。希望这种将来能够到来，为了打造这样的世界，请大家一定要努力，回日本后要把我说的这番话好好告诉给大家。

和平法会参加者中也不完全是佛教徒，天主教的神父每年也会来，去年来的是滨崎神父和川口神父。滨崎神父出生在冲绳北面的奄美岛，川口神父出生在长崎，这两个地方都在战争中遭受了巨大的摧残，这可能就是他们参加（和平法会）的一大理由。这两位除了历史的议题以外，在其他的社会活动上也跟我们有所交流。比如说麻风病，我们一起研究消除对麻风病患者歧视的对策。另外川口神父除了跟我们研究麻风病问题，还跟我们研究非战主义。所以不仅是和平法会的时候，在日本国内我们也在一起参与和平运动，声援被歧视的人群。

那次，我告诉他们我要去南京，问他们要不要一起去参加法会，于是他们就一起来了南京。之所以能够超越宗教分界，我觉得是因为平时双方就在交流，双方相互尊重，彼此所参加的活动、奋斗的方向都是相同的。宗教各不相同，但都向往珍爱生命的世界。如果发生战争，就会生灵涂炭。

"我觉得我的工作很重要"

我最初到中国是为了做历史研究。当时我的上司给上海龙华寺的明旸法师写了一封介绍信，说派我过去进行调查研究，拜托你们了。我就带着介绍信去了上海龙华寺进行研究。有件事情值得关注一下，那就是侵华战争期间中国佛教徒的活动。他们的活动是非常重要的，特别是太虚法师和圆瑛法师，这两位法师在上海曾组织了僧伽救护队，施粥给无家可归的人们。南京栖霞寺的佛教徒也在行动，他们建立了难民收容所。圆瑛法师和太虚法师在侵华战争之前，想要进行中国佛教界的革命，他们思考的是和尚远离世俗是否正确。佛教的工作不是无视难中之难，而应该是解救难中之难。他们鼓励和尚们脱下袈裟，放下修行，走到街头救助难民。我是为了向他们学习才从日本过来的，在这件事情上，我的上司，也就是东本愿寺的领导是非常支持的。后来，我说我要来南京参加和平法会的时候，他们跟我说你就去吧，完全没有阻拦过。

1985年中曾根康弘首相参拜靖国神社之前，他在轻井泽的研讨会上讲，如果不祭祀为国捐躯的人，谁还会为了国家而死，所以我要去参拜靖国神社。那一年正好是战后40周年，当时德国的魏茨泽克总统进行了名为"荒野40周年"的演说。他跟中曾根首相的想法是完全相反的，他说如果不正视德国曾做了些什么事情，如果对过去视而不见的话也会失去现在。要把过去铭记于心，以过去为基础创造未来。"把过去铭记于心"这句话，后来就成了"铭心会"的诺言。当时我虽然还很年轻，在1985年中曾根首相参拜靖国神社后，就参与策划了正视历史、发掘历史的活动。

这一活动中最大的一项工作就是发起了参拜靖国神社的违宪诉讼。1985年中曾根首相参拜靖国神社后，5名战死者的遗属作为原告，向其发起了诉讼。其中一位是信仰基督教的和田洋一老师，还有在战争中失去父亲的人，以及冲绳的雕刻家金城实先生等。靖国神社是日本的一个神社，它与国家机关毫无关系，但却供奉着在战争中死去的240多万人。战后出台了新宪法，其中宪法二十条规定了政教分离和信仰自由原则。所以，首相参拜靖国神社是违反宪法的事情。为什么政府不能跟靖国神社扯上关系呢，因为这跟日本为何发动了如此残酷的战争有很大的关系。如果是为了守护国家，那么死了也不算死，死后会变成神，会变成靖国神社的"英灵"。士兵们的口号是如果在战争中战死的话，就在靖国神社的樱花树下相见吧，靖国信仰成为了推动战争的精神支柱。然而，战死就成神，天下哪里有那么便宜的事情。战前的靖国神社实际上是由陆军省、海军省管辖的军国神社，但战后不一样了，战后靖国神社只是东京都认证的宗教法人。首相和天皇是不能去那里参拜的，因为这会美化战死，变相鼓励人们像战死的人那样去死。靖国神社动员日本人参加战争，这是我们不能认可的。我们发起的对靖国神社诉讼案，直到现在还没有结束。

安倍首相参拜靖国神社诉讼也在法庭审理阶段，其中大阪已经做出判决了[①]，东京还在审理。日本政府这种行为侵犯了日本人的内心自由，鼓动他们上战场，逼着他们都往一个方向走。面对这种情况，我一直都在开展守护信教自由和政教分离原则的诉讼斗争，在日本叫做政教分离诉讼。在日本有靖国神社，下面的各个县有护国神社，县的下面各个市町村有忠魂碑的碑群，那是很大的石塔。战死者的名字被记载于石塔上，被奉为"神明"后，遗属的悲伤就被转换成了"荣耀"，让他们觉得都成为神了，这不是很了不起吗？本来应该是悲伤的事情，这样一来却无法悲伤了，反而会变得欣喜，欣喜被供奉在靖国神社中。这种情况非常错乱，让我觉得很不正常。

在日本有一个叫"政教分离诉讼全国交流会"的组织，日本各地的诉讼团聚在一起，律师等人之间会进行研究、交流，我们每年都会主办这个会。我作为一介平民，一是组织南京和平法会，

[①] 2017年12月20日，日本最高法院驳回原告方的上诉。

还有就是阻止靖国神社剥夺日本人的内心自由。我现在在东本愿寺的解放运动推进本部工作，工作内容是研究战争与歧视的问题。可能有的人会觉得不可思议，为什么佛教教团会从事解放运动，解放运动推进指的是什么？日本的佛教情况比较复杂，中国和韩国基本上都是出家佛教的形式，也就是离家进入寺庙学习佛法，并在寺庙里生活，包括禅宗的寺院在内。日本的寺院虽然说是出家佛教，但基本都是在家主义①，也就是在日常生活中践行佛教的教义。所以不仅是出家人聚集的宗派在宣讲佛教，在家念佛的人，结了婚生了孩子的人也会念佛。在其他国家看来这可能有些奇怪，但这就是日式佛教的存在形式。

我们有一个将社会中所发生的事情与佛教连接起来的部门，这就是"解放运动推进本部"，它是连接佛教教团和社会的窗口，其本身与佛教理论是无关的。社会中存在着许多问题，比如说歧视问题、儿童贫困问题以及麻风病歧视问题等。在社会上发生的问题跟佛教有什么关系呢？在日本，明治时代以后，无论哪个地方的佛教宗派都参与了日本发动的侵略战争，没有反对者。只有一些反对战争的僧人个体，但基本上都被抓进监狱了。1980年代我们宗派开始学习历史，调查近代史，研究明治时期以后的大谷派历史，比如日俄战争的时候大谷派做了什么，甲午战争的时候

---

① 佛教用语，指在家皈依佛教，与"出家"的概念相对应。

大谷派做了什么。我们一直调查研究在各个战争时期大谷派都做了些什么，所以我来了南京，这并不是个人的研究，而是整个宗派的近代史调查。通过学习历史去补救过去的教训，以史为鉴来思考我们的存在目的。

其中一个研究是战争问题。每次发生战争的时候，佛教都做了些什么，我们回顾这段历史并且公之于众。我们研究在战争中宗派都做了些什么，或者没有做什么，宗派是如何对待提倡反战与和平的僧人的。研究的结果会进行公开，并举行展览。明治时期以后，日本社会中产生了被歧视的部落民阶层，东本愿寺和西本愿寺的门徒之中，部落民门徒数量比例最高。部落民希望获得解放，希望像普通人一样生活，但宗教却打压了他们的信念。我们这个部门原本以部落歧视问题为中心开展工作，但实际上社会上还存在着其他各种歧视，比如性别歧视，例如东京医科大学的入学考试制度中，女性的分数会被减掉10%，目的是为了让更多的男性进入学校，这就是对女性的歧视。为什么会产生这种歧视呢？这种歧视与日本佛教的教义没有任何关系吗？佛教中是否也存在歧视呢？佛教的教义中不存在性别歧视吗？解放推进本部就是研究、调查这些事情的部门。在解放推进本部隔壁就是女性室，这个部门负责研究性别歧视问题，思考如果出现对女性的歧视的话，该采取什么样的对策，该如何去让更多的人了解情况。

事务所总共有十六七名工作人员，其中专职 8 名，事务人员 8 名。我们的宗派在日本全国有近 9000 个寺庙，这些寺庙在全国有 30 个支部。宗派会以驻在的方式派遣一到两名像我一样的职员去每个支部，在那里诵经或者解说经文，这也是思考现代社会问题的对策之一。正视历史很重要，我们并不是从虚无中出生的，肯定是有源头的，必须清楚地确认源头的位置，清楚地认知现在，创造新的未来。我觉得我的这一工作很重要。

櫻井政美

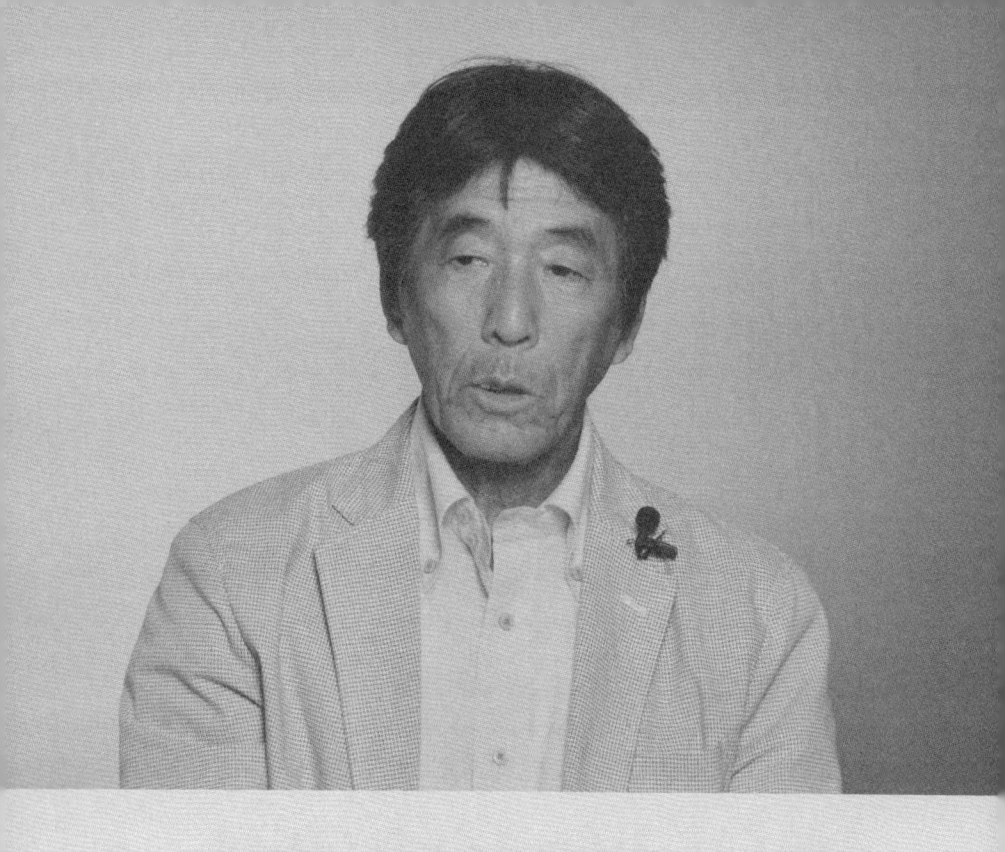

开展日中友好活动是我的使命

戴国伟　访谈
刘红艳　整理
访谈时间　2018年8月

樱井政美

　　1950年2月9日出生于日本若松市，熊本县日中友好协会理事。19岁加入熊本县日中友好协会，从此一直从事中日友好活动。1975年首次访问中国，1987年首次参观侵华日军南京大屠杀遇难同胞纪念馆。1996年起，连续20年组织日本九州地区南京大屠杀幸存者证言集会。

1950年2月9日，我出生在北九州市若松区，当时还叫若松市，在我上中学二年级左右的时候，门司、小仓、八幡、户田、若松等5个市合并成为了人口达到100万的北九州市。

我家里有六口人，父母、奶奶、姐姐、弟弟和我。我的爷爷在我出生之前就去世了，所以我没有见过他。我的父亲去过中国，是参加过侵略中国战争的一名士兵，战争结束后回到日本结了婚。我父亲是工人，当时在北九州盛行工会运动，父亲工作的公司也有工会，他致力于参加春天和秋天的罢工运动，曾经小有名气。

我是1957年上小学，1960年代读的中学，所以没有什么机会接触中国。我们也没有看报纸的习惯，当时日本和中国的关系还很遥远。高中阶段我进入了学生会，受父亲的影响，再小的事情学生会都要维护学生们的权利。当时北九州的高中，一直到三年级的秋季为止，大家（男生）都要剃光头，过了三年级的秋季就可以留头发了。为了头发的事，我与学校还交涉过，也是受长期从事工会运动的父亲的影响吧。

在小学和初中的时候，我都是很普通的、不起眼的孩子，到了高中加入了棒球部，不知不觉之间变成了领导者。上了大学以后受周围环境的影响，我顺其自然地参加了日中友好活动。19岁时，我去了熊本的商学院读大学，这是一所私立学校，之后就一直生活在熊本。

我在熊本结的婚，有3个孩子。长女2001年在南京师范大学留学两年，开始是在中国当日语教师，后来在中国的日企工作，最后是在川崎重工和中国的大型水泥企业合作的企业做总经理秘书兼翻译。她的公司在芜湖，总经理换届的时候，公司把她调回了东京。二女儿喜欢剑道，从小学到大学一直学习剑道，如今已是日本比较有名的剑道教练，成年之后在一所中学当老师，现在她想成为一名大学老师，在大学作为外聘讲师给学生们上课。最小的儿子住在我们家旁边的马路对面，从事个体经营，他有三个孩子，一个男孩两个女孩，三个孩子都练剑道，儿子在熊本也是顶级选手。我的妻子在高中做了很长时间的保健老师，5年前退休了。

因为儿子从事个体经营，我自己读的是商科大学，会看账本，所以一般上午9点到10点30分左右，我在熊本县日中友好协会的事务局做事，处理电子邮件或者查看信件；11点多到儿子的公司帮忙看账簿，大概工作到下午3点或3点半，之后就去指导孩子们的剑道，这一切都做完之后就回家和妻子喝上一杯小酒，一天的生活还是很充实的。

参加日中友好活动是我的主业。因为日中友好活动一旦开始忙起来，就会出现不能去上班的情况，所以大学毕业时我没有立刻去找工作，而想找一份能兼顾活动的工作。正好我证婚人的女婿是高中教师，在熊本县高中教职员工会的生活协同组织工作，他问我要不要去他那里，于是我就去了。结果这份工作我干到了48岁左右。

之后，有一阵儿我专门从事与日中友好活动相关的工作，最后的5年，我在一家保安公司工作，直到可以拿养老金。

因父亲的赎罪愿望而加入熊本县日中友协

大概是1969年11月，有一个华侨前辈，他当时是学生，就是这个人把我拉入了现在的熊本县日中友好协会理事会，那时我19岁。那时的鹤野六良会长是一名医生，他非常喜欢年轻人，马上就约我们吃饭，一来二去我就参加了他们的活动。这就是我从事日中友好活动的起点。

之所以没有任何抵触就愿意参加这个协会，我想还是受父亲的影响吧。我的父亲参加过侵华战争，一定程度上萌生了赎罪意识，他说："如果儿子能替我做这样的事情，我不会反对。"

日中友好协会是引领全民性运动的载体之一，后来所谓的自由民主党派、财政界等右派支持佐藤、岸信介推动不利于日中友好的政策，都退出了协会，剩下的有社会党、共产党、劳动组织、农民组织还有知识分子一起展开活动，后来共产党和其他派别也分开了。

1970年的时候，日中友好协会举办了一个推动日中建交的活动，并为这个目标开展了全国规模的运动。然而，因为当时佐藤荣作内阁一直到1968年也不提日中建交，于是出现了"打倒佐藤内阁"的言论。1968年他访问美国的时候，日中友好协会举行了"阻止佐藤访美"的运动，当时全国总部的前辈坂田明等两人因此被捕。都说日中友好协会是敢做敢言的协会，当时的日中友好协会是一个聚集了自民党、社会党、知识分子、经济界精英的组织，主要致力于日中建交这个全国性课题，他们与那些想同中国开展交流的日本经济界人士团结起来，试图通过贸易来改善两国关系。

邦交实现正常化是在1972年9月。4月份的时候，熊本县日中友好协会与熊本县财政界人士就一起在熊本中央区水前寺体育馆，利用黄金周假期，举办了"熊本中国展"。当时活动现场热闹非凡，那是熊本县日中友好协会一年中最重要的工作。这次活动之后，中华全国青年联合会代表团到日本各地进行访问，也到了熊本，熊本县日中友好协会承办了相关活动。

日中友好协会的主要工作首先是与留学生开展交流活动。一是考虑到在熊本大学、学园大学、县立大学学习的中国留学生们可能需要买些生活用品，比如买一台洗衣机、一台冰箱，如果留学生自己买的话，要花上万日元，我们友好协会就向当地居民们告知相关情况，假如有人出让，我们就上门回收，其中也有前辈会赠送一些物资。然后，在春季和秋季新生入学的时候，我们举行义卖活动，让中国留学生免费领取，这样的义卖会通常一年举办两次。二是组织郊游，我们的人会带着在日的中国人、留学生一起租个车去野餐。每年，我们还会举办庆祝春节、中秋节、大巴旅行和春秋两季义卖等5项活动。三是开展中文竞赛，推选成绩优异者参加总部的大会。1972年开始举办中国展，1974年以后开始增加了书法展的内容，现在，我们在花畑町租了一个画廊。这些活动我们已经坚持了很长时间，县里的日中友好协会大致每两个月举办一次活动。四是到南京祈愿和平，也邀请南京大屠杀幸存者们到熊本进行演讲。我们还邀请过侵华日军第七三一部队罪证陈列馆的金成民馆长到熊本参加和平演讲会。五是举办电影放映会，共计八到十次，虽然举办次数不多，但我们在举办活动时都会全力以赴。

1980年，中国要邀请3000名日本青年访华。东京、大阪、九州等地的3000名年轻人应邀到中国参加了为期七到十天的活动。原本我也打算去的，不过，当时有一个人特别想去，问我能不能把机会让给他，所以我便让他去了，现在想起来还觉得很遗憾呢。

日本全国青年委员会承办了那一次3000人的交流会。之后，中华全国青年联合会和日中友好协会全国青年委员会组成的500人左右的访问团来了日本。第一站是博多，然后500人分头去了日本各地。到我们熊本的是来自桂林的青年，正好熊本市和桂林市是友好城市。他们参观了孩子们念书的城西小学，和孩子们一起吃了午饭，晚上举办了招待会。之后，访问团又坐船去了下一个目的地。

日本全国青年委员会大约是1978年成立的。因为我是青年，所以加入了其中。青年委员会的重要工作是接待，在这期间，熊本县日中友好协会致力于举办中国展，举办了非常多的和平集会，以此来推广日中友好运动。日中友好协会还邀请中国东北黑龙江省的农业及工业相关人员到熊本的农场学习，这样的交流一直持续到二十世纪八九十年代。

1992年广州举行了《中日和平友好条约》签订15周年纪念活动，日本青年委员会在北京也举办了集会。当时，我和3个来自北海道的人一起参加了北京的集会。随后我们一起去了广州，在和广州对外友好协会进行交谈的时候，他们表示想派一名赴日交换留学生，希望我们能够接收。北海道的人转过头来对着我说："北海道之前接收过留学生了，所以这次应该轮到熊本了吧？"我突然就明白过来北海道的人为什么叫上我一起来广州了，原来轮到熊本接收留学生了。

回到日本之后，我找到了负责日中关系的理事们，问他们能不能接收进修 90 天左右的留学生，因为 90 天以内，留学生办普通签证就可以了。我们向总务厅等机构提交了日程表等资料，最终办成了这件事。因为这个缘故，广州每 5 年举办一次纪念活动时，都会邀请我去参加。

随着日中交流活动的不断深化，我们也渐渐上了年纪，二十五六岁时，我担任日中友好协会理事，在职的其他理事在我 30 岁的时候就已经基本不在了。

1992 年和 1995 年召开了很久没开过的全国青年委员会议，那时我应邀成为了副委员长，1994 年和 1996 年召开全国青年委员会总会的时候，我成为了委员长，然后担任了两届共四年的委员长。1997 年 2 月的时候，我受中国日本友好协会会长孙平化老师的邀请来到中国，当时他说日中友好协会青年团来北京吧，就这样我们熊本的日中友好协会与中国的关系越来越密切了。如今的事务所长是我的后辈，当时的有关人员几乎都去世了，所以说熊本县的日中交流我是最早的那一批人了。

到了纪念馆才知道遇难者有 30 万

1975 年我第一次访问中国，那时候有一个交流项目"九州青年之船"，在 1972 年之前是去东南亚国家，后来和中国恢复邦交之后，"交流船"就开始到中国。我参加了"九州青年之船"第三次访华团，那时我 25 岁，访问了上海、天津、北京三个地方。第二次是 1978 年，参与了熊本县的劳动者访华团。第三次是 1980 年。"九州青年之船"项目一直举办到了 2000 年左右，因为坐船太花时间了，要花一星期，从三角港开到上海要花两天一夜，从上海到天津要更久，从天津去北京，然后从北京回三角港，在船上要住六晚。船的速度毕竟慢，后来改成坐飞机了。

1987 年，我跟随九州地区青年委员会代表访华团第一次到了南京，在双门楼宾馆与江苏省青年联合会一起举行了会议，也是第一次去了侵华日军南京大屠杀遇难同胞纪念馆。

我很早就知道南京大屠杀了，1970 年代上大学的时候曾经听说有 20 万的遇难者，不过到了南京才知道遇难者人数有 30 万。虽然我不知道具体发生了什么，但我知道日本军队进入南京之后杀害了很多人，南京大屠杀事件是存在的。在 1970 年代，"20 万"是在日本常被提及的数字，到了纪念馆之后我发现写着 30 万，是写在一个十字碑上，当时我们在接待室看了幸存者的录像，然后就结束了访问。那个时候其实还不太了解南京。

1995 年我第二次来南京，1995 年和 1996 年参加了南京城墙修复志愿者活动。1997 年去南京之后还去了平顶山。1997—1999 年就一直去南京了，一开始活动都在夏天举行，后来改成了 11 月，因为南京方面组织南京大屠杀幸存者 12 月份来日本进行讲演，需要我们到南京来进行事前的协商。2016 年和 2017 年，因为没有幸存者访问日本，12 月 13 日公祭日那天就不再举办南京集会，只在相关人员访日时举办。2016 年 11 月，我们邀请了侵华日军南京大屠杀遇难同胞纪念馆前馆长朱成山先生，2017 年 7 月，邀请了陆玲女士（已故南京大屠杀幸存者李秀英的女儿），而我们在 12 月份就到南京参加国家公祭日活动。

日本参加南京"中国和平之旅"之行的成员主要是教师，退休教师大约占七八成，也有从别的工作岗位退下来的普通人，大部分年轻人由于工作原因没法参加。

南京大屠杀幸存者熊本证言集会持续了 20 年

为什么我会想举办幸存者证言集会？这还得从我 1995 年和广岛的朋友一起访问南京的时候说起。那时我访问了侵华日军南京大屠杀遇难同胞纪念馆，与倪翠萍、李高山两名幸存者交流过。8 月份还去了哈尔滨，与 731 部队人体实验受害者的子女有过一些交谈。在纪念馆里听了幸存者的讲述后，我改变了所从事的日中友好活动的目的。一直以来，我们所参与的对华友好访问，只是流连于各地的景点，或是参观战争遗址，自始至终都只是以一个游客的心态来看待这些事情。

1995 年，我记得纪念馆还是老馆，接待室也没那么漂亮，在这里听了幸存者的话之后，我的想法发生了变化。李高山先生虽然只是平淡地讲述着自己的遭遇，仍然让我惊讶于日军竟然做了那么残忍的事。而倪翠萍女士的讲述风格就不一样了，倪翠萍讲得很长，控诉了日军的各种暴行。我看了她当时留下的伤口，听她讲了自己的遭遇，一时感叹："日军竟然会做出这样的事！"她还告诉我说那是熊本的军队干的。听完之后我心里非常不安，感到了强烈的不安，想到的并不是"对不起""做了过分的事"等诸如此类的话，而最先浮现在脑海中的，是这两位的故事不应该只有我和广岛团 10 个人来听，而是应该将其带回日本，讲述给日本的民众听，这是我必须要做的事。

回到日本之后，我和熊本县日中友好协会的会长以及广岛的同伴们不断地探讨举行集会的可能性。大概过了三四个月都没有结果。就在我有些失望的时候，事情出现了转机。熊本县日中友好协会会长鹤野先生在一次举办中国展筹备会时说："我们就在这里成立一个举办集会的筹备委员会不就行了吗？在这里的人都是委员。"不愧是鹤野先生，会长一声令下事情就这样决定了下来。4月末5月初，我们马上就着手落实了起来，一是与侵华日军第七三一部队罪证陈列馆取得了联系，邀请了一个人过来参加7月份的集会；另一个是与南京取得了联系，由纪念馆12月份派人过来。在此之后，每到7月份卢沟桥事变爆发日，就举办纪念卢沟桥事件证言集会，从中国邀请证人来演讲。7月份的集会有不同的名字，邀请过来的人都具有代表性，例如我们邀请到了抚顺战犯管理所原所长金源先生，还有中国归还者联络会，它是由以前关押在抚顺战犯管理所、太原战犯管理所的日军战犯获释后回到日本创立并从事日中友好活动的组织。每年7月集会的主题会依据当时的情况而变化，12月份的南京集会就限定在南京大屠杀主题内。

1996年12月，南京方面一共来了5个人，包括幸存者李高山先生、倪翠萍女士、朱成山馆长等人。他们先去了大阪等几个城市，最后一站到了熊本。因为是第一次举办南京大屠杀幸存者集会，所以我当时是非常紧张的，不知道会变成什么样呢，怎么应对右翼分子，会场的规模如何等等。7月份刚从哈尔滨邀请人员来做证言集会的时候，我们向当时的熊本产业文化会馆借了一个能够容纳500人的大会议室，当天来了200人，还说得过去吧，不过我暗下决心"总有一天我会让这里坐满人"。当时估算7月份的集会来了200人，12月份也差不多是200人左右吧，所以租了产业文化会馆200人规模的小会议室，制作了200份资料。然而，举行南京大屠杀幸存者证言集会的当天，络绎不绝地来了很多人，200份资料一会儿就发没了，还有人不断前来问我要材料，会场最终来了将近400人，场内热情高涨，关了空调仍然热。

演讲开始后，李高山、倪翠萍以及朱馆长依次发言，在之后的提问环节，气氛变得异常紧张。场内像是紧绷着一根弦，随着一问一答，弦的一端忽高忽下。我至今还记得当时的紧张感，心想："南京集会，以后一直都要这样紧张地举办吗？"当时听众确实都感到震惊，大家对于这两位幸存者的故事，都表现出了同情。很多人认为幸存者们"遭受到那么大的苦难，这么多年熬过来确实不容易"。但是也有人质疑南京城墙不是幸存者所说的那样的，其中参加过战争的人说："我去南京的时候，南京城墙很干净的。"我想他看到的应该不是1937年那个冬天的情景，就像现在的名古屋市长河村隆之曾经说的那样，"我父亲去的时候南京市人民'非常友好'。"但那不是在 1937 年的时候，应该是攻打南京的战争已经结束了。说"南京人对日本人'很好'"应该是由日本扶植的南京傀儡政权对日本人很友好。这些日本老兵想反驳的心情我也能理解，只是他们经历的时期多在 1943 至 1944 年前后，与 1937 年是不同的。不过会场反对的人也没有那么多，只有极少数人，所以，即使在紧张的氛围下，大家还是认真听取了朱馆长以及幸存者的发言。"你说的不对。"朱馆长与场内听众展开了激烈辩论。随后，不少在场的日本人感叹："原来日本人做了那样的事啊！"持这样想法的人大概有 9 成左右吧，结束之后我那颗悬着的心终于放了下来，当时非常担心在那里发生事情的话怎么办。

演讲会结束之后，委员会就这次活动展开了讨论：今后要如何去做？最后大家达成一致意见，明年也要举办，最少也要办个五年，所以第二年就继续举办南京证言集会。第二年是 1997 年，南京大屠杀发生 60 周年，我和当时的委员长，现已去世的保村龙二郎先生一同留在南京参加相关活动，其余的人在熊本举办了南京大屠杀证言集会。第一次举办证言集会的时候大家都觉得好奇，所以到场的人很多，到了第二次、第三次的时候，很多人便觉得这些内容听过一遍足矣，所以来的人越来越少了。如果人数不足 100 人甚至 50 人的时候，就得好好想办法了，幸存者们好不容易来一趟，能不能再多请一些熊本县民来参加集会呢？大家集思广益，有人提议将熊本县分成五个地区来开展集会。我们就带着幸存者前往五个地区开展集会活动，通过这种方式改变了战略，进行了第三次、第四次、第五次集会。从第三次开始增加了八代地区，在第四次的时候增加了荒尾、天草地区，第五次的时候增加了人吉·球磨，所谓得道者天助，我们在每个区举办活动都得到了当地教育或和平活动相关协会的大力支持，最终实现了在整个熊本县境内举办集会的目标。

像南京集会这种形式在熊本做的人很少，也有人担心做这些会不会有问题。好在通过我的不断努力，有着"既然他做得那么认真，我们也帮忙吧"这样想法的人逐渐多了起来，有段时间证言集会的委员多达 50 人左右。此后集会逐渐步入了正轨，名称也采取了非营利组织法人的形式，从证言集会改成了论坛。总之为了开展对社会负有责任的那种运动，还是应该采取非营利组织的形式，并创建一个可靠的组织，这样才能让我们承担相应的责任。从 2001 年或 2002 开始，集会便一直是以非营利组织的形式来开展的。

再来说说福冈和长崎地区的活动与熊本地区有什么区别吧。长崎那里有一个纪念冈正治长崎和平资料馆，我向他们介绍了我们开展的活动。长崎在 2001 年邀请了方素荣女士，这是一位生活在沈阳的平顶山惨案幸存者，当时我们邀请这位幸存者的时候，长崎提出来一起开展活动。2001 年 12 月的时候，变成了熊本加长崎的形式开展活动，后来广岛、福冈县久留米市也都在中途加入了进来。因为随着时间的流逝，幸存者都上了年岁不能长时间逗留，所以访日时间最后变成了一星期，毕竟不能在两星期或者 20 天里带着老人家到处跑，我们必须要减少一些场次，变成了熊本、长崎、福冈三地，但无论如何我们都要先保证熊本市的集会。即便如此，熊本和长崎两县在经费非常紧张，很难坚持的情况下还是坚持到了最后，最终熊本还单独举办了两三场，并承担了其中三分之二的经费。

从 2014 年开始，纪念馆方面建议将九州地区的集会整合到一起。当时因为幸存者来访顺序是从大阪、冈山、广岛，最后来到福冈，到福冈时，参加活动的幸存者都非常疲惫，所以纪念馆方面就说福冈以后与熊本一起做吧，就这样福冈便与我们一起组队开展活动了。长崎的活动现在主要是以崎山升先生为中心，在他之前是高实康稔先生，高实先生曾是开展交流活动的核心人物。福冈则是以西尾武文先生等人为核心，熊本、福冈、长崎三县合作的模式持续了三年。截止 2015 年，我们总共举办了 20 场，在纪念馆的大力支持下，熊本证言集会活动开展了 20 年。

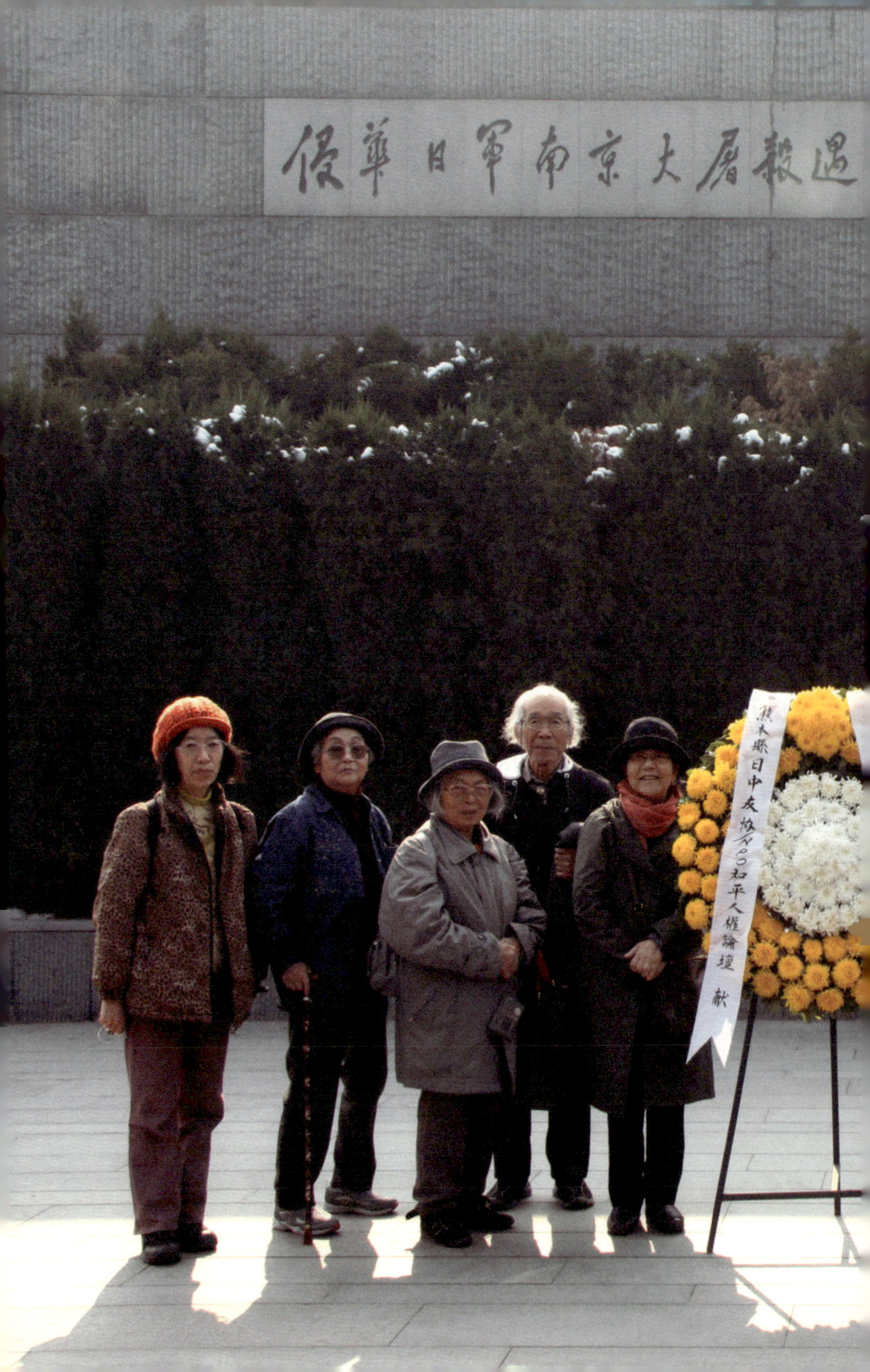
侵華日軍南京大屠殺遇
熊本縣日中友協/NPO和平人権論壇 献

2009年11月樱井政美（右二）与大屠杀幸存者张国栋（右五）等人合影

冷静地思考一下，幸存者证言其实是很残酷的回忆。如果日本政府能有所作为，把恢复邦交时表示的"日本方面痛感日本国过去由于战争给中国人民造成的重大损害的责任，表示深刻的反省"的内容落到实处，那么这种证言集会也许就没有这么紧迫了。

纪念馆也很不容易，一直最大限度地往九州派遣证人，这让我很感谢。如果没有纪念馆方面的努力，对幸存者进行说服工作，我们很多工作没有办法开展。很多幸存者是在纪念馆的支持下才同意来参加证言会的，如果没有他们的勇气，也就不会有我们的证言集会。正是由于有这么多人的支持，才能成功举办每一场证言集会。

自费上百万补贴证言集会经费

做了20年这项活动我很是感叹："啊，已经做了20年了啊！"使命感让我坚定信念，执着于此。1995年听到倪翠萍和李高山两人证言的时候，我就觉得这就是我的事业了，这不该让别人做而是必须由我自己来做！因此即便有人反对也没关系，暂时先做起来，自己必须要带头前行，为此我坚持了20年。

说到哪一场更让我感动，对我来讲所有的集会全是感动人的，当连续20年的证言集会结束时，不知不觉已经过了20年，实在是感慨万千。

那么,接下来做什么呢?我一时觉得脑子里一片空白。每年12月份的南京集会结束时,就会想着下一个南京集会。最后一次的时候心想:"这下真的结束了啊!"但还是想着今后要做点什么。好在茂田老师来了,还有陆玲女士(南京大屠杀幸存者李秀英女儿)和吴先斌先生(南京民间抗日战争博物馆馆长)来了,熊本的朋友中也开始意识到去南京参加(国家公祭)活动是个很好的事情。当然,以各种形式从南京请人过来,继续向熊本市民诉说南京大屠杀的真相,这种工作也很重要。

在20次这么多的回忆中,印象最深的集会还是第一回。当我把谈话录音转写成文字时,有时是哭着写的,眼泪扑簌簌地掉下来。我在想:"天呀,竟会发生这么残酷的事情!去南京的士兵当中也有妻子或者女儿的吧?如果她们成为牺牲品,这些士兵该怎么想啊?"那时我的孩子们才只有15到17岁,每当记录这些内容的时候我就会想起自己的孩子们。现在想想也是,能够完成转写工作真是不容易,日本士兵行为特别残酷,甚至感到用语言记录下他们的行为都令人生厌。

证言集会的那些演讲内容最初的几次,我都转写成文档。不过转写特别费劲,后来换成了录像,因为幸存者的讲话也都有日文翻译,所以转写的就只是对参加者的提问和回答部分,演讲者的讲稿也都能看到。早期的演讲很少有摄像的，现在还有第14回和第15回的录像，我们对录音带的内容进行了文字转录。照片则一直拍摄到2018年，那时候不怎么摄像，因为都是一个人做，不可能既拍照片又摄像。

本多胜一先生来参加的那一次也令人印象深刻。那次的主题叫做"通往南京的路"，我们原以为会来个300人，实际上来了200人左右。那是幸存者夏淑琴第一次来，夏淑琴先讲，本多先生后讲。

熊本是个保守的地方，而且第六师团的司令部也在这里，因此原属第六师团的人说"要保护故乡师团的名誉"，并站在和我们的集会相反的立场上，举行了演讲会。不过右翼闯进来捣乱的事情是没有发生过的，只是有提问。比如夏淑琴来的时候，右翼团体日本会议的教职员来了，反对的声音的确是有的，但没有实质性的妨害。例如，他们一开始说这说那的，只要你反问："那么，你说的这些出自哪里啊？从哪本书看来的？"他们就回答："那不能说。"于是，会场的人就哈哈地笑了，这些家伙不过是自掘坟墓而已。

就在最早邀请幸存者倪翠萍、李高山赴日的时期，日中友好协会会长平山郁夫先生组织了参与修复南京城墙的友好活动。在南京举办的第一次类似誓师大会的集会上，鹤野会长也去了，大概在 1995 年 11 月份举行,我则是在 8 月份的时候为了这个集会去了很多趟南京。参与修复南京城墙的全国运动正好与熊本举行南京集会的时间相重合,在某种意义上也助推了集会的开展。鹤野先生去南京时,正式邀请幸存者来熊本,之后要来的人渐渐确定了下来,我们也做好了迎接的准备。能举办过 400 多人参加的集会,是我们的最大财富。

我记得当时有一位上了年纪的人在参加集会后说:"这是个什么集会啊!我来参加这个集会以为当时去南京参战的老兵会在现场与幸存者握手,道一声:'真的对不起!'应该把在南京做过这样的事的人带过来,让他们和幸存者握手。如果不是的话,就没有举办这种集会的意义了。"

我知道这几乎是不可能实现的,首先必须找到那样的士兵。我们就回答说我们的集会现在才刚开始,今后会一步一步做下去的,这不是一下两下就能做到的,想在证言集会上请来曾经在南京作战的老兵与幸存者握手,这件事最终未能实现。

还发生过一件事。在我们举行集会之后,右翼说什么"保护家乡的师团——第六师团""南京大屠杀是不存在的"等,也开始举办起了集会。只不过那些喊口号的人都是六七十岁年纪比较大的人,而我们这边都是三四十岁的人,即使干上 20 年我们还能继续。所以从 2010 年左右开始,他们就没有再举办活动了。

访日人员的各种费用都是日方均摊，比如需要 30 万日元就由三个团体各负责 10 万日元。从南京出发到熊本再回南京，一个人往返的话大概七八万日元。证言集会的资金是从参加者那里筹集一部分，赤字部分用会员捐的款填补。因为大家都是志愿者，而且后援团体也并不是那么富裕，所以要筹足需要的钱就需要增加参加集会的人数。

参加证言集会的费用是每个到场参加的人交大概 1000 日元，所以有 100 人到场就有 10 万日元，如果有 10 万日元就不会出现赤字了。只是还需要支付住宿费什么的，所以没有哪次是有盈余的，如果出现赤字的话，就由我这个事务局局长用口袋里的零用钱来填补这个漏洞。在举办证言集会的五年时间我自己补贴了一百七八十万日元左右，当时想如果成为一个论坛的时候，这账就销掉了，就不需要再自己掏腰包了。可是论坛举办后，还是有一百二三十万左右的赤字。会长松岛赫子女士说"这样可不行"，她拼命地募集、募捐，想尽办法筹集了 30 万捐款，还有既是委员长也是论坛理事长的安村先生的帮助。

其实到后面，只邀请幸存者和研究者是不行的，还要邀请幸存者的家人，人数增多仅是在来回的机票、车票上就需要不少钱。如果增加举办集会的地方的话，分摊费用的人也会多起来，这样对于经费捉襟见肘的我们可就帮了大忙了。后来我们三县各负责经费的三分之一，即便如此，就像刚才说过的那样，这是自己下定决心要做的事情，所以稍微花一点自己的钱也没什么。而且那时候我已经是四十几岁了，若是年轻的时候去街上喝个酒，一次就能花很多钱，于是心想"就当是用这些钱去喝酒了"。

把证言集会当作"一种修行"

如果当时没有听幸存者讲述那些事情的话，大概也不会做这些事，后来和南京方面一起举办的很多集会多半也不会有了。在我看来，1995年和1996年是与日中友好运动相关的一个大转型期，必须要感谢倪翠萍、李高山两位幸存者，我是听了那两位的话之后才决定在熊本举办南京证言集会的。

促使我这么做的动力，是我仿佛听到死难者发出的声音，好像在说你必须要做这个，这是你的使命！

后来我心想这就是我的使命，是我的工作，我是带着"必须做"的心情来的，所以根本就没有什么厌烦、放弃等诸如此类的想法。

在第20次（访华）结束之后，被告知"幸存者年纪大了，中国那边不会再有幸存者来了"的时候，我知道不能就此结束，必须要将南京大屠杀的真相传播下去，绝不能忘记日本侵略中国这一历史事实。现在正在摸索如何将其传播给日本的年轻一代，

2012年12月，樱井政美（右）与赴日参加证言集会的南京大屠杀幸存者余昌祥（现已故）在事务所合影

我感觉这是我一生的工作。在持续了 20 次的证言集会中，作为负责人我是拼尽了全力，深深感到这就是时代赋予我的事业和使命。

大家也许会觉得非常不可思议，为什么只对南京集会如此努力呢？或许是人性使然吧，受到某种事物的触发之后，就会着了魔一样做一件事，深深觉得这是自己的事业，无论发生什么都必须去做，只要幸存者来了，只要他们来了，熊本就应该举办集会。

日中友好活动已经成了我生活的一部分，是我日常生活中不可或缺的东西。同样地，举办南京集会已经变成了我生活的一部分。

每次活动结束后，我就以"好！还有明年"这样的心情来继续努力，因为南京集会对我来讲非常重要。因此，我没有想过钱的事情，也没想过休息，就是想必须要做，如果受工作牵绊的话，辞去工作就好了，哪怕是失业期间靠着失业保险金勉强度日，也要全身心投入到集会的相关工作上。从 1995 年开始，我都记不得有没有去工作过了，中途稍微做了一些工作，但是也找了个理由辞了。记得是在保安公司工作的时候，当时我隔了一段时间上班，同事问我："樱井，什么时候出院的啊？""啊？"我也不知道我什么时候住的院啊。原来我对公司说"我要休息一个星期"。公司职员回答道，"好的，明白了，休息一星期，对吧？"就在请假栏上写下了"樱井住院"这四个字。从 1998 年到 2005 年我是无业状态，2005年到2010年一直在保安公司工作，失业期间就靠失业保险金和老婆照顾了，因此现在我家里妻子非常强势。

归根结底，这种证言集会也使我学到了很多东西，用我们平常的话来说是一种人生的修行，证言集会变成了一种修行。

希望受害国的人民了解现在的日本

我们最早在1972年举行了关于中国的展览。大约在1980年邀请云南省的傈僳族到日本表演织布手艺，据当时来访的人讲，她们来之前询问了村里的老者，说有人邀请我们去日本，去还是不去？老人回答道："坚决不要去！去了日本那地方，不知道会被怎么样，肯定不能活着回来，去那种可怕的国家做什么！"但是当她们来到日本时发现，现在的日本人基本都是好人，她说很高兴受到如此欢迎。当年的云南省是美英援华物资的必经之路，日军曾对那里进行过狂轰滥炸，老百姓印象里的日本人形象就是见到中国人就杀，看到女人就施暴，所以不放心让年轻的姑娘去日本。那两位女士来日本后体验了我们的生活，回到中国后向大家讲："现在已经不是你们说的那个日本了。"我觉得这句话是我们日中友好协会举办中国展所获得的最大成果。

日本人与中国人长得差不多，我带着中国客人外出的时候，一般没有什么人会在意是不是中国人。就算在集会现场见到了，也不会有什么异样感。1990年代是这样的感觉，不过那个时候正是南京大屠杀"否定论"较多的时候，"新历史教科书编撰会"之类的组织声称"（南京大屠杀）是捏造的，当时的南京可没有30万人居住"。"新历史教科书编撰会"的教科书通过审核后，我们的会长还去抗议过。对我们的运动而言，当时的教科书问题也是一种促使我们开展工作的动因。

我们举办证言集会邀请受害人来到日本，也是为了让他们了解现在的日本，努力促成与中国的友好关系。倪翠萍和李高山两位幸存者应该感受到了和自己所想象不同的日本吧，也就是说现在的日本人和曾经让他们饱受痛苦的日本人是不同的。我们一起去了阿苏山，带他们到处参观，我是这么想的，希望有一天受害人能够说"也有日本人想要陪伴我们的痛苦一起走下去，所以让我们一起携起手来吧"这样的话。

我觉得不能只有怨恨，怨恨的链条必须要在某一处斩断才行。如果不是带着怨恨，而是带着一起为了日中未来而努力的心情回国，我觉得这会是证言集会的一个成果。

熊本市可能是九州第一个组织南京大屠杀幸存者赴日证言集会的地方。1980年代发生了教科书问题和中曾根首相参拜靖国神社的事件，出现了所谓"南京大屠杀不存在"的论调，所以我觉得当时有些地方可能也举办过类似集会。后来，各个团体携手以"南京大屠杀 60 周年全国联络会"的形式举行全国证言集会，那是在 1996 年以后了。

我现在还在做类似的有关南京大屠杀全国联络会的年度计划，2019 年 2 月计划在福冈举行"南京大屠杀全国联络会"的集会，集会的内容主要是联络各地代表聚集在一起讨论一年的规划。现在因为幸存者年龄较大，不太方便，所以改为邀请他们的家人访日，这也是去年熊本的集会邀请陆玲女士来演讲的原因。

希望年轻人接力日中友好活动

有一次我接受了《人民日报》东京分社的电话采访，问我怎么样才能加强中日年轻人之间的交流。当时我回答说，中国国家领导人曾邀请 3000 名日本年轻人访华，这就有了 3000 名日本人访问中国这个项目，当时引起了非常大的热议，有声音说换了日本绝对做不来。我希望中国能再举办这样的活动，或者隔几年举办一次，会很有效果。作为回应，我们虽然无法接待中方 3000 人，但是像上一次那样 500 人规模还是可以的，这样交流活动就可以开展了。

我深刻感受到，当今中国和日本要维持友好关系，年轻人的交流是不可或缺的，以后还是需要大力促进年轻人之间的交流，希望中国方面能够多发起这类活动，只要中国说"做"，那么这件事就等同于已经决定了。

同样的事情如果换做日本带头的话，就算说了"做"，总会出现反对的声音，再要经过国会决定，一晃两年就会过去了。所以最理想的是中方决定，然后日方配合联系青年群体，例如日本青年协会、日中全国青年委员会。3000名日本人访华时的日本首相是中曾根康弘，他说："作为回报，我会邀请一倍，甚至数倍的中国人到日本。"这让我心中充满期待，可惜后来只有500人坐船来了。而且政府最终也没有参与其中，只有我们日中全国青年委员会和日本青年协议会联合起来一起负责。所以我一直谨记，只有加强年轻人的交流，日中关系才会有未来。

1983到1984年的时候，日本还有很多"南京大屠杀是不存在的"或者是"那不是侵略战争"这种声音，老一辈有朝一日都会离开这个世界，这段历史可能就成了空白。也许正是为了避免这种情况发生，中国国家领导人才播撒下了中日友好的种子，具有先见之明地邀请了3000名日本人去了中国。其实我们作为日本人对此并未能做出充分的回应，都以为会由政府来做此事，毕竟中曾根首相说了那样的话，所以我还挺放心的，但没想到政府没有任何行动，最后还是得我们自己组织。为了1985年的那次

500名中国青年访日活动，我们向政府申请免费使用港口以停泊船只，并提供水和医疗服务，就在去总务省商谈时，还和总务省的干部大吵了一架，好在最终这些申请政府都落实了。

现在日中关系持续不稳，右翼力量逐渐增强，我觉得这不是日中关系应有的状态。简而言之，日本政府觉得两国已经实现了邦交正常化，所以至今为止在日中之间所有的摩擦、矛盾已经不存在了。但是，在遭受侵略并受到严重伤害的中国看来，实现了邦交正常化就意味着可以与日本坐在桌旁进行交谈了，或者说双方为了一起建立良好的外交关系而坐了下来。

我觉得认识上的差距是二战后日中关系发生各种摩擦的根本原因。当时很多日本人觉得用金钱，即ODA低息贷款来弥补就行了，觉得做了这些就了结了。

为了消除双方的不信任感，我认为应该把那段历史在历史教科书中完完整整地记载下来，这些事情如果能在恢复邦交后马上就做的话，中国人对日本的看法也许会有所不同。但事实上日本完全没有采取任何相关举措，放任对历史认知的肆意歪曲，经历了漫长的四五十年，日本人应该知道的东西却完全不了解。

前些年，因为钓鱼岛问题，两国关系突然紧张起来，中国强烈抗议，而日本人抱怨："为什么中国会做这样的事？"根本问题在于没有人告诉我们发生此事的原因，也没有人教育我们如何解决这个问题，为了邦交正常化努力奋斗的那一代人对此还能理解一些，年轻人就很难理解了。

日中友好运动曾经是日本的一个大规模国民性运动，我觉得某种程度上人们其实都有了一些理解。对于历史教科书将侵略篡改为"进入"，对"新历史教科书编撰会"等团体否定侵略战争的说法，我们当然要进行批判。如果日本政府就此认真道歉，或者从政府的角度表明态度，就不会遗留这些问题到现在了。

我认为两国之间的战争历史账还没有完全清算，虽然在日本看来这事已经一笔勾销了，而我认为付诸流水之类的说法只有受害方才有权利说。日本觉得既然邦交已经正常化了，过去的事情过去就好了，日本方面没有表示出努力的态度，这是问题的所在。

现在日本表现出一副如果中国认为可以付诸流水，那我们也一笔勾销的态度，这样的方式是错误的，不该是这样的，应有的态度是告诉日本民众日本侵略了中国，给中国造成了巨大的伤害，两国恢复邦交时，日本就此向中国方面赔了罪，同时正在努力构建一个良好的交流环境，希望日本人能清楚地了解这段历史事实。

我认为现在做这些也不晚，而且有这么做的必要性。但令人遗憾的是，日本政府完全没有这种想法，真的叫人很无奈。现在我们除了在熊本县组织举办证言集会，还进行以中国留学生为对象的义卖，或者搭乘大巴出游、举办书法展、举行汉语演讲大赛、开展赏花游园会等各种各样的活动。我们把这种脚踏实地的草根交流活动,一点点做下去,我相信只要有一些年轻会员加入,未来就会后继有人。

以前,鹤野会长 60 多岁的时候,看到我们 20 岁左右的青年加入这个协会,他说了一句"接班人来了",因为那时只有老人。我们很好地完成了继承人的角色转换,那么现在为了培养接班人,我们到底要怎么做呢?我觉得像高中生访华团一类的活动,就可以联系过去参加过的十几个人,以他们为主体再进入自己的母校招募高中生,这样我们的圈子肯定能扩展开来。

虽然我们举办过很多活动,但是怎样对活动进行总结,使下一次活动更上一层楼,我认为我们的组织能力还是相对弱一点,缺乏战略性思维。我认识到活动不能局限在一次性,要有延续性,大家可能并没有充分发挥各自的智慧,但现状的确是停滞不前,在我们内部也应该认真讨论寻求改变。

现在我已经成为了引路人,必须更多地考虑往后的事情。我让孩子们也多召集仁人志士参加活动,希望能够将此活动传承下去。

山内静代
山内正之

山内静代（左）、山内正之（右）

毒气岛上的和平心声

杨小平　访谈
欧阳沁苑　整理
访谈时间　2019年5月

山内正之

　　日本广岛县人，高中教师，大久野岛毒气问题研究所事务局长。1944年出生于中国沈阳，日本战败后随家人返回日本。致力于揭露战时日本制造和使用毒气的真相，多次参观侵华日军南京大屠杀遇难同胞纪念馆，参与中日民间友好和平交流。

山内静代

　　1948年出生于日本广岛县竹原市东野町，小学教师，山内正之之妻。其父曾参与侵华战争和毒气制造，祖父曾参与日本广岛核爆后的救援工作。大久野岛毒气问题研究所所长，致力于传播和揭露日本战争侵略史。

中国人的心胸不可估量

山内正之：我叫山内正之，我的家人于1937年10月来到了中国东北，日本战败后于1946年10月回到日本，在中国生活了9年。1944年10月30日我出生于沈阳，对于我来说沈阳就是我的故乡。我回日本时还只有1岁半左右，没有在中国生活的记忆。战败回到日本后，家里吃了很多苦。在这种苦难的日子里，父母特别是母亲经常跟我讲住在中国的时候的事情，我上小学后渐渐也明白了这些内容，"自己是在中国出生的"这种意识就变得非常强，感觉到中国对我来说并非异乡。

我的父亲最开始去了中国东北的哈尔滨，当了所谓"满铁"①的日语老师，在那里生活。除了中国人，当时哈尔滨还有很多俄罗斯人，父亲就教他们日语。母亲是家庭主妇，照顾家庭。我从

---

① "南满洲铁道株式会社"的简称，是20世纪上半叶日本帝国主义设在中国的庞大的殖民侵略机构和经济垄断组织。

母亲那里听到了很多日本还没战败时，在中国东北生活的样子。听母亲说，哈尔滨是非常漂亮的城市，住起来真的很舒服。特别是在冬天的时候，气温可以达到零下30摄氏度，非常冷，松花江也会结冰，卡车会在上面行驶，我小时候听到这个非常惊讶。据说父亲经常带着我的哥哥们去滑冰，还会去摘苹果什么的。听母亲说了很多开心的事情，我虽然是在沈阳出生的，也非常想去哈尔滨看看。

后来日本战败，日本人的处境变得很艰难。我的家人那时候正好在沈阳，好像是住在所谓"满铁"的员工宿舍里。那个时候日本人好像都会聚集起来住在同一个地方。母亲说会在住宅周围盖上铁丝网，防止外面的人闯入，大家在生活中互相帮助。实际上食物也很短缺，大家在严酷的环境中吃了很多苦。

其中让我难以忘怀的是，在家人生活困苦的时候，中国人帮助了我们。我的家人在战败后一段时间内没能回到日本，没有吃的东西，父亲也没工作，一边到处找工作一边艰难地维持生活。父亲当时的学生中既有中国人也有俄罗斯人，日本战败前，学校放假的时候他们时常会来家里玩，也有关系比较亲密的中国人。日本战败后，他们帮助了我的家人。母亲无数次地给我讲了这些事，听着这些话成长起来的我，从小就明白我们一家人在生死存亡的时候是中国人帮助了我们，觉得中国人真的非常好，自己小时候得到了中国人的帮助，这让我觉得中国对我来说并不是他乡。我怀抱着这种感情长大了，变成教师之后，开始思考关于中国的各种事情，我记得我那时候想去中国的念头非常强烈。除了感谢还有一点不解：日本做了那么残忍的事情，中国人为什么要帮助我的家人呢？中国人宽大的心胸让我感到不可估量。

父亲是侵华日军的卫生兵

山内静代：我叫山内静代，1948年5月30日出生于广岛县竹原市东野町。家里从事农业，有7口人，分别是祖父、祖母、父亲、母亲、妹妹、弟弟和我。我听说，父亲年轻的时候作为卫生兵从军去了中国内陆，中途退伍，作为门卫去了大久野岛的毒气制造工厂工作。因为父亲是卫生兵，所以是走在最后的。前面的部队烧光房子，父亲就在后面追随，在炎炎烈火中奔跑，看到了老夫妇被杀。晚上煮饭，因为没水，就从周边取水，用铝制饭盒煮饭。打开盖子看到的是红色的饭，也就是说水里面混了血。

后来再次被征兵，父亲第二次加入横滨的部队。父亲从东京去广岛出差采购药品，到过广岛，但在1945年8月5日的晚上回到了距广岛大概60公里的竹原。第二天，也就是6日的时候回到了东京，所以当时并不知道8月6日8点15分广岛被投原子弹的事情。7日，祖父组织了救援队进入了广岛。我经常听祖父说起广岛的惨状，他经常会边流泪边跟我讲。父亲不太清楚广岛的事情，也没有跟我说过广岛的事情，但是偶尔会跟我讲他从军时候的事。虽然都很零碎，但是年幼的我受到了很大冲击。

听着这样的经历成长，我很痛苦，觉得（日军）做了很残忍的事情。父亲说自己是卫生兵，没在战斗中杀过人，在大久野岛也只是作为门卫工作，没有直接参加毒气制造。但是（父亲）是杀害了许多人的侵略方的爪牙，这一点是毋庸置疑的事实。我自小就觉得我虽然出生于战争结束后的和平年代，但有许多人在战争中失去生命，我得珍惜自己的生命，做个对他人有用的人才行。后来我结婚了，我的婆婆跟我们讲了各种在中国的经历。别人守护了我们珍贵的生命，我们现在心怀感激地生活着。

建立毒气岛资料馆和研究所

山内静代：我在小学工作以后发现，广岛的老师们真的对和平教育很上心。在前辈的引导下，我也下了很多功夫在和平教育上。广岛的和平教育当然是构筑和平广岛为目的的和平教育。我告诉孩子们在广岛、长崎发生的原子弹爆炸的事情，但是讲着讲着就发现有点不对劲。课后孩子们的反应都是："啊，这是以前的事情了，是远在60公里以外的广岛发生的事情。""我的家人没有遭遇原子弹爆炸真是太好了。""希望能够和平。"……都是这种第三方的感想。我们努力地想要培养具有和平的主观能动性的孩子，但却收效不大。我和伙伴们开始思考原因，还是因为没有把战争当作自己的事情来进行思考吧。战争并不光是广岛和长崎的事情，我们的家乡应该也有这种战争历史，于是我们马上就想到了在大久野岛制造过毒气的事实。很多人知道这件事情，但都不是非常了解，因为大家对大久野岛制造过毒气这件事情闭口不言。资料也基本上都被烧毁了，没留下记录，于是我们就首先自己进行调查，然后把听到的东西教给孩子们。

我们请教了村上初一先生、冈田黎子女士、藤本安马先生等人，这三位是深刻学习、具有人权意识并告诉我们自己是加害者的人。从他们那里学到的是，战争不止会对受害者产生负面影响，也会让孩子们成为加害者。所以战争得看受害和加害这两面才行，如果不怀着加害者的意识来进行反省，一直进行核爆受害者的和平教育的话，那么只会思考为了不变成受害者该怎么做，为了保护自己该怎么做，结果可能就会在对方攻击前先发动攻击，去扩充军备。这三位非常担心发生这样的事情，告诉我们今后不能让孩子们像自己一样，不能让他们变成受害者也不能让他们变成加害者。我们制作了各种各样的教材，连环画剧、故事、戏剧脚本、资料集，把这些事情告诉孩子们，孩子们的想法就发生了很大改变。

首先是建立资料馆，提出这一建议的是制造了毒气且受到过伤害的人。他们说要通过展示自己犯下的错误，警示年轻人不再犯这样的错误。当时的第一任馆长是实际在大久野岛毒气工厂工作过，也担任过竹原市公职人员的村上初一先生。他从竹原市退休后马上就担任了毒气资料馆的馆长，在展示中加入了一些体现加害性的东西，然后还想在小册子里面加入"加害者"这一词，但是没有实现。他担任了8年毒气资料馆的馆长，虽然有继续担任馆长的意愿，却不得不卸任馆长。原因是村上先生正好70岁的时候，竹原市实行了毒气资料馆的馆长要在70岁退休的规定，村上先生不得不退休。村上先生为了把加害者的事情传播下去，退休后创立了毒气岛①历史研究所。

那个时候有许多伙伴都赞同（村上），全国大概有100名赞同者吧，我也是其中一员。我从村上先生、冈田女士、藤本先生那里了解到了更多更详细的东西，并且我也去了中国好几次，更加深入研究了大久野岛的历史。现在我接村上先生的班，作为毒

---

① 指大久野岛，二战期间是日本的毒气制造工厂所在地。日本濑户内海艺予群岛的其中一岛，位于广岛县竹原市忠海町离岸约3公里的地方，海岸线长4.3公里。由于是战时用作制造化学武器的地点，所以被称为毒气岛。因为日本试图将这一地点从地图上隐去，又被称为"从地图上消失的岛"。

大久野岛毒气资料馆

气岛历史研究所的代表。我们毒气岛历史研究所的主旨很明确，那就是传播日本战争加害的历史。

大久野岛毒气资料馆和毒气岛历史研究所不是一个机构，资料馆的职员只管事务和管理工作。如果对大久野岛制造的毒气没有充分的知识，就没法对这段历史进行说明，也没法陪同有关人员参观岛内的战争遗址。因此，如果有人询问大久野岛制造毒气的历史或者是要求介绍岛内战争遗址的话，资料馆的人就没法接待，就会拜托毒气岛历史研究所的人代劳，然后我们就陪同参观。

到中国参观了解毒气受害史

山内正之：我长大之后成为了高中的社会课程教师，因为自己出生于中国东北后来又回到日本，所以一边在脑海里浮现母亲说过的各种事情，一边拼命地给孩子们讲日本的战争历史。我一直在研究要怎么才能让孩子们理解日本战时的所作所为绝对是错误的，不能再次犯下这样的暴行。我自己看了许多书，查询了各种各样的照片集，然后用这些资料给孩子们上课。因为参加了1996年的大久野岛毒气研讨会，我了解到了日军使用毒气的事情，于是以此为契机开始向孩子们讲述日本使用毒气杀害了很多中国人的历史。

我那个时候对日军使用毒气的历史，认识还不足。大久野岛是战时日本陆军制造毒气的地方，我就住在离大久野岛10公里的地方，战后在那里长大。从我上小学的时候就有一种错误的认识，认为大久野岛在战时制造了毒气，但是并没有在战争中使用。所以我一直错误地认为（日本）没有用毒气杀死包括中国人在内的外国人，也这样教给学生。那个时候并没有将毒气问题作为日本的战争加害史重视起来，主要是告诉学生南京大屠杀、731部队、"三光政策"等历史知识。

步平[①]老师在一次研讨会上，一边放映影像，一边讲述日军进行的各种毒气战以及日军在中国的遗弃毒气产品，这就是我研究毒气问题的一个很大的契机。他在那个时候明确地说，第二次世界大战的时候日军在中国制造了大量的毒气，杀害、伤害了许多中国人，还说当时国际条约规定不能使用毒气，但是日本偷偷使用了。估计是战败后不想让世界知道这件事情，所以（在离开中国前）把毒气产品藏起来再运回日本，至今中国仍然有很多毒气受害者。我真的非常吃惊，终于了解到自己对日本的毒气加害历史有多么无知。从那时起我的认识就变了。我觉得这样不行，要了解日本的加害历史，得先从了解身边的大久野岛的毒气制造

---

① 步平（1948—2016）男，中国社会科学院近代史研究所原所长、研究员。主要研究中日关系史、东北亚国际关系史、日本侵华史、抗日战争史。

问题开始才行。不能光靠从别人那里听到的内容和在书本里看到的信息进行判断，要实际去当地，听当地人讲述，看看当地人的样子，去资料馆参观进行了解才行。

毒气岛历史研究所的前身是一个研究会，我在创立一年之后加入了这个研究会，后来作为毒气岛历史研究所的事务局局长努力进行研究。入会之后和大家讨论，认为首先要去有受害者的中国，到那里亲眼看看、亲耳听听实际情况，必须去各种资料馆进行参观了解。于是1997年7月，我去了哈尔滨和齐齐哈尔，听到了许多毒气受害者的证言，了解了很多情况，这就是毒气岛历史研究所活动的开端。我们以此为契机，进行了许多活动。

与纪念馆的南京往事

山内正之：我第一次来南京是在1983年的时候。那时候我是高中的社会课教师，想好好告诉孩子们日本的侵略事实，南京大屠杀是日本犯下的极度残忍的罪行，所以我想必须要去南京了解南京大屠杀的史实。当年有一个全是由教师组成的"中国和平之旅"，那一趟访问了南京，也去了北京。

那个时候侵华日军南京大屠杀遇难同胞纪念馆还没建成，跟南京的老师们交流时没有谈到南京大屠杀的话题，双方只是交流了一下学校的教育问题，聊了日本和中国的教育，还有现在学校在做的事情。我后来思考反省了一下，我们日本人那个时候就应该好好地问一下大屠杀的证言，谢罪之后再回日本的。

真正学习到南京大屠杀历史是在1998年。那年夏天，我们第一次来到了侵华日军南京大屠杀遇难同胞纪念馆，那个时候我才刻骨铭心地知道南京大屠杀是日本犯下的多么残暴的罪行。我来纪念馆的时候，纪念馆内有盖了蓝色的塑料薄膜的地方，还有屋顶，我问了纪念馆的工作人员，他说正在挖掘大屠杀中被日军杀死的人的遗骨。1998年距离南京大屠杀已经过去了60年以上，没想到还在发掘受害者的遗骨。我听到这个真的很吃惊，感到日军真的做了很残忍的事情。当时纪念馆的工作人员说，现在建纪念馆的地方就是曾经进行屠杀的地方，所以可能还会出现受害者的遗骨。我后来再访纪念馆的时候，馆里的内容变得更加丰富，规模也变得更大了，纪念馆的工作人员带我们参观了三个屠杀遗址，这跟1998年带我去看的地方又是完全不同的。我再次感觉到到处都是屠杀的现场，觉得真的很抱歉。

还有一件让我非常震撼的事情。2004年我来访问纪念馆的时候听到了一位叫常志强的幸存者的证言。他说："我的家人被日军残忍杀害，实际上我一点也不想回忆这件事情，所以没有对任何人说过。但是我看电视的时候看到日本的右翼说南京大屠杀不存在，我觉得不能沉默下去了，南京大屠杀是铁一般的事实，我绝不容许把这件事情从历史上抹去，所以我虽然很痛苦但还是来纪念馆诉说证词。"我听到常志强先生这么说，于是就对说南京大屠杀不存在的声音感到很愤怒，正是这些声音才让常志强先生不得不诉说痛苦的回忆。作为日本人的我，觉得自己也是罪孽深重的一员。我去年在广岛听了常志强先生的女儿的证言，那个时候我再次感受到了常志强先生不让任何人否认南京大屠杀的强烈意志。这次我来参观整修后的纪念馆，再次觉得自己应该一生都致力于向大家诉说南京大屠杀这一日本做出的加害行为，这是多么不可原谅的事实。后来去了河北的北疃村，同行的藤本先生见了受害者的家人李庆祥先生，直接对幸存者进行了谢罪。我们也一起谢罪了，然后为去世的人举办了追悼仪式。通过这些交流，我也深刻认识到日本是如何进行残忍的侵略战争的。

在日本人当中有不承认南京大屠杀这一事实的举动和声音，我觉得纪念馆的内容变丰富，规模变得更大，就是想要反驳这些举动和声音，我感受到了中国人的这种心情。反过来我也觉得我们得自己告诉日本人要好好思考，要反省南京大屠杀的事实才行。南京大屠杀与德国纳粹屠杀犹太人同为历史上惨绝人寰的暴行，而日本却仍然有人说南京大屠杀不存在，或者说死亡数量没那么多之类的，还有迎合这一论调的政治家。而容许这些事情存在的，竟是我们日本国民。

希望更多日本人能来南京看看

我回到日本后，尽可能地让更多的人知道南京大屠杀这个事实，在课堂上比以往更努力地把这段历史教给学生。后来一有机会，我就会来纪念馆学习，大概有6次了吧。我再次感觉到，我们需要采取对策才行。我是一名教师，也有很多为了传递大久野岛的毒气制造历史而进行活动的伙伴。但是他们基本上都不会说要去南京，我一方面感到自己力量渺小，另一方面想到一起做和平活动的伙伴们并没有那么深刻地想要认识南京大屠杀的历史，就有些凄凉。南京大屠杀的幸存者来广岛诉说证言时，要是没什么特别紧急的事情我也会去听。但是听了证言之后，要说有多少人因此而去南京的纪念馆，却也很少，可能也有人去了我不知道。我觉得日本人在加害意识上是有问题的，我希望他们能够听了证言之后想要亲自去看看好好反省。今后我也会继续主张让没来过南京、没来过纪念馆的日本人去南京，在纪念馆好好反省日本人犯下的侵略和屠杀的罪行。

我没有具体地跟否认（南京大屠杀历史）的人争论过，只是在自己的讲话中说到否认历史的人说得不正确。如果说大久野岛的毒气制造历史变成了加害的历史，那么就有可能出现反对的行动，我们就必须培养能够进行反驳的力量才行。对于否认和抹消日本所作所为的言论，我们得好好应对才行。虽然还有很多做得不够完善的，但是我们也进行了许多南京大屠杀的证言集会和展示会，从次数上来讲还是很多的。

我们举办过一次以南京大屠杀为主题的"南京大屠杀照片展示会"，让日本人了解这个史实。那个时候在吴市的展示会是由木先生举办的，之后在竹原市我们也举办了南京大屠杀资料展示会。此外我们在进行毒气灾害展示会的时候，也会设置一个南京大屠杀的资料展示区，一有机会就会做一些活动，把日本人在南京的加害史和毒气加害史合在一起展示，希望让日本人好好认识这两段历史。今后，我们还会继续采取措施做这样的活动。

山内静代：我来过纪念馆好几次，第一次来南京是在1998年的时候，在这之前我也在书上看到过，从人们那里听到过，从视频中看到过南京大屠杀的事情，自己觉得对这件事情是有一定程度的了解的。但是实际访问纪念馆后，就像我的丈夫说的，发现还埋有很多遗骨。我听说是纪念馆从挖坑的地方发现了遗骨，而且不仅在纪念馆，南京还有其他这样的地方。广岛也是这样的，受到原子弹爆炸伤害的并不只是和平公园纪念碑那里，广岛市的街角和小路上，处处都有人呻吟着死去。我再次感受到南京也是这样，处处都遭受过残忍的行为。我参观了很多有纪念碑的地方，我给别人介绍广岛的时候都会说不希望你们践踏广岛的街道，不希望你们乱丢垃圾，更不能随地吐痰，因为原子弹受害者是在这个地方死去的，我觉得南京也是这样的。

我听了李秀英女士的证言，她的证言真的让我很难过，作为女性来说我觉得（日军暴行）是完全不可原谅的。之前还第一次去了日军慰安所旧址，我曾听一位当过日本兵的老爷爷说，他刚入队的时候就发给了他一打避孕工具。在慰安所看到实物的时候，我确信了这是毋庸置疑的事实。我感受到不光得听别人说，从书上看，去实地思考有多么重要。南京纪念馆的资料越来越充实，真的是非常重要的事情。

我来之前跟很多人说我要去南京，知道南京大屠杀的人就跟我说，虽然他们不能跟我一起去，但是希望我能够好好谢罪再回来。比如冈田黎子女士，她自己给南京寄了谢罪的信件书，其实她自己也想亲自去南京谢罪，只是来不了。我进入南京街道的时候就会想起这些，抱着沉痛的心情觉得要从心底谢罪才行，我是怀抱着这样的感情来的。我每次来南京的时候，纪念馆的资料都在不断地丰富，我觉得纪念馆真是一个很出色的地方，世界上的人都应该来这里进行学习。

要更多地传播毒气岛的加害史

山内静代：毒气岛历史研究所的目的是好好传递加害的事实，不仅要让日本国内的人知道，还要把这件事告诉世界，首先得听取各种消息和证言，然后以某种形式记录下来，于是我们制作了毒气岛历史研究所的资料集。为了隐藏大久野岛的毒气工厂，大久野岛曾在战争中从地图上被抹去，于是（我们把资料集）命名为"记录中没有的岛屿"。资料集的主要内容是登载在大久野岛工作过的人受到伤害的证言和工作的证言；还有我们去哈尔滨、齐齐哈尔的遗弃毒气受害者那里听到的各种证言和受害者的记录，特别是哈尔滨、齐齐哈尔等地遗弃毒气受害者证言的报告集，想让本地人知道大久野岛制造的毒气，至今仍给中国受害者带来痛苦。因为想要把加害的历史告诉给大家，所以我们会尽可能地举办展示会、演讲会、电影会、学习会等等，每年大概一次。

还有一个比较重要的活动，就是我们为了揭露大久野岛毒气制造的历史而进行的志愿活动。实际上岛内还残留着毒气工厂的遗迹，比如说毒气储藏库之类的。我们一边向大家介绍这些地方，一边介绍日本是如何进行毒气加害战争的，也会进行演讲，花一个小时左右的时间。这样的活动我们持续了 20 年，至今为止进行了 1300 回以上吧。总之，一有机会就会进行这种志愿活动，现在也在进行着，尽可能告诉更多的人大久野岛的毒气加害历史。参加这个活动的人不仅有当地人，从县外也来了很多人，还有从比较远的北海道、九州来的。最近还有中国、韩国等外国来的，从中国来日本留学的学生也会过来了解大久野岛的历史。总之，我们通过这样的活动，将日本实施毒气试验的加害事实传播出去。

大久野岛毒气资料馆的首任馆长是村上先生，村上先生意识到不能只讲受害的事情，于是就开始讲加害的事情。这样一来，竹原市和周围的残障团体就开始质问村上先生为什么要说加害的事情，没必要大肆宣扬用毒气杀死外国人这件事情。村上馆长受到了周围的反对，但依旧没有屈服，他觉得自己在大久野岛工作，曾经制造的毒气杀死、伤害了中国人，不能对这件事情闭口不谈，所以一直都在讲述这件事情。这样一来，市里的行政人员和残障团体觉得不能让村上馆长这样继续下去，于是采取了让村上先生退休的手段。之前是没有退休制度的，村上先生讲加害的事情时正好是在六十八九岁，政府就新制定了70岁退休的制度。村上先生觉得不能这样什么都不做，得好好揭露加害的历史，于是他召集了周围的赞同者，创立了毒气岛历史研究所。毒气岛历史研究所是志愿者团体，不是行政机关，没有任何预算，要通过收会费和捐款的方式活动。

我们毒气岛历史研究所和毒气资料馆相互合作进行活动，虽

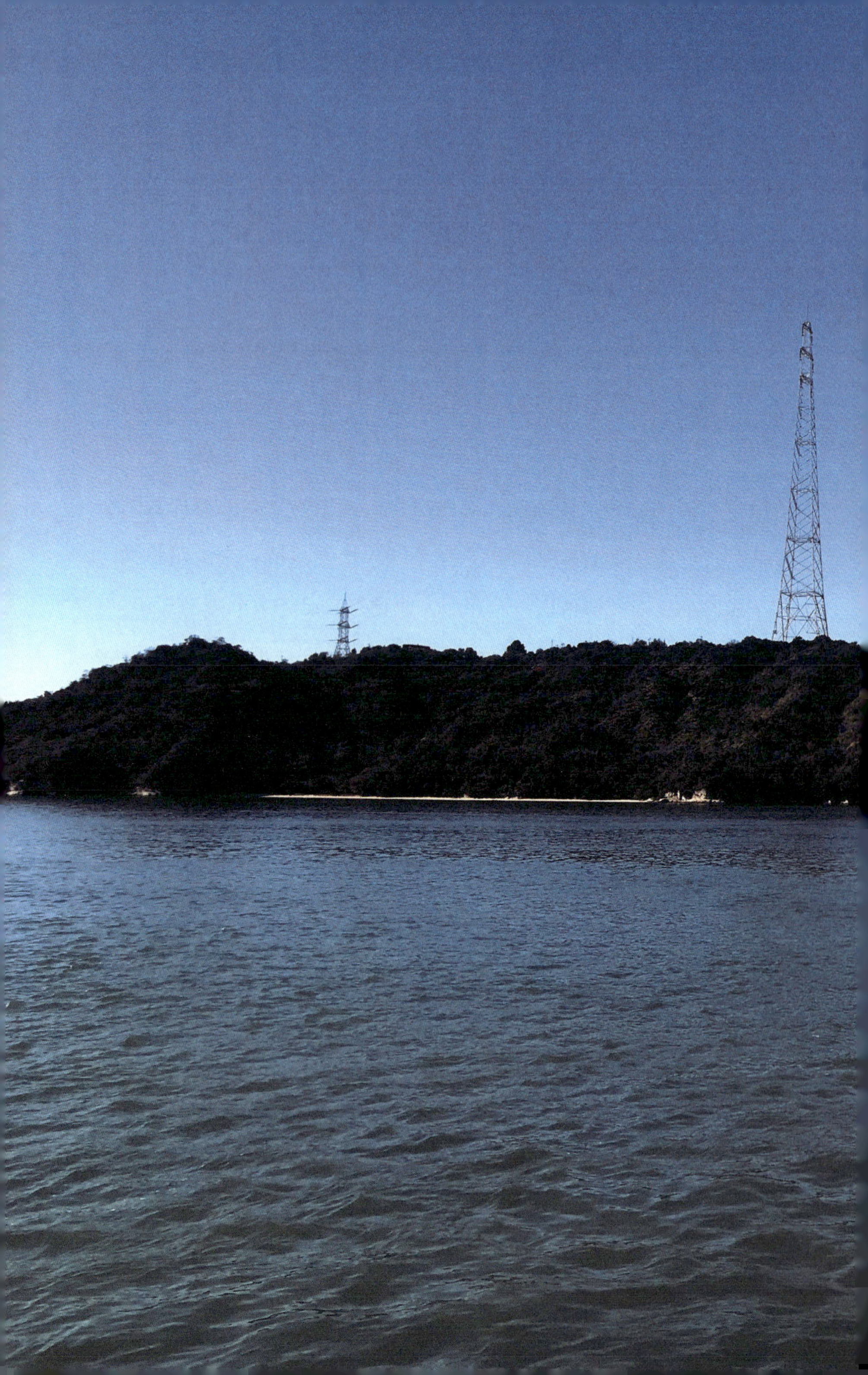

日本大久野岛，该岛曾被日军从地图上隐去

然有人反映展示内容中关于加害的东西有点少，但是作为志愿者的民间团体，不能随意更换展示内容。现在村上先生已经去世了，我们还是会尽可能地向更多的人传递大久野岛的毒气加害的历史和受害的历史。毒气资料馆和毒气岛历史研究所在机构上来说完全没有关系，作为资料馆是保存珍贵资料、展示历史证言的地方。我们希望更多的人能够去毒气资料馆参观，更加了解大久野岛的毒气历史。

  2011年的时候，有一位一直从事毒气受害者治疗的很有名的医生行武正刀去世了，他的家人继承了他的遗志，捐钱给了竹原市，希望把这笔钱用于毒气资料馆的改善。市里面也希望根据他的遗志，更新一下展示内容。当时负责这件事情的人正好是我们的熟人，就找到我们听取意见，说是想要整修一下资料馆，希望改变之后能够让参观者学到一些东西。我们就说希望能够展示更多的毒气加害历史的资料。于是资料馆展出了以前没有展出过的一些资料，比如有日军下令使用毒气的命令书。这份命令书以前只展示过一次，通过我们再一次进行了展示。命令书上是这样写的："在中国的山西省使用红色弹。"[①] 也就是喷嚏性毒

[①] 亚当氏气（DM），又名吩吡嗪化氯、二苯胺氯胂，是一种有机化合物，化学式为 $C_{12}H_9AsClN$，属于化学战剂，是一种刺激剂。浓度过高会造成人员严重中毒，口鼻出血，最后窒息而死。被认为是呕吐战剂或者喷嚏性毒气，是日军使用的主要毒气之一，军用代号为"红1号"。

气。命令书上要求使用的时候不能被人发现，也就是说绝对不能留下使用过的证据，这是违反国际条约的，这就是日军进行加害的确定性事实。此外新展出的还有参加毒气战的日本兵的照片。增加得最多的还是遗弃毒气中国受害者的照片，之前只有一张，说明词也不充分，现在变成了一个展示专栏，希望参观者能够了解到，在大久野岛制造的毒气在和平年代的中国还在让人受害，这绝对不是已经过去的问题。经过了2011年这样的整修，毒气资料馆现在变成了既能了解毒气受害历史又能了解加害历史的资料馆。如果今后竹原市换负责人，展示内容有可能会往负面方向发展，我们会努力不让这种事情发生。为了防止这种事情发生，我们希望能够在此基础上更加进行改善优化，丰富展示内容，能够让人深刻认识到大久野岛毒气制造的加害性。

现在运营毒气资料馆的是大久野岛残障人士团体和竹原市，但是残障人士团体现在都已经高龄化了，运营起来非常困难。现在资料馆的人也不是研究员，只是在做资料馆的管理和建筑物的保护等工作。他们的立场并不能回答这种历史性的东西，并不充分具备这样的知识。所以有问题来的时候，他们就会把我们的电话号码给提问的人，我们都会很爽快地答应，尽量告诉观众相关的历史。

关于岛上的遗迹，曾经大家不清楚遗迹的重要性，甚至很多

山内正之（右）在介绍大久野岛上的毒气工厂遗址

时候都觉得它碍事，随便就破坏掉。我们向环境省国立公园科投诉说这是非常重要的遗迹，有时候他们会帮我们恢复原状。遗址说明牌随着岁月的流逝会变旧，变得比较难以看清楚，我们会向环境省申请更换，做这种保护遗迹的工作。

山内正之：现在这个岛屿是国立公园，属于国有土地。所以大久野岛由政府环境省的国立公园科直接管理。资料馆要跟竹原市里面的负责人商量，遗迹问题的处理要跟环境省国立公园科商量。国立公园科在冈山，我们毒气岛历史研究所去谈了很多次岛上的战争遗迹保存的问题，拜托他们保存遗迹，获取参观遗迹的许可等，现在那里的环境得到了很大改善。我们是从1996年左右开始活动的，那个时候岛内还不能随意参观遗迹，很多都不能进去参观。我们觉得这样不好，于是长年跟环境省的负责人商量，减少禁止参观的区域，尽量开放能开放的。之前不能进入的地方现在也能进去，也能看到遗迹了，能在里面讲毒气制造的历史了。为了让来大久野岛的每个人都能够知道毒气制造的历史，我们请环境省国立公园科制作遗址说明牌，他们给岛内的十多个地方都制作了遗址说明牌。现在即使是游客一个人来，只要参观了资料馆，看了遗迹，看了说明牌的话，多少能够了解一些大久野岛毒气制造的历史。

去年在录制日本播出的节目的时候，电视台的导演带了在日本年轻人中比较有人气的女演员绫濑遥过来。虽然导演并不是完完全全让明星演员理解了大久野岛毒气制造的历史后再让其出演的，但让有名的演员来讲述大久野岛毒气制造的历史，也是给观众了解大久野岛的机会，不是一件坏事。本来节目组的导演是为了采访我们在大久野岛的志愿活动才过来的，跟节目组讲了大久野岛毒气加害和藤本安马先生去北疃村谢罪的事情后，节目组说去北疃村访问这件事情才是最重要的，就把焦点放在这一点上做了节目。节目组让绫濑遥跟藤本先生谈话，这能让观众了解到日军毒气加害的事实，是一件好事。但是要说是否让人由此了解了深层次的东西，我觉得是没到那一步的。不过有很多年轻人看了节目，我觉得很好。一些名人来大久野岛介绍历史，从这个层面上来讲，我们的活动有很大的意义。因为毒气资料馆由竹原市那边进行运营，但是他们不清楚毒气制造的历史，就会找到我们（毒气岛历史研究所）来咨询，所以电视节目需要我们提供帮助的时候，我们会参与采访。我继承村上先生和藤本先生的理念，一定会跟采访的人说如果不报道加害的事情，那么来大久野岛采访就没有意义。接受这个条件的记者和导演就会在采访里面加入加害的历史，但是也有媒体只报道一点点，并不充分，而我还是会清楚地说明我的条件，表示如果不报道加害的事情的话，我就没办法提供帮助了。只是播放出来的时候也不是所有的节目都能完全反映加害事实。

我是 1944 年出生的，现在已经 74 岁了。所以得增加下一代或者下下代能够讲述大久野岛毒气加害历史的人才行，现在我们把这个问题作为一个大的课题。我们现在扩大活动，尽可能地让其他人能够讲述大久野岛的毒气加害历史，主要就是拜托他们进行现场讲述。能够讲述这种历史的人很多，但是要说是不是都像我们一样一心扑在这件事情上，却也并非如此。我们现在做的事情就是为了让这样的人能够更加扑在这件事情上，好好地讲述大久野岛的毒气加害历史，跟他们一起做活动，我觉得这样一来肯定会有人继承的。

北疃村谢罪之行

山内正之：我们比较重视去中国进行学习这件事情。在中国的学习之旅加起来有 10 次以上。特别想介绍一下的是，2004 年（我们）去了河北省的北疃村。战时日军把毒气投入地道，残忍虐杀了藏在地道里的包括老人孩子在内的 800 多名与战争完全没有关系的村民。曾在大久野岛制造过毒气的藤本安马先生说："我有愧于中国人，自己制造的毒气被日军使用杀害了许多中国人。所以我非常想亲自去道歉，大家一起去道歉吧。"于是计划了 2004

年北疃村的谢罪之旅。

从北疃村回日本以后，我们开了学习之旅报告会，曾拍摄遗弃毒气受害者纪录片《从苦泪的大地而来》的导演海南友子也出席了报告会。在进行北疃村谢罪之旅报告会的同时，我们还举办了电影会和展示会，展示了来自南京的各种资料，希望当地人能够一起了解日本的侵略战争。那个时候中国中央电视台的人也来采访了，说是想看看日本的民间团体是如何进行深刻反省的。

在去北疃村之前，因为被制造的毒气损伤了身体，藤本先生做了胃癌手术，基本上胃都被切除了。虽然是个大手术，但是手术比预想顺利，大概住了一年的院吧，也恢复得很好。恢复之后藤本先生还是想无论如何要去中国谢罪，然后我就说那就一起去吧，制订了访问北疃村的计划。藤本先生经常诉说他的证言，我也听了无数次。他在演讲的时候一定会这么说："战争当中我就是恶鬼，在军国主义的教育中，把人变成了鬼。但是战败之后我意识到自己的所作所为是多么的错误，无论跟中国人怎么道歉也道不完，我真的很痛心。"

当时藤本先生做了全胃切除手术，去的时候还不能吃东西，只能吃流食。我们跟他的家人商量，家人说很担心。但是藤本先生说无论如何都想去，他说就算死了也想去，我们就专门把藤本老师吃的流食提前送到了中国。照顾藤本先生的是河北省一所大学的陈俊英老师。当时在东京有一个叫"三光政策调查会"的团体，主要活动是揭露日本加害的历史。他们每年都会在清明节的时候去北疃村，参加村里的和平集会。照顾他们的陈俊英女士跟河北方面的人商量，拜托对方照顾下，寄了流食，做了很多准备，藤本先生总算是能去了。但是家人都很担心藤本先生，于是他的女儿也一起去了。

我们真的很敬佩他。去北疃村的时候，他在墓碑前从心底谢罪了。李庆祥先生的家人就是在地道里被日军用毒气杀死的，他说："我那个时候是 14 岁，你被命令制造毒气的时候也是 14 岁。因为制造毒气你的身体也受到伤害，战后也不能过上很好的生活，大家都是战争的受害者。战争是不会让人幸福的，大家一起向着和平努力吧。"然后和藤本先生握了手。看着两位老人在墓碑面前握手，我就觉得人类真的是非常伟大，让我亲眼见到这么珍贵的一幕。

现在，藤本先生还是强烈地觉得自己到死之前都要为加害的事实谢罪，要跟日本人一直诉说自己的战争责任，对中国人道歉成百上千次都不够。一开始被宣告只剩半年的生命了，但他挺了过来，90 多岁了还继续精神矍铄地进行着诉说。

加害者也是受害人

山内正之：在大久野岛工作过的人，能够好好地叙述加害事实的人就是村上先生、冈田女士和藤本先生了。能够亲口说出对不起，想对中国的受害者道歉的人还是没有增加。只不过从意识上来讲，能够一点点地开始考虑加害的事情了，但还是没办法迈出那一步，没办法自己来讲加害的事情。在这些人当中，这三位是到死之前都会讲加害的事情，想要谢罪的人，这一点就是他们跟其他人的不同点。我们也从这三位身上学到了很多，受到了激励，所以一直都想要继承他们的志向，今后也一直加油努力做下去。

山内静代：冈田黎子女士 14 岁还是女学生的时候，因为学生动员运动而跟老师和同学一起被叫到大久野岛工作。在"为了国家"这个口号的号召下，她没能勤奋学习，每天都被带到大久野岛，作为被动员的学生参与各种工作。虽然没有直接在毒气制造工厂工作，但是整座岛当时处于大气污染的状态，在这种环境下工作，女学生们身体都受到了很大伤害。她们没有被告知制造毒气的事实，只说让她们把东西搬到货车上，实际进行的是毒气罐搬运工作，所以那时候就吸入了漏出来的有毒气体。此外工厂还发生了爆炸事故，也吸入了毒气，她的很多朋友都在生死边缘徘徊。冈田女士是在 8 月 6 日，也就是广岛被空投了原子弹的那天马上就去广岛救援，因此既遭受了大久野岛毒气的伤害，又遭受了广岛市内原子射线的伤害，身体受到了极大的损伤。她自己在大久野岛（参与）制造过的气球炸弹，这个气球炸弹被发射到美洲大陆，夺去了美国俄勒冈州孩子的性命。她成年后在高中当美术老师，战后才知道自己制造的气球是杀人兵器，她很痛苦，觉得自己制造了杀人兵器。于是把自己在大久野岛的经历画成绘本，添加上谢罪的文字，寄到了俄勒冈州死去的孩子们的墓碑那里。此外怀着必须构建和平世界的心情，还寄给了世界各地的战争受害者；怀着为日军的侵略而谢罪的心情，也赠送给了侵华日军南京大屠杀遇难同胞纪念馆。

冈田女士一直都在进行这样的活动，现在还健在，她觉得是不能发动战争的。同时她还用很敏锐的眼光捕捉到我们在战争之前接受的教育是错误的。我当了很多年教师，我觉得正因为我一直把冈田老师的这个主张铭记于心，才一直将教育活动进行了下来。冈田女士没有和我们一起来过南京，她身体不好，不能出远门，所以不能去国外。不过有很多国外来的人会去拜访冈田女士。她也是研究所的会员，因为身体不好，虽然会演讲但是只能在附近的忠海町内租借会场，给大家演讲，大家听完之后又来到大久野岛参观。我们一直拜托冈田女士这样协助我们。

"民众之间要超越国界加强交流"

山内正之：我是战时在中国东北沈阳出生的，后来又回到日本。我非常想去中国，一直都憧憬着去中国，最想去的还是我出生的地方沈阳。1983年去了南京和北京，后来去沈阳，我受到了很大的冲击，因为我一开始不知道平顶山惨案，只是由木先生告诉我说有抚顺（战犯）管理所50周年的活动，因为管理所在沈阳，而沈阳又是我出生的地方，所以我请他一定带我去。我知道平顶山惨案以后受到了很大震撼。更加震撼的是，在抚顺战犯管理所受过教育的日本战犯都大声地哭了。我感觉到他们在深刻反省自己的行为，对自己犯下的残忍暴行进行了反省，变成了眼泪和呜咽，我那个时候才知道自己出生的地方沈阳还有这样的事情。通过抚顺战犯管理所的教育而有所改变的人，让我感觉到人是可以改变的。我确信大家好好了解历史的真相，好好反省自己犯下的罪行的话，就能一点点地构筑起信赖关系，我觉得这是一定可以做到的，在这层意义上我有这种信心。比如我身边的藤本安马先生也进行了反省，自己在谢罪上也有所行动。这就是我在抚顺战犯管理所的战犯教育中学到的。

去北京的时候，我最想去的是万里长城。我小时候做梦都想去长城，因为是在中国出生的，脑子里面就一直有长城。1983年去中国的时候爬了长城，实现了小时候的梦想，非常感动。此外让我出乎意料和感动的是故宫，我第一眼看到故宫的时候深切感受到中国是一个伟大的国家。日本曾经从中国学到了各种各样的文化。在历史上，中国的东西传到了日本的很多地方，帮助了日本文化发展。我非常感动，觉得日本今后也要和中国好好相处，向中国学习。当然也有从日本传到中国的东西，但总的来说，从历史上来说也是日本学中国比较多，我到现在都是这么想的。

现在有很多中国人来日本，比如有很多中国留学生来了日本。而另一方面，去中国的日本人很少，日本人应该多去中国才行。我觉得这是日本人的课题。我觉得民众之间要相互交流，相互了解才行。日本人应该多去一下亚洲国家，不仅要去中国，还要去韩国、朝鲜，了解日本侵略战争造成的加害事实，与该国民众多多交流，我觉得这一点是非常重要的。

我和我的夫人出身、经历都不同。我是在沈阳出生，得到中国人帮助，后来又回到日本的，从小就听母亲说各种各样的往事。而夫人的父亲去了大久野岛，虽说是门卫，但也为制造毒气出了力。同为教师，都想要把历史事实告知学生，日本决不能再次发动这样残忍的侵略战争，我觉得这是最根本的东西，所以我们的意见才能够互补。

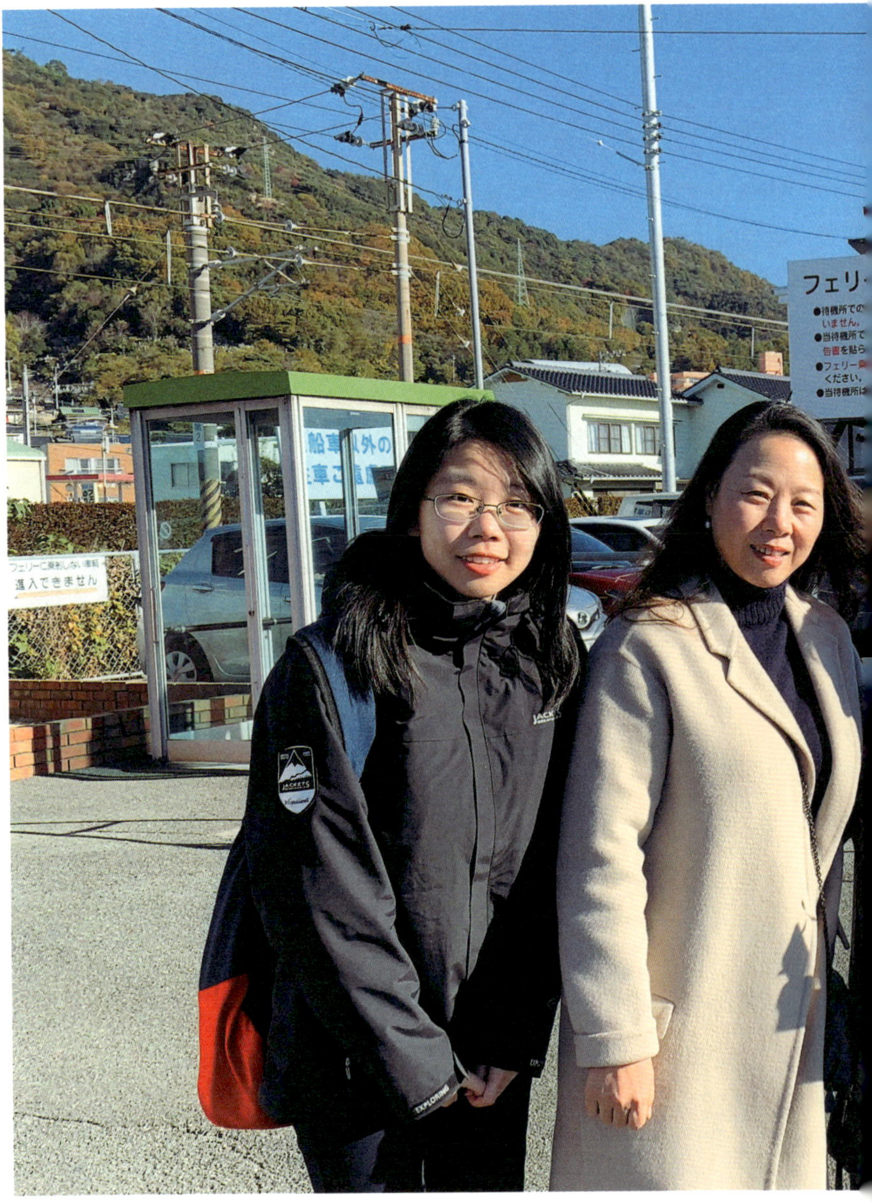
フェリーに乗船しない車輌
進入できません

山内夫妇与纪念馆访问团合影，山内静代（右三）手握紫金草种子

用一句话总结，我做的事情还远远不够吧。我现在74岁了，今后还是会继续做力所能及的事情，也就是把日本的侵略历史告诉更多的日本人。其中既有毒气加害史，也有南京大屠杀史，还有其他很多不得不说出来的事件。

山内静代：我第一次去中国之前，经历过战争的日本好友就问我："没问题吗？不要去中国比较好吧。"他对中国抱着一种不信任的态度。我在日本的时候也跟很多从中国来的人进行了交流，但是实际上来中国后才意识到，中国是一个多么美好的国家，需要实际上见面交流后才能产生出信赖关系。如果抱有不信任的态度的话，那就会变成纷争的导火索，所以我认为交流是最重要的。我实际上在中国也交到了许多朋友，也有很多人成为了日中之间的桥梁，我觉得这真是太好了。相互之间构筑信赖关系的话，自己会变得幸福，也会让周围的人幸福。我们得以身作则地展现给大家，那种"用武力让对方屈服，让对方按着自己的想法去行动"的想法是错误的。

我们自身学习之旅最重要的还是建立起人民之间的信赖关系。希望日本人自己能够了解包括南京大屠杀在内的残忍的侵略战争历史，反省不要再犯下相同的错误，跟中国人、朝鲜人以及亚洲各国的人都建立起友好关系。我也去了朝鲜、韩国，在这个过程中，我觉得最重要的是民众之间的友好交流。之前，纪念馆的访问团来广岛参加"历史认识与东亚和平论坛"的时候，带了紫金草的种子过来，给了我10袋。我跟朋友们讲南京的紫金草的事情，让他们把种子种下去，我觉得这是个很好的方法。

最近周围也有朋友让我们下次去南京的时候，带他们一起去。我们也希望创造一些机会让日本的年轻人能够去中国。到当地亲眼看，肯定是很重要的，但是也有人来不了，所以我觉得应该尽可能地设置一个能够让很多人了解南京大屠杀事实的场所。我曾经跟村上先生讨论，在大久野岛除了毒气资料馆外，再设置一个世界范围的战争受害资料的展示场所，展示奥斯威辛集中营的资料、南京大屠杀的资料等等。村上先生不幸已经去世了，但我还是怀抱着这个梦想，虽然还没有付诸实践。如果世界上的和平资料馆都尽可能地设置这种展示区域的话，就会有人想要亲自去看，视野也会变得开阔吧，这就是我现在的一个梦想。

另外，如果能创造一个通过寄宿家庭让年轻人进行交流的机会就好了，让年轻人和双方的家庭都能够进行交流。我有一些因为毒气灾害问题而变得紧密的朋友，他们说年轻的时候几乎不了解广岛原子弹爆炸，去了之后才了解的。切实地感受到了战争只会让双方不幸，不会让大家幸福。我希望我们能够通过这些事情，构建起世界和平。

战争是不好的事情，所以绝对不能让当权者发动战争。不管

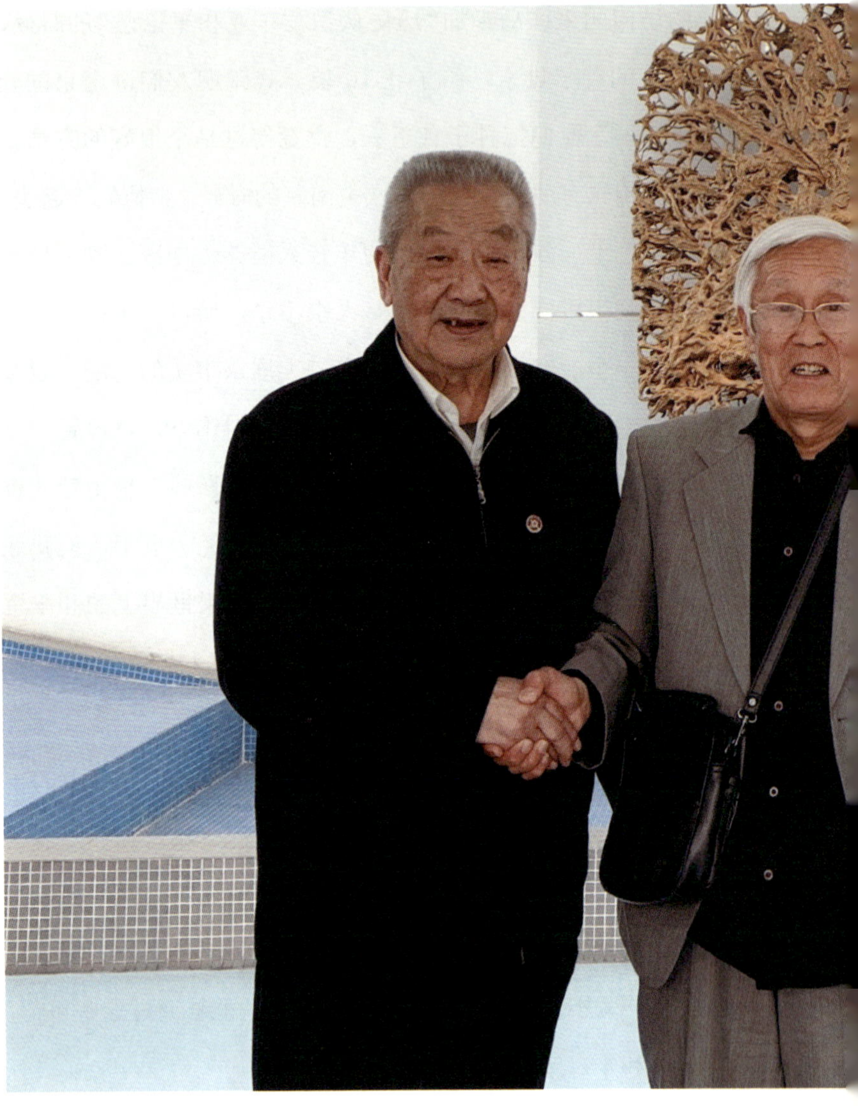

2019年5月，山内正之（左二）、山内静代（左三）与南京大屠杀幸存者葛道荣（左一）及夫人（右一）在纪念馆合影

政治家是怎么想的，没有一个国家的人民会希望发生战争。所以第一步还是民众之间超越国界，共同阻止战争的发生，通过民众之间的友好交流来建立信赖关系。我接下来也想好好致力于培养国民之间的信赖关系，我觉得不光是亚洲，世界各国也是这样的，建立各个国家民众之间的信赖关系是必须要持续做下去的事情。当然我也从中国人民这里学到了很多，希望能够更加深入地交流。

我自身因为了解侵略战争、毒气制造、遗弃毒气等问题与很多人，特别是中国人产生了联系。其实不应该通过这些途径产生联系，而是应该在更加和平的关系中建立联系。所以今后决不能有这样悲惨的历史，我们得好好传播历史事实才行。把历史事实传播下去，就可以在幸福和平的环境中建立与他人的联系，我希望今后能够实现这一点。

我自己一个人的力量是弱小的，大家都在帮助我。不仅是我们夫妻二人，毒气岛历史研究所的其他的成员也在进行非常出色的活动。我在学校工作过，教职员也都在进行促进和平的活动，而我们二人可能只是比较巧地生活在了一起。

所以大家一起为和平加油吧，尤其是要拜托年轻人。

池尾靖志

"走上和平学之路"

芦鹏　访谈
芦鹏　整理
访谈时间　2018年9月

池尾靖志

1968年3月4日生于日本爱知县名古屋市。日本立命馆大学讲师,著有《和平学入门》(第二版,2004年)、《战争的记忆与和解》(2006年)、《从日本出发的和平学》(与安斋育郎合著,2007年)、《创造和平学》(2009年)、《自治体的和平力量》(2012年)等和平学书籍。长年与侵华日军南京大屠杀遇难同胞纪念馆开展和平学交流,其中《和平学入门》一书在南京翻译出版。

走上和平学研究之路

我叫池尾靖志，1968年3月4日出生于名古屋市。我走上研究和平学道路的过程，大家可能会觉得惊讶。小学4年级的时候，我从名古屋搬到了岐阜县，家的附近有一个战争时期日本陆军的机场，这里在战后被美军接管，后来变成了日本航空自卫队的基地。刚搬过去的时候，我产生了很多疑问，为什么离我住的地方那么近就有军事基地，还装备了导弹呢？这促使我小学4年级的时候就开始思考如何实现一个没有军队的世界。不过，家旁边就是自卫队基地，朋友的父亲不是自卫官，就是军事产业相关工作人员，所以相互之间难以讨论这个问题。上大学的时候，我觉得和平就是没有军队、没有战争的世界，所以选择攻读政治学。那个时候，基地中还残留着美军轰炸过的遗迹，水泥墙壁上还有被炸出的窟窿，估计现在已经被铲除了吧。总之，这就是我走上和平学研究之路的缘由。

在我从小学生成长为大学生的过程中，美国和苏联一直处于冷战时期。在冷战的前提下，如何使得世界保持平衡，是我在国际政治学中学习的知识。然而，就在我大学四年级的时候，柏林墙突然倒塌了，冷战构造就此瓦解，世界变得不知道会走向何方。

日本的和平学与美国对广岛、长崎投放原子弹息息相关。作为原子弹爆炸受害者，日本开始思考如何创造一个没有核武器的世界。但是另一方面，日本自19世纪末以来侵占朝鲜半岛和中国台湾，并对中国其他地区和东南亚各国进行了侵略，对这段历史的反省也是和平学的重要课题。特别是日本与中国等亚洲各国恢复邦交后，历史问题就自然成为了和平学的课题之一。

后来我在大学任教，开设国际政治与和平学的课程。日本政治的内容中，包含当下政权所存在的问题点，例如日本不愿意承认对亚洲各国犯下的过错。课堂上，有时我也会让学生们思考日本所存在的问题的起因。当然了，这堂课主要内容是日本政治制度、政治历史、政治文化，以及国际社会中日本的责任等内容，有时会涉及到日本与中国及亚洲各国的关系的课题。

我个人的研究课题与冲绳有关，就冲绳美军基地问题探讨日本与美国以及亚洲各国的关系，还有所谓以美国为中心的世界秩序的现状等。大学时代我的指导老师与其他老师不同，当时的主流国际政治学聚焦于美苏关系，但他认为即便是冷战时期，也不能只考虑国家之间的关系，应当由NGO这种没有国家主权（性质）的非政府组织参与到国际社会中，每一个普通人都应该成为创造历史的主体，并为和平贡献力量。这位老师是当时日本和平学会的会长，可惜在我大学四年级时突然去世了。

我进入立命馆大学大学部攻读研究生的时候，认识了立命馆大学的安斋育郎[①]先生。安斋老师一直致力于去核电运动，2011年东日本大地震中发生了福岛核电站事故，安斋老师到现在还在积极地与当地民众联手解决这一问题。安斋老师致力于去核电与去核武器课题研究，我则选择了冲绳，经常前往冲绳调查研究。福岛县的核电站为东京及首都圈提供电能，直到东日本大地震发生为止，首都圈的民众都没怎么思考过去核电的问题。而冲绳虽然集中了近七成的驻日美军基地，但住在日本本土的人对这里也是漠不关心。就在大家觉得事不关己高高挂起的时候，福岛与冲绳发生的事情正在造成极大的影响。不到现场调研就谈不了和平，这是安斋老师教给我的一个原则。

我在日本的学生中，有一位来自中国的留学生小张同学，日语能力很强，毕业于南京大学，她的老师还是我的朋友。小张同学想选修我的和平学课程，但这个课程不面向留学生开设，所以正常情况下是无法选修的。于是南京大学的老师，还有我在明治

———
① 安斋育郎：和平学学者，日本立命馆大学国际和平博物馆名誉馆长。

学院大学认识的老师都与我联系了此事，解释说小张同学的研究课题是日本的历史教育、和平教育，所以才选择了立命馆大学留学。我就向大学申请，接受了小张同学参加课程。想让一个大学为了一个人改变规则是一件很难的事情，最初大学也不同意，后来经不住软磨硬泡才同意的。小张同学毕业后，去东南亚拿了博士学位，之后又回到南京当老师了。

在南京出版《和平学入门》中文版

我的专业其实不是历史学，但凭良心说我觉得作为日本人，必须要面对日本人在战争中给中国带来伤害的历史。很长时间内，我一直没有机会好好地学习这段历史，特别是没有机会到南京现场去思考历史，直到安斋老师给我提供了一次机遇。安斋老师与南京（侵华日军南京大屠杀遇难同胞纪念馆）时任馆长朱成山之间有所交流，而当时我正好编写了第一本和平学教科书《和平学入门》。朱馆长赴日的时候，安斋老师向他推荐了我写的这本书。朱馆长表示想把此书翻译成中文出版，让和平学在中国也能够成为普通人思考的课题。2004 年，受纪念馆的邀请，我前往南京参加了新书的出版仪式，算起来至今已经十多年了。

这本《和平学入门》，执笔者除了我，还有其他几个人，其实我是跟我的学生们一起写的。我在读研究生的时候，曾经作为助教参加了大学一年级生的研讨班。这些学生中有一些人应募了一个英语读书会，大学四年期间一起阅读了国际关系论、和平学的英语书籍。为了给他们四年大学生活送一份纪念品，让他们有一本自己参与的著作，我就策划了共同编辑和平学教材的项目。当然，书编好的时候他们已经是研究生了，都有了自己不同的研究方向，例如气候变化、社会性别等。其他的诸如南北问题、人权问题，则是由我认识的大学老师负责，以此整合出了整本书的架构，那是在1999年、2000年的时候编成的。

由于和平学是一个进行时学科，第一版的内容（出版）不久后就落伍了，所以又修改了一些内容，2004年的时候出版了第二版。南京方面翻译的书稿原来计划是翻译第一版，不过我希望能够直接用新的数据内容，所以还未在日本出版之前，就把第二版的书稿送给了南京，请他们将一部分内容进行更新。书稿的翻译，请的是曾经在立命馆大学留学，现在在南京的大学教书的老师。朱馆长希望在12月13日出版，所以翻译工作也是挺急的，最后基本上都按照我的想法进行了正确的翻译，内容与日本出版的没有什么区别，朱馆长还为此书写了序。

我编写这本和平学教科书的目的是能够在自己的课上使用自己的教科书。选我课的学生有1600人，是现在难以想象的人数，上课的时候要推着小推车,搬运发给学生的资料。于是我就想,为什么不能出一本教科书,这样就能够节省我复印和搬运资料的时间了,这就成了我编书的契机。与其总结自己在和平学上有什么业绩,不如制作一本让学生们正确理解上课内容的书籍来得重要。而且,日本全国都能买到这本书,听说这本书在纪念馆那边也挺受欢迎的。

2004年12月13日的下午,我受邀参加了在纪念馆举行的新书发布仪式,那是我第一次来到中国。当时的南京禄口机场还比较偏,现在机场已经通了地铁。当时手机才开始普及,我还没有买,不知道有什么办法才能打通国际长途电话。巧的是,同一航班抵达南京的有一个日本僧人团队,僧人访华团的团长名叫山内小夜子,迎接这个团队的中方导游戴先生向我打了招呼。戴先生好心帮我联系了纪念馆。回到日本后,我赶紧去买了手机,后来与戴先生也一直保持着联系。

新书发布仪式倒是挺顺利的,我听当时参加仪式的报社的人讲,他们采访了南京大屠杀幸存者,说对我当时的发言表示认可。我那时候说,日本的小泉纯一郎政权中,官房长官安倍晋三的思考方式很错误,他认为承认历史的罪行是可耻之事,所以要尽量掩盖。这种历史修正主义行为才是自虐史观,如此所谓国家尊严"优先"的方式是可耻的,是自毁尊严。日本不应该忘记做出的伤害，必须在承认的基础上，构筑与中国的友好关系。

《人民日报》也报道了这次新书发布仪式，在我回国之前，其主页上登载了这条新闻。然而这条新闻被日本的右翼看到了，我回国之后收到了诽谤的邮件，意思是说承认对中国犯罪是一件让日本受辱的事情，质问我为何会做这种事情。所以说，我在中国并没有因为是日本人而遭到攻击，但是回日本后却遭到批判。

新书发布仪式上有一个插曲，书籍的日语翻译是立命馆大学大学院的校友，我们以前在日本没有见过面，不过在南京能遇见校友让我很是怀念，所以就站着聊起天来，说着说着就笑了起来。然后有人过来和我用中文说了什么，我没有听懂，后来翻译提醒到，在这种严肃的场合笑是不合适的。我虽然觉得笑的原因并不是那么回事，但事后还是进行了反省，那种场合还是不要说笑比较好。

来南京参加悼念仪式

事实上日本人一开始并不怎么了解12月13日这一天是日军攻陷南京的日子，以及在这一天举行的悼念仪式。直到这一天成为国家公祭日之后，才被日本社会广泛地知晓。

我记得第一次参加悼念仪式的时候，面向会场站在第二排中间位置。站在我稍微后面一些的，是日本人山内小夜子带的团，其他人就不认识了。仪式开始了，突然响起了防空警报，我第一次体会到在防空警报下默哀的方式，感到很惊讶，接下来是奏唱中国国歌的环节，我依旧非常紧张，不知道该做什么好。奏国歌的环节之后，士兵们伴着悲怆的音乐将花圈移送到台上，这又让我惊讶了，因为在日本没见过军人献花圈的场景。士兵们还手持枪支，站在两侧守护花圈。最后环节是南京学生的合唱，在我身后的人们开始拍照，我也趁此机会拍下了照片。大多数日本人对于日本军队在战争中犯下的罪行是有所了解的，所以现在日本的悼念仪式中，基本上看不到自卫官的身影。

我有两次带学生来参加了（悼念）仪式，还带他们去了中山陵。想要理解历史教科书上的内容，就有必要前往事发地亲身感受。经常有学生提出书上的内容让人看不懂，所以现场开展历史教育，对于学生们来说是非常重要的。

（悼念）仪式的前天晚上，我和学生们还参加了守夜活动。现场有一些南京大学的研究生与日本学生进行了交流。中国学生问，你们平时都做些什么？日本学生回答说"打工"，双方都笑了起来。中日两国大学教育的情况有所不同，中国学生应该更致力于学习吧。我曾经参加过南京大学刘成教授的和平学课程，学生们非常热烈地提出了很多问题。而日本的课堂上，学生们都很老实，不怎么会提出问题，日本的学生需要向中国学生多学习。

2004年后，每年的12月13日，我都去南京参加悼念仪式。这个日子对于中国人来说是一个非常悲伤的日子，但物理距离离得越远，对事情抱有关心的人就越少。日本有一部分人，特别是右翼分子不愿正视过去的历史、加害的历史。我很想让更多的日本人到访南京，去思考历史，但是遗憾的是我的能力有限。日本的年轻人里，有一些人不愿意正视历史。还有一些经历过战争的老兵，他们担心自己的人生被否定，不愿承认过去的战争罪行。日本的学校教育，特别是到高中为止的教育，对于近现代史的学习程度都不够高，学生们进入大学后听了我的课，会对过去的历史感到震惊。不过这种震惊会产生好与不好两种结果，好的结果是学生们更加积极地学习历史，不好的结果是也有人带着偏见看待问题，认为承认过去的历史、追求和平的看法局限于左翼人士。我能做到的是尽量将真相告知学生，如何接受则是他们的自由，我不会强行把个人的思想灌输给学生。但不管怎么说，过去的事实是无法抹去的，必须正视那段历史。

参与冲绳和平运动

日本战败后，美军占领了日本。1951年9月，日本与美国签订了安保条约，导致美军仍然驻留日本。驻日美军的70%集中在

2019年2月，张建军馆长（左二）访问立命馆大学国际和平博物馆，池尾靖志（右二）陪同安斋育郎先生（左三）出席交流活动

冲绳，剩下的30%在本岛。冲绳县的面积只占日本总面积的0.6%，但是在0.6%的土地上却集中了70%的美军基地，冲绳人觉得这明显是有问题的。美军利用冲绳进行训练，例如在民房上空低空飞行，训练过程中有时还会坠机。有一次"鱼鹰"飞机在冲绳岛北部坠毁，政府却遮遮掩掩说是海上紧急迫降，明明机体都已经在海岸上摔散架了。由于《日美地位协定》的限制，日本警察、县知事也不被允许靠近事故现场。这种威胁到民众生活的情况，已经成为了冲绳的常态。日本本岛民众不知道冲绳发生了什么，

也没有报道，而冲绳美军基地周边不断地发生着美军犯罪、飞机坠落、直升机坠落、环境污染等问题，这是由于狭小的土地上集中了那么多美军基地的原因。目前，日本政府正在冲绳北部填海建设新的基地，那片海域是珊瑚礁的群生地，居然在那样的宝贵生态环境中建造机场跑道，这无疑进一步加重了冲绳民众的负担。

2018年举行的冲绳县知事选举中，支持政府填海造基地的一派与反对派形成了一对一单挑的局面。日本的中央政府与地方自治体可以具有对等的立场，日本法律规定县知事具有填海的决定权，此次基地建设中涉及的入海河流路线具有变更决定权限的人是名护市市长。如果县知事不签署许可证，那么国家就不能填海。于是，县知事以及名护市市长选举已不是单纯的地方选举，而是全体日本人所关注的事情。最终，反对派获胜，新当选的县知事表示将取消此前发出的填海许可证。接下来，日本政府与冲绳县之间打起了官司，政府一边强行推进填海工程，观点对立的双方一边在法庭上争执。

现实中的情况还要复杂一些。有的人虽然反对基地建设，但是为了生活又没有其他办法。比如说卡车司机等建筑业从业者，他们也许是反对的，但为了生活要赚钱，所以不得不赞成。还有日本政府承诺给建设基地的城市补助金，用于振兴地方经济，有的候选人就以此为竞选口号。但实际上这样一来就有失（选举的）

公正，很多建筑业公司的职员受到公司上层的指示，不敢违抗命令。我不是冲绳县民，所以没有选举权，我只能在冲绳之外的地方呼吁人们关心这个问题。冲绳离得太远，很难被人关注。和平学的研究需要在教育、研究、运动三个方面取得联动，冲绳问题是我的一个重要课题。我一方面前往现场调研，一方面及时在课堂上传授调研成果给学生，并面向普通民众开设讲座。

当然，冲绳除了美军基地的问题，还有其他的问题。第二次世界大战的时候，冲绳是太平洋战争的战场，留下了许多战争遗址。2015年，经侵华日军南京大屠杀遇难同胞纪念馆的介绍，新华日报社的记者曾前往冲绳寻找战场遗址，我开车带他们一路走一路解说，去了很多地方。冲绳岛并不小，一路去了不少遗址，那次还是蛮累的。记者们应该是第一次来到冲绳，他们一开始联系的是冲绳县立和平博物馆，并与负责人进行了交流，此外还前往了冲绳战役时躲

《新华日报》2015年5月1日关于池尾靖志协助记者在冲绳采访的报道

避用的洞窟。冲绳岛南部有很多珊瑚礁堆积而成的石灰岩洞窟，里面曾经有日军司令部、野战医院等。我们去了野战医院的洞窟，不巧的是当天是闭馆日，没能进去。那次主要看的是冲绳南部的战争遗址，美军基地那边也去绕了一下。

还有一点，冲绳北部填海造基地需要用到泥沙，日本政府计划从冲绳南部调取。对此民众表示了反对，因为冲绳战役后期非常激烈，很多死去的人没有留下完整的遗骸，而是成为碎片融入了土地。如果挖掘的话，势必涉及到遗骸处理的问题。

池宮城晃

冲绳摄影家与中国的不解之缘

芦鹏　访谈
芦鹏　整理
访谈时间　2022年4月

池宫城晃

　　1949年生于日本冲绳县那霸市，池宫商会董事会顾问、日本每日新闻社原摄影记者。自1980年代开始，在中国东北拍摄街景，出版了《冲绳返还 1972年前后》(1998年)、《大连旅游》(1990年)等摄影作品集。

家族的中国渊源及池宫商会的来历

我名叫池宫城晃，1949年2月24日出生在日本那霸市，与新中国同龄。我的父母在战前都去了中国东北，战后一起被遣返回了日本。

池宫城家的祖先名叫"郑义才"，是600年前在明代皇帝的旨意下，从中国福建长乐镇漂洋过海而来的中国人。为了学习各种技术，琉球国王将他们召集到冲绳，居住在久米村，是被称作"冲绳三十六姓"[①]中的一个氏族。据说所谓的三十六姓其实是指很多人的意思，实际上只有16个姓氏而已。久米村是从福建移居过来的中国人的聚居地，现在籍贯为久米的冲绳人中，大都是"三十六姓"的后代。

---

① 又称"闽人三十六姓"，传明朝皇帝朱元璋曾命福建一带的36个氏族移居琉球王国（冲绳），带去了中国的先进技术，增进了明朝与琉球王国的友好交流。

郑家历代侍奉于琉球王宫，人才辈出，大多从事三司官①这一重要职务，其间一直沿用郑姓。到了明治时代，琉球被日本吞并，改名冲绳，我的家族便家道中落了。因为家族世世代代都在王宫内做事，突然失去了工作，一时间不知道该怎样维持生计，变得十分贫困。那一代家主的孙子，也就是我父亲的爷爷，因为太穷而没能上学，也不会写字，最后成了一个文盲。到了我爷爷一辈的时候，他也没上过学，是个文盲，一样不会写字。在冲绳的热带海岸，有一种叫做露兜树的植物，他就用露兜树的叶子做一些帽子、钱包之类的东西，当了个手艺人。

我的外祖父出生在福岛县，原本在日本东北地区的税务署工作。为了谋生，他辞去了工作，带着妻子和七个孩子移居中国东北的长春。我的母亲是家中的次女，毕业于当地的一所女子学校，在金融机构兴农合作社工作。

我父亲虽是家中长子，起初在县内的鹿儿岛附属银行工作，却因为很多原因背井离乡离开了冲绳的家人，一个人到了长春的兴农合作社②工作。在此之前，我母亲随家人一起移民前往了中国东北地区，从一所女子学校毕业后就在兴农合作社里工作。后

---

① 亦称法司，是琉球国朝廷的最高执政机构的官职名称，三司官公设三人，称号为"某某亲方"。
② 1940年，日本为加强在中国东北地区侵略统治而建立的农业金融机构，1945年日本战败后消亡。

来，他们就在同一个工作单位相识并结婚了，听说还是兴农合作社第一例内部职员结婚的。我的哥哥和姐姐出生在长春，二战以后他们便回到了日本，那时候日子过得非常困难。如果他们当初没去中国东北的话，那么我和我的兄弟姐妹也不会存在于这个世上了。

我的父亲从小成绩就非常好，被人称为秀才，曾经是个十分优秀的学生。因为家里穷，没有条件让我父亲继续读书，但是学校里的老师们都觉得这太可惜了，他们就说服了我父亲的父母，并且给予了许多的帮助，让我父亲得以前往那霸商业学校读书，在校期间勤工俭学。他在被遣返回冲绳后，1950年就独自创办了一家公司。当时的冲绳在美国的统治之下，在战后的几年中，美军设立了一个名为"占领区政府救济基金"的项目[1]，父亲便利用那个基金创办了"池宫商会"。到现在（2022年）为止，公司已经存续70余年，在冲绳很少有公司能够存在70多年的，这便是我们的家族企业池宫商会的来历。

少儿时期的战后冲绳记忆

我从孩童时代到初中为止都在冲绳度过，后来我离开冲绳，

---

[1] 全称 Government and Relief in Occupied Areas，简称 GARIOA，是美国在二战之后，为了稳定占领区域的混乱局势，巩固和加强其军事占领，而采取的经济、物资救济政策。

一个人去了福岛县读书。直到初中毕业，我所感受到的都是美军统治期的冲绳。那时的美国作为第二次世界大战的战胜国，一跃成了世界上最强大的国家。就是在那样一个时代里，发生了许多事情。

说起当时的情况，我印象最深的是一条街，现在已经成了冲绳观光旅游的重要街道，被称为国际大街，但当时还完全不是这个样子。在我童年的记忆里，那条道路上曾经满是敲碎的珊瑚礁，在被压路机碾成平地后，变得白茫茫一片。在年复一年的整修之下，才有了我们现在看到的国际大街的样子。1950年代初期是属于经济实力最强的美国的时代，也是冲绳被美国化了的时代。当时爆发了朝鲜战争以及许多其他的事件，所以有大量的美国军队驻扎在冲绳。在朝鲜战争时期，尽管日本九州的基地也以各种方式被征用，但还是冲绳的美军基地与朝鲜战争以及越南战争的关系更为密切，冲绳也因此经历了"废铁热潮"[1]。战争结束后，冲绳岛上留下了许多的武器残骸，这些废铁全部被融化后再利用，某种程度上也为冲绳的经济发展起到了一定的作用。

当我还是个孩子的时候，如果前往那霸市的海岸，就可以看

---

[1] 由于受朝鲜战争影响，金属需求量激增，自1953年开始，冲绳战役中残留的大量武器废铁被出口到日本本土，一时间成为冲绳主要的外贸商品。由于很多孩童为了生计也去拾废铁，发生过哑弹爆炸伤亡事件。

到战争中被使用过的大型运输船，它们在触礁后就一直搁浅在那里，一副锈迹斑斑的模样。冲绳本岛的南部曾是冲绳战役的主战场之一，在我小学的时候，学校常常会将其作为远足的目的地。冲绳岛是一个由珊瑚礁组成的岛屿，有许多自然形成的洞穴，在洞穴的周围还残留着当年日军使用过的皮带等军品，此外还到处散落着哑弹。有一些人利用这些哑弹非法捕鱼，他们将哑弹拆解以后，把里面的火药取出来装在瓶子里，然后当成炸药扔到海里爆炸，等鱼浮到海面上就捞起来卖钱。然而，事故也特别多发，因为是非法捕鱼，所以他们通常是一个人偷偷行动的，一不小心把自己炸死了的事情也不少见。

正因为处在那样一个时代下，我的小学老师也都是经历过冲绳战役的幸存者。我初中的时候，甚至还遇见过失去一只手臂的老师。听说在战争发生时他还是一个孩子，被枪弹打中后就成了这个样子。三年前我的小学六年级的老师去世了，他曾经作为一名"学徒兵"被卷入到激烈的战争中，后来便经常给我们讲述他学生时代发生的故事，一直致力于将冲绳战役的记忆告诉不了解战争的年轻人。

在我的记忆中还有过一段经历，虽说可能算不上什么正经的爱好——在我上初中后开始做起了一件奇怪的事情，那就是收集战争的遗物和残骸。我钻进战争留下的洞穴里，挖掘各种各样的物件。就这样挖出了许多东西，里面有手枪、手榴弹之类的武器，我就自己倒掉火药之后，把它们放在家里当装饰。

东京上野有一个中田商店，是日本著名的一家军品商店。我从洞穴里挖出来的用于证明身份的军用识别牌，成为了我与中田商店社长相识的契机。我曾分别挖到过日军和美军的军用识别牌，在美国似乎被称作"狗牌"。当时我还只是一个孩子，这些识别牌对我来说丝毫没有用处。而在那个时候日本出版了许多诸如《手枪爱好者》之类的武器杂志，通常出版一两个月后就能够在冲绳买到。我在书店里买了一期杂志，恰巧看到了中田商店登的广告，上面写道中田商店准备在未来建立一个战争博物馆，如果有任何与战争相关的物件，都可以寄给他们或是和他们商量。

当时我完全没有想过做买卖的事情，只是觉得如果将来要建立一座战争博物馆，届时我手上的这些东西能派上用场的话倒也不错，于是就给中田商店写了一封信。从那以后，我便与中田商店建立了联系，至今已经打了55年的交道。另一方面，我之所以想去挖战壕，最初的原因是由于当时冲绳有许多人出身于经历过战争的贫困家庭，初中时学校的秩序十分混乱，有的学生在认真学习，但不良少年或者说有问题的学生也大有人在。为了不被卷入这些有问题的学生之中，我选择了逃避，我觉得只要我进了洞穴的话，就可以逃离这个社会，就不会和那些人牵扯在一起了。

不过，现在我倒是觉得，归根到底还是因为冲绳战后的社会环境太糟糕，所以大家才变成了那个样子，只是当时我还考虑不到那么多。

我讨厌待在冲绳，于是请福岛县出身的母亲帮忙，求她把我送出冲绳。不一定非要去东京，只要能去福岛县就行，我觉得如果继续留在冲绳的话，就看不到自己的未来了。我是哭着向母亲求助的，但我父亲并不同意，因为他觉得会给我母亲的亲戚们带去麻烦。这个时候，母亲的弟弟，就是我的舅舅给我写了一封信，他告诉我，我到了福岛后他可以照顾我。于是，我初中毕业后立刻去了福岛县。

我对冲绳的记忆就此按下了暂停键。不过在我前往福岛县后，又时常想起冲绳，最终我立志成为一名摄影师并回到了冲绳。回想起来，在我还是学生的时候，学校都没有配餐，而同时期在日本的其

1961年由美国统治机构颁发的"琉球居民日本旅行护照"（口述者供图）

他县里，早已实施配餐制度了。我们只有美军提供的用脱脂奶粉泡的牛奶，到了小学四年级以后多加了一个面包，直到我初中毕业，学校的供餐一直是这个样子。这可能是其他县的日本人没有经历过的事情，当时发生在冲绳的许多事情，在其他县的人看来都是无法想象的吧。换言之，单凭言语是无法让他们理解的。那是一个怎样的时代呢？当时，我父亲是公司的社长，虽然没有什么经济上的困难，但因为冲绳笼罩在美国的统治之下，所以那是一个让我感觉非常不顺心、有沉重压迫感的社会。我无法原谅那个时代，这也是我立志拍摄新闻报道照片的一个原因。

学习摄影并拍摄返还日本前后的冲绳

1965年，我从冲绳的初中毕业，当年6月份去了福岛县。途中路过东京时，我顺路去了趟中田商店，那是我第一次与中田商店的社长中田忠夫[①]见面。

因为初中毕业后到福岛县时，错过了当地的高中入学考试时间，所以第一年我就在一个叫安积学馆专门学院的学校里上学，那是一所明治时代就已经存在的类似私塾一样的专门学校，或者

---
① 中田忠夫（1927—2019），在日本东京的上野阿美横町创办了中田商店，经营世界各国的军装制品。

说是预备学校。在那里，我有许多印象深刻的回忆。学校离车站不远，附近有一个较大的老式日本神社，和冲绳完全是不一样的景致。

安积学馆专门学院大约有 60 名学生。当时很少有冲绳人会去福岛，冲绳是与日本割裂开的，那时还没有"冲绳县"，因此我的同学们对于冲绳一无所知。他们只知道我是从遥远的南方而来，至于冲绳在哪里就一概不知了。他们都是战后的一代，所以对历史不了解也是正常的。起初大家都把我看得十分稀奇，但过了一段时间以后，我的同学们也就不那么在意了，直到现在还有许多当时的好友与我保持着联系。在某种程度上，地方上的人是不带偏见的。

第二年，我进入了高中。那是一所日本大学的附属高中，名叫日本大学东北工业高级中学。学校里有大约 2000 名学生，当时都是男生，现在已经男女同校了，校名也因为不再是工业高中，而改为了日本大学东北高级中学。我毕业于该校的普通科，之所以设有普通科，是因为该校附属于日本大学，有许多学生以大学为升学目标。在这三年里，担任班主任的是同一位老师。

我的祖母以及一些亲戚都在福岛县。彼时，我的祖母身体还很好，她向我讲述了她在中国东北时发生的故事。我在福岛县生活了两个月以后，当时的日本首相佐藤荣作表示，要作为首相第一次访问战后的冲绳，事关冲绳返还日本的问题。在访问的欢迎仪式上，首相佐藤当着美国高等专务员①的面发表了讲话，他说："不返还冲绳，日本的战后就不会结束。"在冲绳的战后历史上，这是十分重要的一次演讲。在那之前，政府也好，其他的组织也罢，从未提及过冲绳返还日本一事。我在福岛县听到这一消息时，感到十分震惊。当时并没有确定冲绳会在几年后返还日本，只是出现在历史的计划表上而已。我决定到时候必须要回到冲绳做些什么，虽然不知道是在多少年以后，也不清楚自己该做什么，只是随着冲绳返还的日子不断临近，我必须竭力地思考这一问题。

我的舅舅当时在福岛县郡山市市政府的教育委员会工作。他是一名政府工作人员，同时也是一名技术高超的业余摄影师。在我去福岛县之前他就一直从事摄影，保存了一些以前订阅的摄影杂志。我当时住在别的地方，就借阅了那些杂志。一开始我并不是抱着成为一名摄影师的目的去看的，只是想欣赏一下著名摄影师拍摄的著名人物的照片。看了那些照片以后，我感触良多，精彩的照片会让我非常感动。我想，如果我看到别人拍的照片能够如此感动的话，那么我是不是也能拍出让别人感动的照片来呢。由此我便想到，我可以学习摄影成为一名新闻报道的摄影师，在

---

① 1950 年起，美国为统治冲绳而成立的"琉球列岛美国民政府"最高首长，1972 年冲绳返还时撤除。

冲绳返还的时候到现场去拍摄并记录下那个时代。如果我擅长写作的话，也许我可以做一名纪实报道记者或是报社记者，可惜我并不擅长。考虑到自己的实际情况，我选择了摄影师的道路。

在高中一年级的春假期间，我回到了冲绳。当我向父亲表明我想做摄影师时，他十分反对。不知什么原因，那天我父亲的心情很差，也许是我选错了和他交谈的时机。他的反对让我很生气，因为我认为这是我在独立生活中做出的决定。当父亲不在时，母亲告诉我："我会支持你的，你就做你想做的事吧。"这才让我下定了决心，朝着摄影师的道路前进。

临近高中毕业，我必须在就业还是上大学中做出选择。日本大学的艺术学院摄影系十分出名，虽然考试很难，我也不知道自己能不能被录取，但因为自己在日本大学的附属高中就读，所以曾想过要去那里。不过考虑到就读4年大学的话就会错过冲绳返还的时间，最后还是放弃了这一想法。

高三时期的池宫城晃

1969年，我高中毕业，决定离开福岛县，前往东京就读一所摄影学校。当时，日本社会比较看重报道摄影这个行当，因此出现了一些摄影专业学校。我就读的摄影学校位于中田商店附近的东京上野公园旁边，这个学校现在已经不存在了。我在那里读了两年，第一年是基本科目，第二年是研究科目，主要是报道摄影的方向。刚入学时，报道摄影科有200个学生，但是第一个暑假过后就只剩一半的人了。

当时正值日美修订《日美安全保障条约》的时期，日本全国爆发了激烈的学生运动。我在福岛读高中时，旁边的大学就有学生运动。首都东京的学生运动更激烈，我那时一边上学，一边去拍摄这些运动的场景，那时的拍摄只能说是积累经验的练习之作。我回到冲绳以后，那段时间的摄影经验确实派上了用场。

在摄影学校就读两年后，我毕业回到了冲绳。那时的冲绳相当混乱，因为美国统治冲绳的时代要结束了，由此引发了很多事件。有的冲绳人开展"祖国复归斗争"，反对日美两国签订的《归还冲绳协定》内容。其间还发生了美军私藏在冲绳的毒气生化武器泄漏造成美军士兵吸入毒气的事故。虽然美军试图隐瞒，但美国媒体将之报道了出来。此事败露后，冲绳爆发了要求美军撤除毒气生化武器的运动。这本来是美军私藏的武器，一旦被发现，就不得不撤除了。不过美军又要面子，不想就此示弱，于是策划了代号"红帽子作战"的行动，准备将武器移出冲绳。一开始说要将武器运回美国，于是美国爆发了反对运动，最后武器全部被运到了太平洋上的约翰斯顿环礁。从冲绳运出的化学武器有 1.5 万吨，卡车队每天将武器运至军用港口，足足运了两个月。另外冲绳还配备有核武器，据报道冲绳有 1300 枚核武器，这些武器在返还之前都被撤回了美国。那是在居民们不知道的情况下秘密撤离的，总之冲绳没有核武器了。

我在 1971 年 4 月回到冲绳，冲绳返还则是在 1972 年 5 月，中间隔了一年的时间。美国当时还处于越南战争之中，而冲绳被用作美军出击的基地。冲绳战役中惨痛的经历让冲绳市民产生了强烈的反战情绪，有很多人反对将冲绳作为美军基地。准备轰炸越南的 B52 战略轰炸机和战斗机等常驻冲绳，因此冲绳人对美军非常反感，也反对美军基地集中在冲绳。然而，日美间签订了《归还冲绳协议》，即使冲绳返还，根据安保条约美军仍将继续驻扎在冲绳。

根据相关协定，战败后的日本不允许拥有军队，但在冲绳返还后，日本自卫队在冲绳重新部署，而美军也继续驻扎。有人认为这是一种扩张军事基地的行为，遂发生了反对自卫队部署的运动。夹杂着对返还的不安，冲绳的形势非常混乱。冲绳发生了很多示威游行和罢工等活动，曾造成过人员死亡，美军犯罪事件也时有发生。临近返还时，货币兑换又成了一个问题，返还前冲绳通用的是美元，返还后不得不换成日元。冲绳必须在返还后的数年间修改道路交通法，因为日本的道路交通通行方向不同于美国和中国，有些规定必须要修改。在这样的时代里，我坚持着在冲绳各地拍摄照片，直到1972年5月，在各种问题堆积如山的情况下，冲绳返还日本。

在每日新闻社的摄影磨炼

我在福岛县上高中的时候结识了一个女生，也就是我现在的妻子。从摄影学校毕业还没有回冲绳的时候，我和她约定，将来要和她结婚。在冲绳返还的两个月前，我们举行了结婚仪式，她也短暂体验了美国统治下的冲绳生活。结婚的前一年里，我没去找工作，一边在池宫商会帮忙一边忙着拍照，当时池宫商会还在卖报纸。想到如果没有工作的话，她的娘家亲戚应该会担心婚事，我就请父亲帮我留意有没有报社需要摄影师的，即使是兼职也可以。后来父亲跟我说每日新闻社要招人。

驻冲绳的每日新闻社此前没有常驻摄影师。几天后，我拜访了每日新闻那霸分社的社长并接受了面试，然而在面试后的半年里都没有收到录用通知，所以我就放弃了，继续在池宫商会帮忙卖报纸。后来，每日新闻那霸分社的社长又联系到我。冲绳返还以前，冲绳分社的身份是"海外分社"；返还后，与日本其他城市的报社一样成为了"国内分社"。他告诉我说，只要分社的身份一转变，我就可以在那里做摄影师了。我欣然接受了。

1972年5月15日是冲绳返还的日子，又过了两个半月时间，也就是在8月份，我以特别职员的身份进入了每日新闻那霸分社。特别职员不是正式员工，大报社用人条件一是要求四年制大学毕业，二是不在海外录用员工。我不符合录用资格，但是两年后可以转为正式员工。

在每日新闻那霸分社工作的四年半里，冲绳发生了很多事情。例如，美国军政体制转变为日本体制，美军士兵连续犯下对女性的罪行，冲绳战役中的哑弹爆炸造成多人伤亡等等。另外还有些离奇的事故，例如越南战争结束后归来的美军士兵发疯并射杀了当地的员工，美军坦克轧死了进入训练场的老妇人等等。同时，在冲绳举办了纪念返还的全国运动会，以及海洋主题的国际海洋博览会[①]等，冲绳处于一个急速变化的时代。与地方的报社不同，《每日新闻》是面向全国的报纸，分社里人手不多，我是唯一的摄影师，所以冲绳返还后遇到的各种问题和事件，我都会去现场拍照。

---

① 又称冲绳海洋世博会，1975年在冲绳举办。

1976年国际海洋博览会结束后,我决定从每日新闻社辞职,因为我觉得博览会的结束,意味着冲绳返还时代的结束。但可能是总部对我的工作很满意,并没有同意我的辞呈,紧接着我就被调到了自己向往的西部总社摄影部门工作。西部总社负责九州地

池宫城晃(右)在成田机场采访拍摄

区和部分山阳地区①的报道。每日新闻社在东京、大阪、名古屋设有总社,在北九州市设有西部总社,另外在北海道也有分社。这五个地方的报社都算是总社,具有前往全日本采访的职能。在总社摄影部工作,我必须挑战各种高难度的任务。成田国际机场开航仪式的那次采访给我留下了深刻的印象,我还拍到了开航之后从国外飞来的首架飞机②。

1979年我从报社正式辞职,当时30岁。我在每日新闻那霸分社工作了四年半,在西部总社摄影部门工作了两年半。

从主营烟草到印刷业的池宫商会

池宫商会创立于1950年,是《朝日新闻》《每日新闻》《读卖新闻》《日本经济新闻》等日本主要报刊在冲绳地区的代理经销商。这是二战战败,冲绳脱离日本后,美军首次批准在冲绳销售这些日本的全国性报纸。

二战后,我父母从中国东北回到日本。但由于冲绳被美军占领,无法立即回去,所以有一段时间里寄宿在母亲家乡福岛县的

---

① 日本本州岛濑户内海一侧的区域,包括冈山县、广岛县、山口县等。
② 由于成田机场周边的居民强烈反对机场建设,与日本警察机动队发生过多次冲突,开航日期曾因反对运动而临时延期。

亲戚家。因生活需要，父亲曾在福岛县做过报纸推销员的工作，那是一份为了发展日本战后的民主主义而创办的名为《日本妇女报》的报纸。在福岛待了大约一年半后，美军允许冲绳人回乡，于是家人乘坐最后一艘从日本本土遣返冲绳的船回了家。

冲绳当地有两家报社，分别叫做《冲绳时报》和《琉球新报》，现在还在经营着。除了我父亲外，这两家报社的销售部长也参与了日本本土报纸销售代理的竞标。结果，父亲以不计利润的成本价格中标，使得池宫商会成为了销售代理店。他当时考虑的是，每种报纸先少量进货20份，重要的是保住销售权，以后再期待增加销售份数。

当时，日本本土的报纸属于进口商品，所以池宫商会的销售点以"进口报纸琉球管理所"的名义经营，还被指定为美军准机关报《星条旗》的美军基地配送指定销售商。在战后荒废的冲绳就读的学生们大都需要自筹学费，于是商会雇佣了大量勤工俭学的学生作为送报员。

我的父亲是池宫商会的首任社长，获得琉球政府[①]的许可后，商会不仅可以卖报纸，还可以做进口买卖，所以后来还销售了美国产的美军专用香烟。本来，烟草销售在日本是垄断体制，私人

---

① 1952年，美国为治理冲绳而设置的行政机构，由美国指派冲绳人任政府主席，受"琉球列岛美国民政府"的管辖，1972年冲绳返还后废除。

公司是不允许生产烟草的，但是由于冲绳被占领，依据美国法律，私人公司生产烟草并不违法。商会得到琉球政府的认可后，以"冲绳烟草产业株式会社"的名义开始制造烟草。那时，公司自创了烟草的品牌，不过1972年冲绳返还后，根据日本法律，烟草的业务移交给了日本烟草专卖会社。

之后，因为一些原因放弃了报纸销售业务，转向印刷业。我们出版了一套美国统治下颁布的法令全集，这套书只印刷了150套，每套8卷，是日英双语、共8000页的厚书。因为这套书对研究美国的占领统治有一定的价值，德国巴伐利亚州立图书馆和美国华盛顿国会图书馆等国外单位，还有琉球大学和国内的大学图书馆也都来订购，现已绝版。虽然是一套昂贵的书，但它记载了27年间美军在冲绳颁布的占领政策法律，也就是殖民法。这套书籍在1983年冲绳报社的评选中，获得了冲绳时报出版文化奖。之后，商会还从出版社接手了版权，并出版了一套名为《太平洋战争写真史》①的系列丛书。这套写真集上使用的战场照片是从美国国防部照片服务中心购买的，其中有大量美国与日本交战的资料照片，都是原始冲印的照片。在日本拥有这么多此类照片的

---

① 1979年至1987年期间共出版8本，分为《东京大空袭》《占领东京》《菲律宾之战》《塞班之战》《贝里琉·安加尔的玉碎》《关岛之战》《胡康·云南之战》《硫磺岛·玉碎的记录》。其中《胡康·云南之战》一书中，首次公开了朴永心等"慰安妇"受害者被解救的照片。

公司，只有我们一家。

池宫商会的老办公楼原来用于生产烟草，后来作为印刷厂印刷政府宣传报。1974 年，池宫商会在冲绳县内率先使用电子印刷技术出版了创价学会的机关报，实现了与全日本同步进行印刷，为此安装了最新的报纸数据接收设备。但由于老化的建筑可能会出现安全问题，于是决定在市中心建造新的公司大楼。1984 年新办公楼落成，一直沿用到现在。

三次中国之行与摄影集

日本战败后，我的父亲被遣返日本，与家人一起回到冲绳，创办了池宫商会。那个时期的冲绳还处于战后复兴的初期，公司的新年宴会通常都在社长家举办，所有员工都会来到我们家。每年，醉酒后的父亲都会唱一首那个时代的歌曲。我上小学的时候曾问他伪满在哪里，父亲想了想说道："在中国的北方，现在已经没有了。"当时的我不了解那段历史的来龙去脉，只知道那是一个已经不存在的地方。

1972 年，日本与中国恢复了邦交。隔年，我去叔叔家做客，聊了很长时间，他是东京一所大学的教授。叔叔告诉我，与中国恢复邦交后，我们就能去中国东北了。当时，我对此话半信半疑。

我和叔叔交流的时候，自己刚刚进入每日新闻社工作。由于父亲年事已高，我必须回池宫商会帮忙，七年后的1979年，我辞职离开了报社。此后的5年间我一直忙于家业，致力于公司新办公大楼的建设，没有时间考虑摄影、旅行等问题。1984年池宫商会新办公楼竣工一个月后，我父亲的熟人、冲绳外地遣返者协会会长大岭真三来拜访了我们。协会正在制作和管理战败后从中国东北、中国台湾和南海诸岛被遣返回冲绳的人员的名单，想邀请父亲等人作为遗属团去中国东北。

父亲生活在长春的时候，曾担心冲绳会发生战斗，所以就把年纪相仿的弟弟喊来长春，和他一起在兴农合作社工作。然而随着日军战况每况愈下，日军在长春直接招兵，弟弟被征召前往了中苏边境的牡丹江地区。战争结束前，苏联对日开战，之后父亲得知弟弟战斗负伤病死于牡丹江陆军医院的消息，遗骨不知所终，所以他有了遗属的身份。遣返者协会派往中国东北地区的遗属团被命名为"冲绳县日中友好访问团"，计划去沈阳、长春、哈尔滨等地。受邀访问中国时，父亲因建设新办公楼的工作劳累了一年多，身体不太舒服，所以由我代替父亲去中国。这是我在现实中第一次与中国挂上了关系。

访问中国东北的机会来了，当时我才35岁，正是精力旺盛的岁数。遗属团成员大多都是老年人，所以我可以帮忙拿行李，同时通过摄影记录访华团的旅行过程。同时，我参加这个活动也是为了去看看父母在长春生活过的地方，以及哥哥姐姐们出生的房子现在变得怎样了。

二战后，在中日两国没有正式外交往来的时期，日本国内没有一点关于中国东北地区的消息，不知道那里的城市和街道都变成什么样了。对我家来说，能通过照片看到长春现在变得怎么样了，是一件非常重要的事情，这也是我参与此次旅行的一个考虑。

我们经香港到了北京。那时从北京国际机场到市区的道路还不是现在的高速公路，大巴沿着一条普通的公路大约行驶了一个小时。起初，我在道路两侧看到了许多柳树，并且被这典型的中国式风景深深打动。不过当我接近市中心时，看到来往的人愈来愈多，满载西瓜和蔬菜的车辆络绎不绝。在道路两旁是各种铁匠铺、自行车修理店、摆满蔬菜和日常用品的露天摊位，周围还有一些放养的鸡鸭正啄食着掉在地上的东西，这幅场景看上去跟我童年记忆中战后重建期的冲绳是那么相似。那时中国正处于改革开放的初期，在我看来，那个时候的场景就跟三四十年前的冲绳一样。我之所以有那样的想法，并不是因为看低中国，没有贬义的成分，我更多想到的是战后中国不断探索、艰苦奋斗的历史。那一瞬间，我觉得日本如果真像人们说的那样已经发展到了发达国家的地步，那么我们应该可以帮中国做些什么。

在进入市内繁华街道的地方有条高速公路的出入口，虽然还在建设中，但给我留下了非常深刻的印象。当时立交桥部分已经接近完工，但是尚未完工的立交桥在尘埃中若隐若现。现场有数百名工人正用肩膀挑着岩石和土块，除了一辆起重机以外，再也没有其他的重型机械，完全依靠人力搬运施工材料。当我看到这一幕时，我便想起了"人海战术"这个词语。看着眼前的一幕，我似乎理解了中国从修筑万里长城的时代就已经普遍存在的某种精神。

北京并不是我们主要的目的地，因此我只记得参观过故宫。当我在一家餐厅吃完晚饭，独自到餐厅外抽烟时，曾看到了这样一幕。那家餐厅位于十字路口的拐角处，因为正值下班时间，所以路上满是骑着自行车回家的人。自行车源源不断地填塞着道路的两侧，就像一条流动的河流一直延伸到远方，令人难以忘怀。随着城市的发展，这些自行车变成了摩托车，随后又变成了私家车，构成了现代的北京以及中国其他城市的模样。

我们从北京坐火车一路沿着沈阳、长春、哈尔滨北上，抵达长春是在下午，第二天计划前往哈尔滨，可以用来摄影的时间只有几个小时。于是，我以个人的名义向团长申请不参加集体活动，获许单独去市区拍摄照片。多亏父亲给了我一张长春的手绘地图，上面标注了希望拍摄的地点。为我做向导的是国际旅行社长春分社的负责人，他年纪比较大，非常熟悉中国东北的建筑和地理情况，因此虽然时间很短，但也基本达成了长春拍摄的目的。

回到冲绳后，父母看了我拍摄的长春照片后，身体逐渐恢复的父亲便决定带着母亲和姐姐一同去长春，拜访在兴农合作社工作时的中国同事。因为第一次去长春时停留的时间很短，拍摄的成效不尽如人意，因此我决定一起前往长春补充拍摄。

我的父母在战败后的第二年回到日本，时隔38年再次回到长春。他们看到当时居住的房子仍然保留在那里，为此感慨万分。特别是母亲，在探访结婚前与父母和兄弟姐妹一家人生活的房子时，那感人至深的场景令我难以忘怀。战败后，与母亲年龄相仿的她的18岁的妹妹就病逝在那所房子里，没能等到遣返的那一天。我们在长春待了一周之久，其间我与大家分头行动，全身心投入拍摄之中。

回日本后，我将两次访华过程中拍摄的照片编成一本摄影集，取名为"旧满洲的街角1984年"。我想拿给同在中国东北生活过的亲戚，以及父亲在兴农合作社的同事们看一看，于是在自己公司内部少量印制了这本书。当时是战后的第38年，父亲在兴农合作社的同事们大多还健在，我便印制了摄影集的宣传单，按照兴农合作社同人会的名单寄给了尚还健在的人。后来，父亲在全国各地的同事都发来了订单，还有与他们有关联的组织人士也纷纷订购，摄影集的知名度就这样打开了。

以前的人想法很特别，照片引发了他们的"思乡之情"，我收到了他们寄来的很多观后感。其中也有人希望我能够拍摄其他城市，还有人询问为什么没拍到他住过的地方。作为一名摄影师，拍摄的照片如果能够填补这些日本人对于中国东北地区的深切思念的话，那我责无旁贷，因此，我开始计划第三次拍摄之旅。当时，中国没对外开放个人旅游，但允许团队旅游。因此我的旅行日程表上写的是"中国东北地区摄影旅行团一人"。对于一个人也可以成团一事，我感到很不可思议，不过我的旅行得以实现，便没有再过问了。

先前的两次访华之旅主要是以沈阳、长春、哈尔滨等城市作为拍摄地点，但我在阅读了那些观后感后，觉得有必要走遍整个中国东北地区，那样才能够理解为什么那么多日本人会有思念之情。我从哈尔滨开始拍摄，东至牡丹江和佳木斯，西至中苏边境的满洲里，南至大连和山海关，东北地区共计16处。牡丹江是我作为遗族团成员首次访问中国的地方，那是我叔叔病死的地方，我找到了他最后死去的陆军医院的遗址。

回日本前，我还去了曾经作为抗日战争激战地的徐州、南京和上海，合计19处，为期52天。尽管如此，每一个地方其实也只能停留两三天左右，最多5天，最短的不过一天，整个行程并不宽裕。

52天是一个漫长的旅程,可以说走遍了整个中国东北地区。在那期间,我遇见的中国人都十分热情,我不会说中文,但他们帮了我许多忙。改革开放政策才刚刚开始影响到东北地区,他们的眼中都闪烁着对中国未来发展的期望。我强烈地感觉到,他们是我值得信任的一群人。

在结束摄影之旅后,我从上海踏上了归途。飞机渐渐起飞,我望着逐渐远去的中国,不知为何流下了眼泪。我觉得自己完成了一件大事,同时有一种预感,作为战后出生的日本人,如果我能把这些中国东北地区的照片出版成册的话,可能会发生意想不到的连锁反应吧。

回到冲绳之后,我将胶卷的冲洗工作委托给东京的一家专业公司,照片冲印出来后我大致浏览了一下,确定这些照片值得出版。真正开始着手编辑已经是一年后了,之所以没有立即着手,是因为中国东北城市的景象在我的脑海里过于鲜明,我需要暂时将其尘封,待心情平复后再开始编辑。1988年的春天,我终于完成了摄影集的制作。摄影集是本670页的全彩大画册,我一共使用了600卷胶卷,拍摄了大约15000张照片,尽管进行了筛选,最后还是变成了一本大部头。

关于如何给这本摄影集命名一事,我纠结了许久,考虑到既然是在历史发生的地域拍摄的，心想取名为"旧满洲"也是可以的吧。我连续三年前往中国拍摄，并且一口气在 52 天内走过了 19 个城市，战后出生的日本人应该没有人能够挑战这个纪录。我自己既然已经达成了目的，摄影集也完工了，心想恐怕以后再也不会去中国了。

有很多曾在中国东北生活过的日本人，或因年迈或因经济问题而无法再访中国。父亲希望我不要考虑旅费、胶卷费和印刷费的成本，而要设定一个能让他们负担得起的摄影集价格。在日本出版这本摄影集最大的目的在于，想要让那些在中国东北生活过的日本人能够再次看到当年的风景。

编辑工作的最终阶段，让人头疼的是封面和封底应选择什么样的照片。挑选出一张让读者满意的照片是摄影者的责任，我在旅行出发前就想拍摄一张夕阳照片作为封面照，为此我甚至带去了大型的远摄镜头。拍摄工作开始一个月后，我在吉林市的吉林大桥成功拍到了夕阳下的北山公园。我担心如果把远摄镜头扔掉的话可能会出什么问题，所以就带着它东奔西走，最后又背回了日本。

封面所使用的夕阳照片就这样按照计划确定了下来，接下来要挑选出封底照片，这让我很伤脑筋。我在摄影旅行途中去了辽宁省抚顺市，导游曾问我们要不要去郊区清朝皇帝的祖陵永陵看一看。其实，比起这些古建筑物，我更想拍摄市区的景象，所以最初是拒绝的。但由于市区范围很小，只用了半天就拍摄完毕，且时间又很充裕，于是导游再次提议去永陵。水资源丰富的抚顺有一个很大的水库，穿过水库，沿着源头浑河逆流而上，大约四个小时便能到达永陵。回程途中，我们路过了纪念被日军暗杀的东北军阀首领张作霖的"元帅林"，于是就顺路进去看了看。墓园按照中式风水而建，路线设计为沿河流而上。进入陵园后，听导游介绍才得知张作霖并没有埋在"元帅林"中。他被日军炸死后，临时安葬在出生地锦州凌海市石山镇直至今日。继承东北军的张作霖长子张学良为在抚顺郊外正式建造"元帅林"，甚至铺设了铁路用于运输建筑材料。但在修建期间"九一八"事变爆发，工程被迫中断，直到战后才重新修好。最终，我决定把其"墓门之锁"照片作为摄影集的封底照。

从中国回来两年后，也就是1988年的春天，我完成了摄影集的制作。在准备去中国拍摄的时候，我就整理了曾经购买我第一本访华摄影集的人员名单，然后向他们寄了摄影集的出版预告宣传单，摄影集尚未完成的时候，订购量就已经有200余册了。之后我向这些人以及在拍摄途中曾关照过自己的各地翻译和导游，以及导游介绍过的一位大连摄影师寄赠了摄影集。

因摄影集与张学良相识

就在给大家寄送摄影集的时候，《每日新闻》晚刊上刊登了一则《张学良健在，人在台湾》的特别报道。其中写道，张学良先生逼上司蒋介石抗日，是改变历史潮流的西安事变的核心人物，然而张学良先生被追究责任，很快从历史舞台上消失，被幽禁且辗转于中国南部各地。蒋介石战败后，张学良被转移到中国台湾，之后是否健在一直是未解之谜。写这则报道的是《每日新闻》的著名记者，曾有过在中国东北生活的经历。报道还写道，无论世界上的新闻机构怎样提出采访请求，一概得不到张学良先生的回复，这究竟是张学良先生本人的意愿还是受到台湾当局的影响，无人得知。记者本人并不知道张学良先生是否如传言所讲的那样，一直被台湾当局幽禁。

这篇报道对我的刺激很大，我明明在东北的街道上行走了那么久的时间，且事先仔细查阅过历史，自诩为当代日本人中为数不多的了解东北历史的人，但我竟然连这么一位曾与"九一八"事变、西安事变息息相关，甚至改变日本历史的人物尚且健在的消息都全然不知，这让我惭愧不已。同时让我也意识到，倘若张学良先生自"九一八"事变开始就被迫离开沈阳，甚至半个多世纪都未曾返乡的话，那么哪怕是这本日本人拍摄的写真集，他看了可能也会感慨万分吧。为表敬意，我另附了一封信向张学良先生介绍了自己的经历以及父母曾在东北生活的事情，最后添笔解释，希望他收到摄影集后，不要因为拍摄者是一位日本人而生气。我按照新闻报道上的地址向张学良先生邮寄了信和摄影集，能否顺利收到，我完全没把握，也不清楚他能否读懂用日语写的信件，再加上传言说他处于幽禁状态，所以我不敢有太大期待。

过了两周之后，我收到了一封信，寄信人的名字只写了一个"张"字。我此前在中国摄影途中结识过很多人，也收到过他们的来信，所以当收到那封信的时候，以为是那些人写来的，就没怎么留意。但回头一想，我不记得认识的中国人中有姓张的人，就拿出信封仔细一看，发现上面贴着的邮票不是中国大陆的，是中国台湾的，而我在那里没有认识的人。于是我立即拿着那封信去见了父亲，当着他的面拆开了信件。信封里装着一张信纸，里面写道："来信和摄影集俱已收到，特此谢。"信件最后是张学良先生的亲笔署名。一瞬间，我与父亲都说不出话来了。这是一位与中国抗战历史息息相关，在世界史上留下浓厚一笔的人物，竟然会给我写了信。

这封简短的信件解开了几个疑惑，我确定了张学良先生能收到邮件，有办法看懂日语信件，并且能够亲自回信。由此可见，张学良先生的生活已经不再是传言中那样，一直处于幽禁和行动不自由的状态了。最让我感慨的是，面对一位日本人寄送的摄影集，张学良先生特意回信表示感谢，可见其是一位十分注重礼节的人。同时，我明白了一点，之所以张学良先生对外界新闻机构的采访请求一概置之不理，原因应该是在他自己身上。

张学良先生的来信，说明他知道了我的存在，这就像一条细线一样把我们联系了起来。战后还没有一家新闻媒体采访到张学良先生，如果我能得到许可前往独家拍摄的话，就可以为自己心中的东北画上圆满句号，我对拍摄不足的遗憾也终将释怀。当时，我的脑海里就突然浮现出这样的大胆想法。即便张学良先生拒绝拍摄，能和他见面交谈的话也再好不过了。

为保证计划能够百分之百成功，我寄去了一封信，询问能否去中国台湾拜访他。因为张学良先生是能够寄出信件的，所以我觉得如果我没收到回信的话，就是默许我的意思了。虽然我按照计划做好了准备，但结果却收到了张学良先生亲自写的回绝信。在信里，张学良先生客气地说道，他现在处于隐居状态，本来一直不见来客，也不会回信，对此还请理解。总之意思就是不要来。信里还附有一份剪报，那是一则很早之前台湾报纸刊登的《张学良公开发表三不声明》，三不声明指的是不出席公开活动、不见来客、不回复信件。未曾想张学良先生竟会在回绝信中放入了用于解释的新闻剪报，我不禁笑了起来。

我立即回信说自己会取消拜访事宜，表示我本意并非想给张学良先生添麻烦，接下来定不会前去叨扰，也理解您一般不会给人回信。今后适逢春节、圣诞节之际，我会向您寄送节日贺卡，请不用回复，期待在将来的某一天能有机会登门拜访。采访张学良先生的计划就此告一段落。后来我终于获得他的信任，多次前往拍摄，那是后面的事了。

受托拍摄昭和时代最后一天的冲绳

就在同一时期，我收到了大连市旅游局的来信。原来，此前大连导游介绍给我的那位摄影师本职竟是旅游局职员。他看了我寄送的摄影集后，给我写了信，说为了让日本的年轻人了解大连的魅力，他们计划制作一本观光摄影集，想与我们共同出版。但当时我正忙于张学良先生的事情，就暂时未回复大连方面的来信。由于拜访张学良先生一事延期，我和大连旅游局就共同出版观光摄影集事宜进行了初步联系。就在这时，我曾就职过的每日新闻社出版摄影部部长给我打电话，想请我代为拍摄昭和时代最后一天的冲绳。

为什么说是昭和最后一天？部长告诉我说："天皇陛下从去年开始就因身体不适住院，据负责宫内厅条口的记者说，天皇陛下年迈，几乎没有康复的可能性。所以毫无疑问，X日（即天皇去世之日）即将到来。天皇在位期间，国内他唯一没去过的地方只有冲绳县。冲绳的昭和时代经历了大战和美国统治，很有必要记录下这里昭和时代的最后一天。本来，拍摄工作应该是由报社摄影记者负责的，但是一旦那一天来临，总社的摄影记者将会全部忙于采访皇宫、宫内厅、政府等机构，无暇前往冲绳拍摄，所以能不能请住在冲绳的你帮忙拍一下当天的照片呢？"昭和是战前、战时、战后持续动荡的时代，天皇的去世意味着"昭和"这一年号也将在那一天结束。虽然我从报社辞职已经过去了9年，但报社的前辈此时能委托我拍摄这一重要时代节点的照片，着实让我感到很高兴。我在那个被美国统治的冲绳长大，对我这个冲绳人来说，这也是非常重要的一天，所以我决定接受委托。

然而，X日虽然已经临近，但是谁也不知道是哪一天，我虽然也做了计划，但是留给我的拍摄时间有多久，完全没有数。事实上，天皇在住院后并没有放弃，直至X日到来为止，我每天都在紧张的等待中度过。在此期间，我尽可能不去冲绳县外出差，3个月后，这一天终于到来了。

天皇驾崩的消息发表于1989年（昭和六十三年）1月7日上午7点55分。当天一早开始，我们就按照事先计划好的安排，印刷报社的号外，前往冲绳战役遗址、美军基地所在的街道等地进行拍摄，还去了冲绳西南端的海边拍摄了昭和时代冲绳最后的夕阳。持续了63年的昭和时代就此结束。

完成这一工作后，我与大连旅游局就共同制作摄影集的事宜进行具体的商谈，并准备前往大连。旅游局说，大连的冬天很冷，所以最好在天气暖和的时候去那边比较好，最终我决定在第二年5月份槐花盛开的时候去拍摄照片。

在大连开设印刷企业再续民间友谊

大连当地为吸引游客，计划在槐花盛开的5月底举办首届赏槐会，引得众多日本人关注。参加赏槐会的日本旅行团提前把大会前后直飞大连的航班预约满了，如此我只好放弃拍摄正值花期的槐花，决定比原定计划提前两周出发，5月14日从成田国际机场出发经北京飞往大连。

抵达大连的时候已经是晚上了，从机场到市区的道路上，看到两侧的店铺还没有用上灯箱广告牌，光线比较昏暗。在车灯的照射下，一树树雪白的槐花格外引人注目。同行人员介绍说，由于今年天气很好，槐花的花期提前了，等到月底举办赏槐会的时候估计槐花都开败了。我至今还记得，得知自己有幸能拍到一年一次满城槐香的大连时，心中暗自窃喜。

第二天，旅游局的人来到我住的酒店里，详细商谈了关于制作大连市观光摄影集的想法。当时来大连的日本游客虽然比较多，但多为战前曾在大连生活过的老年人，从长远考虑，还是希望有更多的日本年轻人能够来大连旅游，所以考虑制作一本在日本发行的大连观光摄影集。

拍摄上一部影集的时候，我对拍摄时间的安排不是很满意。如今中国大城市之一的大连市委托我进行拍摄出版，还有旅游局的支持，于是我接受了这次委托。那次我在大连待了两周时间，因为机会难得，所以四处走访，寻找适合的拍摄地点，同时也拍摄了很多槐花的照片。后来，我用了一年的时间制作出版了《大连旅游》杂志，受到了日本读者的一致好评。由此，我与大连的缘分越来越深，1995年，在大连市招商引资的邀请下，池宫商会在大连投资建设了中日合资大连池宫印刷有限公司。当时在整个东北三省范围内，投资建厂的外资印刷企业只有我们一家。我出任公司的总经理，在大连一待就是15年。

长期驻外的日子并不容易，我和妻子两个人在工厂宿舍大楼的小房子里一起生活了15年。白天在职工食堂和工人们一起吃饭，晚上又和工人们一起通宵加班，妻子则是自己在家吃。虽说我是日本企业的负责人，但我认为如果跟工人们不合群的话，就很难建立起相互信赖的劳资关系。我们是一家中小型企业，就必须要

池宫城晃（左）与张学良先生的合影

有身为中小企业的自觉。2008年，就在北京奥运会结束后的第二个月底，大连池宫印刷有限公司停止经营，开始办理清算手续。

大连公司关门10多年后，有一次我告知当年的营销部长说我要去大连，营销部长就表示要召集以前的员工一起吃个饭，我也没问多少人来聚餐。当我进了饭店后，发现有50多个老员工，还挂了欢迎的横幅。那一刻，我意识到由我亲手关闭的大连池宫印刷公司并没有失败。那些当年年轻的脸庞，也早已为人父母。营销部长还告诉我，有的老员工现在是其他印刷企业的骨干。据说在公司关门以后，老员工们在社交软件上建立了"大连池宫工友会"，长期保持着联系。在中国东北的大地上，他们为我保留着"池宫"这个名字，曾在中国东北生活过的父母，在天堂一定也会感到慰藉的。

在大连收集"废品"并提供展品

处理完大连公司的事情后，2009年末，我回到了日本。半年后，我因为腹膜炎被送医院急救，手术住院两个星期，这应该是在大连15年间积劳成疾的原因吧。我不在日本的这段期间，父亲逝世，哥哥继承了社长职务。公司从事新闻印刷业已经40年，为了迎合顾客对彩色印刷的需求，我用了5年时间忙着采购新式轮转机。

回来两年后，日本发生了东日本大地震①，高中时代所在的福岛县成为重灾区。福岛第一核电站发生事故，很多地区被迫长期处于避难生活状态，母亲的老家就位于核电站20公里的受害范围内。不久母亲病故，池宫城家中能传承"东北记忆"的人已经不复存在。就在各种事情堆积如山的状态下，报纸印刷轮转机终于更新成功，公司10年来的一大难题被解决。

我到东京出差的时候，拜访了很久未见面的中田商店社长。中田商店出售世界各国的军装等军用品，社长是一个世界知名的战争文物收藏家。不仅如此，他还有着建造战争博物馆的梦想。中田社长的个人收藏品数量巨大，与世界各国的战争博物馆保持着业务联系，是一个非常特别的人。

中田社长觉得应该让日本的少年们不忘战争，所以在店里摆放了复制的机枪、反坦克炮等武器模型。由于实在过于显眼，日本的妇女协会等和平团体认为社长是一个好战分子，于是纷纷前来抗议。其实，中田社长本意是"和平与反战"，他想创建战争博物馆的目的也在于此。可以说这个人就是靠着这一信念活下来的。中田社长中学（5年制）毕业后，在日本战败前夕与5名同

---

① 2011年3月11日发生在日本东北部太平洋海域的9级强烈地震，造成15.9万余人死亡。地震引发的巨大海啸对日本东北部岩手县、宫城县、福岛县等地造成毁灭性破坏，并引发福岛第一核电站核泄漏。

伴一起前往中国，在华北交通株式会社①工作。日本战败之后，他和同伴们被关押在徐州警察署，后来有的同伴死在了那里。中田社长亲手将同伴们的遗体运到了徐州的原日本陆军医院，又亲手掩埋了他们的遗体，我听说这是他梦想建造战争博物馆的初衷。由于军装复制品的订单数量需要达到一定规模才有工厂愿意接单，所以中田商店会一次性订多套军装。收货后留下几套用于今后的博物馆展览，其余的就放在店里出售，卖掉的钱再拿去复制其他的军装。不了解背景的人看到店里有那么多种军装，都以为这是一家好战分子开的店。

很意外的是，曾经与日本打过仗的美国军事博物馆对中田商店复制品的质量评价颇高，诸如珍珠港太平洋航空博物馆、美国国家航空航天博物馆，就展示了中田社长捐赠的日本海军军装展品。退役的美国太平洋舰队司令还曾经访问过中田商店，给社长送了感谢状。此外，中田商店还从驻日美军手里接收了两辆报废的坦克，从前苏联手里接收了一架不再使用的直升机，这些东西目前保存在埼玉县的"中田商店战争博物馆准备馆"中，可见其收藏尺度与一般的军事收藏家完全不同。

之所以说了这么多中田社长的事情，是因为他的故事不仅是

---

① 日本侵占中国华北后，于1939年4月组建的运输公司，用于控制并经营华北地区的交通运输业。

一个日本收藏家的故事，接下来与中国也有关系。

中日邦交正常化之后，中田社长在日本第一个卖起了中国的人民装。原因是日本社会党的一名国会议员想买，但是日本国内没有地方卖，于是到中田商店来打听。我在初中的时候就喜欢在冲绳战役的洞穴里收集战争遗物。长大后前往中国东北地区拍摄的时候，了解到战败遣返回国的日本人只带了生活必需品，他们在中国丢弃了很多东西。于是，我就在当地的古董店转了转。买了一个沙俄时期制作的俄国妇女搪瓷肖像画的怀表。虽然已经坏了但是价格不低，考虑到这个物件凝聚着中国东北的历史，我还是带了回去。

九年后，我前往大连开印刷厂，开始几年忙于业务指导，几年后安定下来，就去市内的古董店找寻战后日本人遗留的物件。我所寻找的并非美术品、古玩之类的东西，我只是想寻找日本人丢弃的"废品"，没有明确的目标。

有一次，我听说公园里面有一个古董街，去了之后在杂乱的店里发现了一个古旧的桐木箱，里面有个卷轴，箱子的标签上写着"山县有朋公之遗物"。山县有朋是日本明治时期的总理大臣，是创建了日本陆军的元老级人物。卷轴里面写的是一首和歌，署名为"有朋"。我觉得这东西应该不会有人制作一个赝品来出售，于是向店主打听价格。店主听到我说日语后，报出了一个不可思议的高价，而且坚决不还价。其他想买的杂货都和废品一个价格，唯独这个卷轴价格多了几个零。考虑到山县有朋此人曾作为第一军司令官参加了中日甲午战争，与日俄战争也有极大关系，且在大连发现他的遗物的话意义更大，于是我没有讲价就买了回去。

大概是因为这次花了大代价的原因，店主后来就不断向我推荐"废品"。过了两三个月再去的时候，店主拿出一个桐木箱，里面是日军的旧军用水壶。箱子上写着伪满的"国立中央博物馆"[①]及"乃木保典君之遗物"。乃木保典是日军进攻旅顺时的总指挥乃木希典的次子，在203高地的激战中战死。箱子内壁用墨水写着捐赠者的名字"鲛岛重雄"[②]、"×××铁道株式会社图书馆藏"的字样，以及图书馆的印章，应该是先收藏在图书馆，后来等博物馆建成后转藏过去的。后来，我与古董店的店主一直保持着联系，我曾经问过他，这些东西从哪里而来，过了一阵子后店主才告诉我实情。

原来，大连市内有很多日本占领时期的建筑物，改革开放后城市建设推进加速，许多老房子都列入了拆迁范围。而从事拆迁工作的人多为临时雇佣者，他们收集了老房子里面看起来有点价值的东西，转卖给了古董店。当时战败遣返回国的日本人有可能

[①] 位于长春市内，1939年开馆，1945年8月伴随着日本战败而消亡。
[②] 日俄战争时的参战日本陆军中将。

把贵重品藏在了房檐墙壁内，伴随着拆迁才重见天日。2005年大连的大规模城市开发告一段落后，就没再看到这类物件了。这次收藏的经历为我今后与大连博物馆以及沈阳的张氏帅府博物馆建立关系提供了契机。

我收集了很多物件，但并没转卖的打算，与日本历史有关的我留下研究，与中国有关的就捐赠给中国的博物馆，与韩国有关的就捐赠给韩国的资料馆。例如4件张作霖遗物、郑孝胥的手杖等等，这些都捐赠给了张氏帅府博物馆。

由于我10多年来一有时间就去市内的古董商店转悠，所以当地人知道了我的存在。有一天，大连现代博物馆[①]副馆长来到位于大连开发区的我的公司拜访，原来博物馆在收集历史资料过程中，听多家古董店说，大连池宫印刷公司的总经理有很多近现代史的资料，就过来想了解一下情况。于是，我就向他们捐赠了不少在大连收集到的"宝贵的废品"。后来听说两家博物馆各有4件捐赠品被评为国家三级文物，两家博物馆都授予我名誉馆员称号。

---

① 2018年更名为大连博物馆。

"我将照片捐献给了南京的纪念馆"

在与中田社长谈到我在大连收集资料，以及获得名誉馆员一事时，社长告诉我说，南京的侵华日军南京大屠杀遇难同胞纪念馆最近向他咨询侵华日军钢盔、军服的事情。当时我与南京还没有联系，于是我借着话题说，如果社长希望向中国的战争主题博物馆捐赠的话，我可以代为联系大连和沈阳的两家博物馆。

中田社长听了我的建议后很感兴趣。他感到在自己这一代已经无法实现战争博物馆的梦想，于是托付给了儿子们。但是中田商店位于东京知名的繁华商业地区，前来购买夹克服饰的年轻人络绎不绝，儿子们忙于生意，顾及不到博物馆的事情。社长当时已经 86 岁，心有余而力不足，身边也没有能一起商量博物馆事业的人。

虽然已经断了建造博物馆的念头，中田社长的反战思想始终未变，他希望复制的那些军装能作为战争的证据展出。社长告诉我说，南京的纪念馆，以及沈阳的"九一八"历史博物馆都与日本的关系甚大，必须郑重地对待。中田社长身体不好，无法外出去远处，所以我就协助他与中国的博物馆进行联系。

首先我去了大连和沈阳。大连现代博物馆和张氏帅府博物馆对我都很信任，很快就谈妥了捐赠的事项。在沈阳的时候，我请张氏帅府博物馆代为联系了"九一八"历史博物馆。"九一八"历史博物馆一位初次见面的馆长接待了我,不过她很了解我的事情,原来她在做馆长前,曾经是张氏帅府博物馆的研究员。她笑着问我:"你捐赠的张学良的信件是真的吗?"我回答说:"是真的。"很快我们就谈好了捐赠的事情。回到日本后,我向中田社长报告了情况,他很高兴。后来,我因为其他事情拜访长春时,也转达了中田社长的意愿,取得了对方的认可。顺便我还提到我的父母以前住在长春,我曾经拍摄过这里的老照片一事。后来我提供了这些照片,由博物馆在长春市图书馆、吉林省文化馆等地举办了照片展[①]。

我的父母都在中国东北生活过,我自己也在东北各地寻访拍摄多次,还在大连办厂,与当地的博物馆建立了联系。但说实话,我一直回避着中国的南方。南方是侵华战争的主战场,在那里发生了什么样的事情,我比一般的日本人可能知道得要多一些。但对于出生于战后的我而言,在没有做好心理准备之前,我不想轻易地去现场接触那段历史。

1986年我前往中国东北拍摄时,考虑到中田社长在徐州有一段悲惨记忆,于是我想去再看一次战争的伤痕,就在计划表中加

---

① 2018年9月8日,在长春市图书馆举办了《影藏长春记忆:池宫城晃摄影作品展》。当年12月,该展览又在吉林省文化馆展出。

入了徐州、南京、上海。出发前还请中田社长画了一份记忆中的徐州地图。

到达南京后，我准备去拍摄侵华日军南京大屠杀遇难同胞纪念碑。导游是国际旅行社南京分社的翻译，是个优秀且不怎么说话的青年。他问我想去哪里，我说想去南京大屠杀发生的地方。他虽然嘴上不说，不过看起来很是疑惑。于是我告诉他，此前我已经在中国东北各地拍摄了很多战争遗迹，他这才消除了疑虑。纪念碑在南京市内很多地方都有，这让我很是惊讶。看到的碑都比较新，我问他是什么时候建造的，他告诉我是因为日本教科书问题，不久前刚刚建好的。我当时没有去纪念馆，后来只去了长江大桥和中山陵。

最后从上海回国的时候，看到上海市内虽然还留存着很多租界时期的建筑物，不过已经开始了大规模的老城拆迁。我在刚刚完工的一栋高楼上，俯瞰了那个时代的变迁。这次的南方之行，对比在大连等地的生活经历来看，让我感觉到南北发展的节奏并不相同。

在访问完几家东北的博物馆后，根据中田社长的心愿，我作为代理人再次前往了南京。张建军馆长以及翻译芦鹏接待了我。当时我有些失礼地询问道，日本有人说这里是反日的博物馆，我想知道究竟是怎么回事。张馆长告诉我不是那样的，这里展示的是抗日的历史，中日双方应该在正确认识这段历史的基础上共同面向未来。就这样，我与纪念馆谈妥了事宜，完成了中田社长的心愿。

在参观纪念馆的过程中，我感受到虽然我出生在战后，但是我有共鸣感，因为我了解故乡冲绳遭受的战争创伤，深知战争的悲惨，南京让我再一次认识到了战争的残酷。

从那时开始，中田社长的主治医生要求他到医院做人工透析，每当我访问中田商店，或者电话联系时，虽然感受到他仍然积极地想着捐赠的事情，但是健康状况日益衰退。

第二年，我受侵华日军南京大屠杀遇难同胞纪念馆的邀请再次访问南京。为了答谢张馆长，我带去了池宫商会出版的与中国相关的太平洋战争写真集《胡康·云南之战》。当时，馆长和在座的研究人员看到书籍的封面后表情都非常入神，这是一张被解救的日军"慰安妇"照片，其中一人怀孕即将临盆。

张馆长问我照片的来历，我回答说，这套书籍是40年前冲绳的一家出版社发行的，因为经营状况不佳，就把版权、已印刷的书籍、计划印刷的权限都移交给了池宫商会，由我们完成了后续的发行和印刷。这本《胡康·云南之战》由池宫商会于1984年出版和发行，相关的照片以及未使用的照片都保存在公司里。这些照片非常珍贵，是从美国国防部照片服务中心购入的，全部

太平洋戦争写真史

フーコン・雲南の戦い

池宮商会出版图书《胡康・云南之战》

是底片冲印的原始照片，每张照片的拍摄日期、地点、情况简介等官方资料都打印在背面。

最早拥有这些照片的出版社一共购入了近2万张照片，全部是日美两国交战相关的内容，具体数量还没有数过。《胡康·云南之战》里面使用的照片主要是美军，以及英国国防部拍摄的中国战区照片。这些照片由美英的从军记者拍摄，在日本只有池宫商会保有这些照片。当时，云南一带的日军几乎全军覆没，所以日本自己基本上没有留下照片。

听了我的说明后，张馆长立刻与我商谈能否把这批照片移交纪念馆进行保管和数字化。这些照片保存在我们公司的仓库里面，其实每次我看到装有照片的纸箱时，都会想着今后会不会有博物馆愿意接手保管的问题。冲印的照片已经保管了几十年时间，如果不尽快数字化处理的话，画质就会逐渐劣化。而如果接收方是收藏家或者是个人经营的出版社的话，这些资料会变成个人或者出版专用的资料。在南京期间，我还去了南京利济巷慰安所旧址陈列馆，在广场上看到了一座雕塑，我惊讶地发现，那正是根据《胡康·云南之战》封面照片的形象创作的。

回国后，公司管理层开会讨论了此事，我们觉得这批照片能转交博物馆保存的话是最佳方案，而侵华日军南京大屠杀遇难同胞纪念馆是一处追求世界友好和平的传播地，因此决定将照片移

池宫城晃（右）在南京拍摄街景

交给纪念馆保管。

2017年，我被邀请参加了南京大屠杀死难者国家公祭仪式。仪式在庄严肃穆的氛围中举行，中国领导人出席了这次活动。对我来说，参加这次中国国家级别的仪式活动，是我与中国打交道30多年来意义最大的一次经历。

又过了一年，我再次来到南京，在长江沿岸看到了30多年前曾经拍摄过的南京大屠杀死难者纪念碑。当年拍摄照片时，我曾经觉得自己不会再来南京了，没想到我又一次站在了这里。纪念馆还陪同我去了徐州等地的纪念馆，我们从徐州站乘车一个多小时抵达了徐州会战期间激战地的台儿庄大战纪念馆。孔馆长带我观看了展览，说现在正在全力征集文物。回程途中，我们又去了徐州市内的淮海战役纪念馆，并在市区看了一下，已经完全看不出30年前我拍摄时的样子了。

就这样，我原本作为中田社长代理人前往了南京，结果自身与纪念馆意外地进行了其他合作。后来，纪念馆人员来访的时候，我与他们一同见到了中田社长。中田社长身体已经很不好了，他的身边放着氧气瓶，但是精神状态很好，我们一起回忆了很多在徐州的往事。20多天后，中田社长去世，这成为他最后一次与客人的交流。

中田社长与我有着共通的思想。我们并不怎么使用"和平""反战""日中友好"之类的词汇，因为光是口头说是没用的，我们各自在用实践努力。

高巾真公

把弥补日中历史裂痕视为使命

盛卯弟　访谈
傅茜兰　整理
访谈时间　2019年6月

高币真公

　　1943年出生，日本和歌山县人，日中劳动者交流协会会员、日中劳动信息论坛网站编辑。1985年到访南京，见证并记录了侵华日军南京大屠杀遇难同胞纪念馆的开馆历程与早期建设。

  我于1943年出生在和歌山县的农村里，那时日本尚在战争中。我的父亲从事酱油制造业，在我小学三年级的时候生意破产了，于是辗转来到大阪。父亲在大阪开过饭店，卖过乌冬，后来又做过房地产生意。1962年我考上了京都大学，学业因参加学生运动而延期一年，共用了5年时间在1967年毕业。受学生运动的影响，我觉得日本也需要社会主义革命，于是来到东京，最开始在神奈川县的劳动学校①工作了两三年。在这期间因为没有收入，也做了5年左右的自由职业者，比如卡车司机、翻译、物流工作之类的。后来诞生了一本名为《劳动信息》的杂志，是专门面向工人运动积极分子创办的杂志。我在它的专职事务局工作了16年，最后成为了事务局局长。1985年，也就是我在事务局工作的第7年，《劳动信息》的法人市川诚先生，他也是日中劳动者交流协会（以下简称"日中劳交会"）会长，组织了《劳动信息》访华团，我也

---

① 劳动学校：一般由日本的工会组织设立，是以培养工会干部、提高工人的自觉和知识为目的的学校。

参加了。1991年，工会运动停滞不前，《劳动信息》的读者逐渐减少，财政状况越来越紧张，1992年的时候我从《劳动信息》辞职。在这之后，我去了朋友的印刷公司工作，后来就自己做各种印刷、翻译、出版相关的个体经营。2000年，名为Labor Net的工人运动信息网站成立，伊藤彰信先生是它的创立者之一，我作为志愿者参加其中的活动，在这期间我也是"日中劳交会"的会员。2013年，"日中劳交会"变更为现在的组织——日中劳动信息论坛，我受到伊藤先生的邀请担任网站主页的编辑。

我有一个女儿和一个儿子。女儿1990年前往复旦大学留学，毕业后在中国工作了一段时间。现在她回到日本，在一个日本战争遗孤援助中心工作。我的妻子很早之前就已去世，我现在和女儿生活在一起，儿子已经结婚。

"不了解历史就会犯同样的错误"

我小学、初中、高中、大学接受的教育都是说日本发动侵略战争是错误的，给亚洲各国人民带来了巨大的伤害。父母那一辈人自身的经历，有的是当过兵的，有的是在国内成为军国主义牺牲品的平民，所以会进行反战教育。但是从二十世纪七八十年代开始，也就是在自民党政权的统治下，就不再进行这种教育了，反而是肯定侵略战争的反动教育支配着国家。而且，如今这些没有经历过战争的父母们不再对孩子们进行反战教育，导致现在的孩子基本上没有追求和平反战的意识。这些孩子对历史没有什么反省，也不知道南京大屠杀、强掳华工、731部队等这些日本过去的侵略历史。相反，他们受到的教育在说这些事情不是真的，使年轻人置身于这样的媒体环境、教育环境和社会环境中。对于我们"日中劳交会"来说，这是横亘在中日劳动者和平友好运动之间的壁垒，所以我们举办集会、电影放映会等各种活动来传播日本的侵略史。就像侵华日军南京大屠杀遇难同胞纪念馆尾厅墙壁上所写的周恩来的话"前事不忘 后事之师"一样，不了解历史就会犯同样的错误。

另一方面，中国的改革开放使经济得到了发展。该如何跟中国处好关系很重要，但政府在往对立的方向走，宣传"中国威胁论"。就经济而言，日本的电器产业在退步，中国则已经逐渐走在世界前列了，很多产业都是中国第一，日本第二或者第三。在这种情况下，"日中劳交会"再次面临了一个根本问题，就是中日的劳动者要怎么团结合作。共同解决两国劳动者面临的问题，是我们开展活动的重要课题。

"真实感受到了日本侵略战争留下的痕迹"

1985年4月28日到5月10日，第一届劳动信息·全国劳组联[①]组织了第一次"日中友好访中团"访问中国。团长是市川先生，他当时既是《劳动信息》的顾问，又是"日中劳交会"的会长。除此之外，团员还有平坂春雄事务局局长、足立实秘书长。劳动信息和全国劳组联对中国的革命和社会主义都很有共鸣，所以那次访问中国的主要目的地是延安。我们来的那一年正值中华全国总工会成立60周年，"五一"国际劳动节的时候举行60周年的纪念典礼，（参加纪念典礼）是此行的另一个目的。我们4月28日抵达北京，也参加了5月1日的劳动节活动，典礼是在前一天4月30日举办的，会场在人民大会堂，我非常感动。全国总工会的几千名干部齐聚一堂，中国人和我们日本人围坐一桌。我们在北京待了两三天，然后去了延安。在延安待了3天，参观了中国共产党的革命根据地，学习毛泽东、周恩来和当时的干部是怎样生活和工作的。接下来去了西安，西安是古都，我们参观了兵马俑，我感觉在西安接触到了中国文化的原点。然后，我们来到了南京。

我们在南京待了两天左右，江苏省总工会为我们举行了欢迎

[①] 全国劳组联指的是日本《劳动信息》一派的工会联合会，即《劳动信息》和与其合作的工会代表共15人首次组成了访华团。

1985年，"日中劳交会"访华团来到南京大屠杀死难者遗骨的挖掘现场

宴会，还担任我们的向导。不知道是日本这边的期望，还是江苏省总工会的建议，我们去参观了当时还在建设中的侵华日军南京大屠杀遇难同胞纪念馆。当时是5月，而纪念馆预计8月才建好开馆。我们是想去看一看的，于是就去参观了纪念馆的施工现场。施工现场是一处集体大屠杀的遗址，那个时候我没有感到害怕，毕竟距离南京大屠杀已近50年了。团员们的反战意识都很强烈，对历史也很了解，但是真正看到现场被发掘出来的遗骨，心情还是非常沉痛，团员们都受到了极大的震撼而低下了头。我们非常悲伤，再次真实感受到了日本侵略战争留下的痕迹。

　　回到日本后，我们被邀请参加纪念馆的开馆仪式。于是我们派了3名代表再次来到南京，分别是市川先生、平坂事务局局长和北海道的山田纯三老师。他们三位来的时候带了一座钟过来，是西铁城牌的名为"曼彻斯特"的很高的一座钟，现在还放在馆里。这座钟是特别定制的，上面刻着日本人的谢罪文。还有一类物品，是在日本发行的关于南京大屠杀的数十册书籍和资料，这是在日本一位很著名的研究南京大屠杀事件的学者洞富雄教授的指导下，很短的时间内搜集的重要资料。一开始是说开馆的时候带过来，后来赶不上就第二年再捐赠。我协助过平坂先生收集资料，一起去见过洞富雄先生。洞富雄先生写过关于南京大屠杀的书，引起了日本社会关于南京大屠杀的争论。当时日本右翼不承

高币真公（右一）展示他拍摄的侵华日军南京大屠杀遇难同胞纪念馆建设时期照片

认南京大屠杀，还出版了大量否定南京大屠杀的书。与之相对，洞富雄先生和日本的进步学者、记者持反对意见。南京大屠杀成为争论的一大主题，当时也出了很多书，上了电视，拍了纪录片。二十世纪五六十年代日本社会的历史认知比现在要好些，有关南京大屠杀的历史教科书，直接指出是日本进行侵略战争，在南京对中国人进行屠杀，用词上直接就用的"侵略"和"屠杀"，但现在的教科书已经不这样了。

纪念馆开馆仪式是在 8 月 15 日。回来之后，平坂先生就接受了《每日新闻》的采访，（9 月 10 日）日本《每日新闻》报道了平坂先生来中国参加纪念馆开馆仪式的事情，日本可能只有这家媒体进行了报道，电视上没有，《每日新闻》以外的其他的报纸也没报道。从这层意义上来讲，我们访华团有一个重要的出发点，就是再次反省日本侵略战争的历史。之后"日中劳交会"每年都会由市川团长带队以工会访华团和地方访华团等各种各样的形式去南京。我们"日中劳交会"在组织上对访华团进行支援，虽然当时在访华团的团员里面我是最小的，43 岁，但我觉得能参加 1985 年的第一次访华团真是太好了，这成为我了解南京大屠杀、731 部队等各种日本侵略战争历史的重要契机。

把弥补日中历史裂痕视为使命

我的工作是管理"日中劳交会"的网站,现在信息都会放在网站上,年轻人有时候还会问我们一些关于南京的纪念馆、"慰安妇"的相关问题。不过网站的浏览量还是很少,虽然浏览量很多的话可能会被右翼盯上,我们还是想增加网站的浏览量。我在网站上设置了统计浏览人数的工具,会定时检查点击量。一个月的浏览量基本只有100—200人,多的时候也只有两三百人,平均一天大概10—20人。要是有什么特别的话题,浏览量说不定会增加。2013年就建好了主页,要怎么才能让更多的人看到,还有如何创造日中劳动者相互理解、追求和平的条件,是我们一个很大的课题。

1970年代,我们周围的环境发生了巨大的变化。从我的经历来说,小时候父母、老师、媒体都是反省侵华战争的,但是到了1970年代,日本经济发展,人们渐渐富有之后,就想要忘记这段历史,忘记侵略过中国、侵略过亚洲,忘记给大家带来的巨大伤害。1970年代以后出生的孩子和现在的孩子接受的都是伪造历史、篡改历史的教育。另一方面,日中劳动者的交流和观光旅行很多,如今会有很多中国人来到日本,在日本的街上每天都能碰到中国人。对日本人来说,中国是很有魅力的观光地,喜欢的人会经常去。

不仅是小孩,对大人来说,也是能感受到它的文化魅力。在这层意义上,现在逐渐形成了一个双方能够相互了解、具有共同文化的环境,思考中日间历史的机会也会渐渐增加。

此外,战败后留在中国东北的日本遗孤被中国人收养,在中国生活。我女儿工作的遗华日侨支援中心就是基于中日政府间的协议,专门负责支援这些返回日本的遗孤。从这个事实来看,能感受到中国人有多么包容,多么地善良。作为日本人,我很感谢这种人道主义精神。日本人更应该体会到中国对日本是如何地绅士,又是多么地人道。所以,"日中劳交会"也会把这些事实告诉日本的年轻人。通过去中国参观包括纪念馆在内的日军侵略遗址,让大家产生想要弥补日中历史裂痕的心愿,这就是我们的使命。

要控制好日本的"爱国心"

现在,我们"日中劳交会"有一个会员是早稻田大学研究生院的中国留学生,我经常跟他交流,也有很多学习的机会。此外还有很多中国人住在日本,我们相互之间进行日常交流,变得亲密起来,扩大这种亲密关系是很重要的。现在日本劳动力不足,打着职业教育的幌子让实习生进行重体力劳动,不仅从中国还从东南亚各国引进劳动者。在这种背景下，日本正在变成多民族，或者说多国籍的国家，这在日本各地都很明显。我居住的千叶县船桥市60万的人口里1.8万人都是外国人，当中应数中国人最多。现在的年轻人身上，有较多的互不信赖的情况，比如中国人讨厌日本，日本人也讨厌中国，这是因为彼此不了解对方的情况。如果自己进行思考，累积一些经验的话，大概就不会出现这种情况。

我思考过，日本为什么会变得那么右倾，这是有背景的。有一个团体在暗中支持，那就是"日本会议"。"日本会议"继承了被供奉在靖国神社的战犯的思想，继承了这种打造"大东亚共荣圈"，进行侵略战争的右翼思想。"日本会议"的成员不仅有安倍首相，还有很多自民党的人和很多在野党的人，因此"日本会议"的右翼计划和战略渗透得非常厉害。不管是媒体还是右翼的行动，他们都在暗中操控，这种集团在暗中支配着日本，我觉得必须打破这种局面才行。日本在宣扬"爱国心"，但我们的"爱国心"会轻易地被右翼阴谋集团所利用，所以如何控制好我们的"爱国心"很重要。

伊藤彰信

搭建日中劳动者交流的窗口

盛卯弟　访谈
傅茜兰　整理
访谈时间　2019年6月

伊藤彰信

1948年2月生,日本东京人。致力于以劳动者的力量推动中日友好,多次组织访华团访问中国。历任日本全港湾工会书记局书记、日中劳动者交流协会会长、工人运动研究讨论集会实行委员会事务局局长。

我于 1948 年 2 月出生在东京，1970 年从庆应义塾大学商学院毕业，之后在民营企业工作过，也当过地方公务员。1975 年 11 月，我进入全日本港湾工会（以下简称"全港湾"）的书记局，此后一直在全港湾工作。1994 年 9 月晋升副书记，1998 年 9 月晋升书记，2008 年 9 月晋升中央执行委员长，2014 年 9 月退任。我现在是日中劳动者交流协会（以下简称"日中劳交会"）的会长，还在日本工人运动的研究机构，也就是工人运动研究讨论集会实行委员会担任事务局局长。

现在，我和妻子两个人一起生活。我们结婚后没有要孩子，靠养老金生活。

"日中劳交会"早期活动

"日中劳交会"成立于 1974 年 8 月 21 日，当时的会长是市川诚，事务局局长是兼田富太郎，也是当时全港湾的委员长。我先介绍一下全港湾和中国海员工会的历史,也就是介绍一下强掳中国赴日劳工的问题。1942年11月,东条内阁颁布了一项强制移送中国劳工到日本的政策,此后大概有4万名中国人被强制带到了日本。他们被强迫从事矿山挖掘、土木建设、码头装卸、造船等工作。吃得很差,住得也很差。有7000名左右劳工因被强迫从事危险的重体力劳动而去世。1952年12月,中国的红十字会展开了一项让留在中国的日本人回国的活动。相对应的,日本的华侨、宗教人士以及劳动工会的人成立了"中国人俘虏殉难者慰灵实行委员会",对在日本死去的中国人进行追悼活动,并把在日本死去的中国人遗骨送回中国。1953年3月,日本先派遣第一艘船去中国,接回滞留的日本侨民,日本红十字会、日中友好协会、和平委员会分别派遣了1名代表随船前往。当时全港湾委员长兼田富太郎也作为代表去了,进行归国手续等各种交涉。后来,日方归还的中国人遗骨被存放在天津市的在日殉难烈士·劳工纪念馆[1]。

  我第一次访问中国是1976年6月。那时候"日中劳交会"已经成立了。去之前我和"日中劳交会"事务局局长兼田富太郎说我要去中国了,他说那你去好好看看中国的革命精神和中国社会主义建设的现状。回日本后,我成为了"日中劳交会"的会员。

---

[1] 即天津市烈士陵园,是集中存放我国在日殉难烈士和劳工骨灰的纪念场馆。

我当时在"日中劳交会"里主要是做一些行政类工作，比如把兼田富太郎那边厚厚的总评议会大会文件寄到中国去，或者看一下会计工作。我觉得"日中劳交会"的运营有点问题就退会了，后来平坂春雄事务局局长邀请我再次入会，2001年1月我又重新入会。后来我成为了全港湾的委员长，他们就让我来当"日中劳交会"的副会长。2009年1月我就任"日中劳交会"的副会长。

我来介绍一下"日中劳交会"的成立经过。1972年邦交正常化，日中官方之间开始了交流。中国的中华全国总工会和日本的"总评"之间也要展开交流，如果两个组织之间能够签署友好交流的协定那是最好的。由于"总评"中有对中国持批判态度的工会组织，所以没能达成目标，但想促进与中国之间交流的工会联合起来，1974年就创立了"日中劳交会"这个组织。

"日中劳交会"刚成立的时候，有个邀请大家加入的宣传册《入会推荐》。册子里面写了成立的宗旨，认为中国在马克思列宁主义和毛泽东思想的指导下向前发展，日中劳动者之间的交流是必要的。当时正处于中苏对峙的时期，并没有劳动工会立刻赞成这个宗旨。

全港湾从1953年开始就一直跟中国有交流，还跟海员工会一起组织了访问中国的"访中团"。但是，全港湾和海员工会其实是对立的劳动工会，之所以一起与中国进行交流，是因为当时的贸易关系里中日之间是有船只往来的。"日中劳交会"作为中国的总工会和日本的劳动者之间交流的窗口而成立，一边支持中国的社会主义建设，一边开展工作。

出于各种原因，"日中劳交会"的活动渐渐减少，另外会员年纪也都大了。那么"日中劳交会"今后该怎么办呢？这引起了大家的讨论。现在全国大概有会员100人左右，全盛期的时候应该有800人吧。吉冈先生觉得"日中劳交会"就是工会干部之间的交流，我觉得光是干部之间交流，"日中劳交会"难免走向瓦解，应该派遣年轻的团员去中国。我向吉冈先生提出派遣日中友好青年劳动者去南京，我当时是全港湾的书记长，于是我就说我来安排。当时就在全港湾组了一个只有青年的访华团，2005年访问了侵华日军南京大屠杀遇难同胞纪念馆。我们访问南京之后，2006年纪念馆就开始扩建了。

我2014年卸任全港湾的委员长，那一年的12月就去中国访问了。2014年去南京的时候，刚好是中国设立国家公祭日的第一年。我们成立了日中劳动信息论坛，把关心中国劳动问题的人都聚集在一起进行工作，扩大了会员的范围，不仅有工会的积极分子，还有普通市民、学者、律师等。同时也继续保持与中国的交流，关心中国的劳动问题。由此成立的日中劳动信息论坛，以"日中劳交会"的名义与中国继续进行交流。

"日中劳交会"今后要让更多日本年轻人参与进来

我个人觉得在日本的和平运动中，得更加重视与中国的关系才行。我们在和平运动中经常都会说，德国的和平运动是从奥斯维辛开始的，日本的和平运动是从广岛、长崎开始的。也就是说，日本的和平运动中，大家的受害者意识很强，忘记了加害者意识，加害者意识非常淡漠。我年轻的时候参与了反对越南战争的运动。当时在日的中国人对我们说你们嘴巴上说着反对越南战争，那日本政府就不要支持美国侵略越南啊！你们在进行反战运动，那你们是怎么看待日本侵略中国的事情的？在这层意义上，日本的和平运动中还没有好好反省自己的侵略历史。我觉得这是个很大的问题。特别是安倍执政时期，宣扬中国威胁论。我认为在这种情况下，大家更不能忘记加害者意识。

1990年代起，中国人对日本政府发起了很多诉讼。比如说南京大屠杀问题、731部队问题、强掳华工问题，以及无差别轰炸问题等等。当时全港湾也在很拼命地开展和平活动，想要支援中国人的战后补偿诉讼。那时县里的和平运动中心、护宪运动的议长和工作人员就是全港湾的人。我当时认为中国人是有要求赔偿损失的权利的。但问题是，日本政府总找理由说，日本的最高法院都承认了强掳华工的事实，法院判决日方不需要赔偿，说国家无回答责任，反对陪审员出庭，时效已经过了等等。最后说《中日联合声明》中，中国政府放弃对日本要求赔偿，所以你们（中方）没有起诉的权利。但是我们认为个人是拥有起诉的权利的，我们也一直支持个人的诉讼。最高法院都承认了事实关系，但是又表示没必要进行赔偿，以中国人没有要求赔偿的权利为理由终结了官司。不过在诉讼之外，（日本企业）对被害者进行了救济，一部分企业进行了谢罪并且拿出了一部分钱，建了石碑和"慰灵"碑，进行追悼，并邀请被害人的亲属到日本参加活动。

我们考虑过单单从诉讼上来讲，"日中劳交会"的运动想要有所突破已经很难了。我们不仅得谢罪、赔偿、和解，今后还要构筑起友好关系，实现内心的真正和解才行。我觉得这是我们"日中劳交会"的使命。那么该怎么打造从和解到友好的道路呢？必须考虑"日中劳交会"应该在其中发挥的作用，以实现真正的内心和解。为了不让错误重演，要好好宣传事实，进行教育，构筑相互信赖的关系。这些努力对于友好运动来说是很重要的，我们"日中劳交会"想把这种运动持续下去。至于怎么才能持续下去，特别是接下来的一代要怎么去做，这是现在"日中劳交会"最大的课题。

我们"日中劳交会"从战后1950年代开始就开展了中日交流，

到如今，我们感觉有点落后于时代了。吉冈的时代，工会干部交流，做得很好。中国的总工会说下一代就变成普通的交流了，那么普通交流该怎么交流呢？就像我前面讲的，在日本的和平运动中，还有很多人不了解侵略的历史，特别是年轻人。我们得告诉这些人，在和平运动中不仅要有受害者的意识，还要有加害者的意识才行。然后好好了解历史事实，传播给后代，建立日中友好关系。这是我们这一代的课题。

我们在组织上、运营上还有很多烦恼。我卸任全港湾的委员长已经有5年了，每年我都会访问中国或者去东北寻访侵略遗址。现在中国的发展并不仅限于改革开放，还有协调、绿色、共享等等，有"五位一体"的发展。我们该怎么打造日中友好关系，该怎么告诉后代呢？至今为止我们都是通过招募个人会员，扩大会员的范围，今后也想再次开放团体会员。之前是从以团体为中心转移到以个人为中心的运营，所以个人会员逐渐增加。现在我们想让更多年轻人参与进来，于是打算再次开放团体会员。

现在想想，其实"日中劳交会"是一个政治性很强的团体。比如对日本政府的一些行为写抗议文，进行各种活动。我针对名古屋的河村市长说南京大屠杀不存在一事写了抗议文。我在网站主页上说我去了南京，就会被右翼盯上。如果在主页上招募去南京的会员，就会被攻击说违反了旅游业法之类的。这很麻烦，所以我们招募会员采取线下小范围发放资料的方式。

我们号召年轻的活动家去中国的话,他们会说还不如去韩国。比起研究中国国家建设的现状,他们更想学习韩国的烛光运动。这样的年轻活动家特别多,很少有响应号召一起来中国的。但是(日本)跟中国的关系在国际社会中是非常重要的,我们要培养看世界的眼光。中国100年都在很努力地前进,在看待与中国的关系的时候,不能光靠昨天和今天发生的事情来判断。

2005年5月的时候,我自己带着全港湾的青年团,总共15人来参观侵华日军南京大屠杀遇难同胞纪念馆,这也是我第一次访问这里。我和青年团员们坐卧铺从北京来到南京,到南京大概是早上6点钟的时候,稍微休息一下就去了纪念馆。参观完纪念馆后,从北京到南京一整夜喝着酒很闹腾的年轻人,中午去吃饭的时候都没说话。将现实展现给年轻人看之后,他们受到了很大的震撼。下午我们去参观了南京的港口,跟南京海员工会的人吃了饭。团员们一开始挺担心的,担心会被骂,会被质问你们日本人都干了些什么。直到晚上欢迎会的时候,大家还在担心这个问题,所以没人说话。但是喝着酒就渐渐产生交流了,也开始说很多港口之类的其他话题,形成了友好的氛围。

吉冈先生属于挖井人,一直在进行恢复邦交的运动,那我们这一辈今后该如何继续日中友好、历史认知和和平运动?我觉得应该再次回到原点。1972年《中日联合声明》发表的时候，周恩来总理说过，中日两国是一衣带水的邻国，大家得好好相处才行。双方有2000年以上的友好历史，但从1894年开始也有半个多世纪的不友好历史。我们通常思考中日战争的时候是认为1931年以后日本侵略中国，中日战争有14年。但是周恩来总理的说法是从中日甲午战争开始算起，我觉得我们有必要再次思考一下这半个多世纪。

不管是联合声明还是和平友好条约，里面都提倡和平共处五项原则和反霸权原则。中日劳动者在思考今后的友好关系时，应思考我们一直在做的活动，比如反省侵略战争、支援战争受害者以及残留孤儿的问题，或者说思考学习中国的革命精神、社会主义建设等问题。

不同的时期有不同的方法。我的想法是，现在这样的时代，我们这些奠基人的下一辈人，不能光是进行工会干部交流，还得想办法通过活动家们交流和大众交流来构筑日中友好关系。我们一定要有自己的活动，也就是有自己的主体立场，然后进行交流。

做历史的"守碑人"

我们知道南京大屠杀是事实,否认南京大屠杀是巨大的错误,我们也以各种形式多次去过南京。

我经常会说侵华日军南京大屠杀遇难同胞纪念馆是因为中曾根首相建起来的。如果中曾根不篡改教科书、不参拜靖国神社的话,就不会刺激到中国。20世纪五六十年代日本的历史教科书还提到南京大屠杀事件,说日本进行侵略战争,在南京进行屠杀。中曾根时代,删掉了"侵略"这个词,改成了"进入",把"屠杀"换成了"暴行",抹掉了"屠杀"这个词。另一个就是南京利济巷慰安所旧址陈列馆,日本人会说那也是因为安倍晋三建立起来的,因为安倍说过"慰安妇"问题不存在这样的话。从1980年代开始日本就有否定历史、篡改历史的动向了,这使得历史认知变成了一个非常大的问题。在这种背景下,该如何记住历史成了一个非常大的课题。

我来介绍一下和纪念馆交往的过程。当时访华是跟《劳动信息》的人一起去的,我把《劳动信息》的报道全部查了一下,发现市川先生写了很多报告书。1985年5月份高币先生他们访华回来没多久,就说要在8月派代表去纪念馆参加开馆仪式,给纪念馆送礼物,于是就开始筹集派遣代表的资金。代表团6月1日开始筹集资金，然后写信给南京市总工会："值纪念馆开馆之际，我们为了表明日本人民的谢罪和日中不再战的决心，希望派代表参加8月15日的纪念馆开馆仪式。"根据市川先生报告里的记载，7月27日收到了南京市总工会的回信，信中对我们的这种态度表示感激，并表示会接待代表团，应该让南京市民都知道我们的心意。

8月15日是开馆仪式，配合着这个时间，市川诚、平坂春雄和山田顺三3人来到了南京。他们跟南京市总工会和南京市政府沟通，拿到了可以出席开馆仪式的许可。他们送了纪念钟，钟的侧边写了宣誓的文章，据说是市川先生在南京写的。可能事先就想好要写什么内容了，文章刻在了钟的侧边。因为有20千克左右，很重，是放在飞机上带来的。而且钟不是直接给纪念馆的，是通过南京市政府转交给纪念馆的。

根据《劳动信息》的记录，1986年6月10日，市川先生和另一位团员青野久雄，带着铜匾到南京，铜匾长约91厘米、宽约60厘米，同时还赠送了南京大屠杀相关的日本出版物150册。市川先生先去了市政府，时任纪念馆馆长杨正元、副馆长段月萍也一起出席了活动。

2004年是"日中劳交会"成立30年，我们想在南京建一个市川会长的誓言之碑。这件事情在2005年1月通过，之后就开

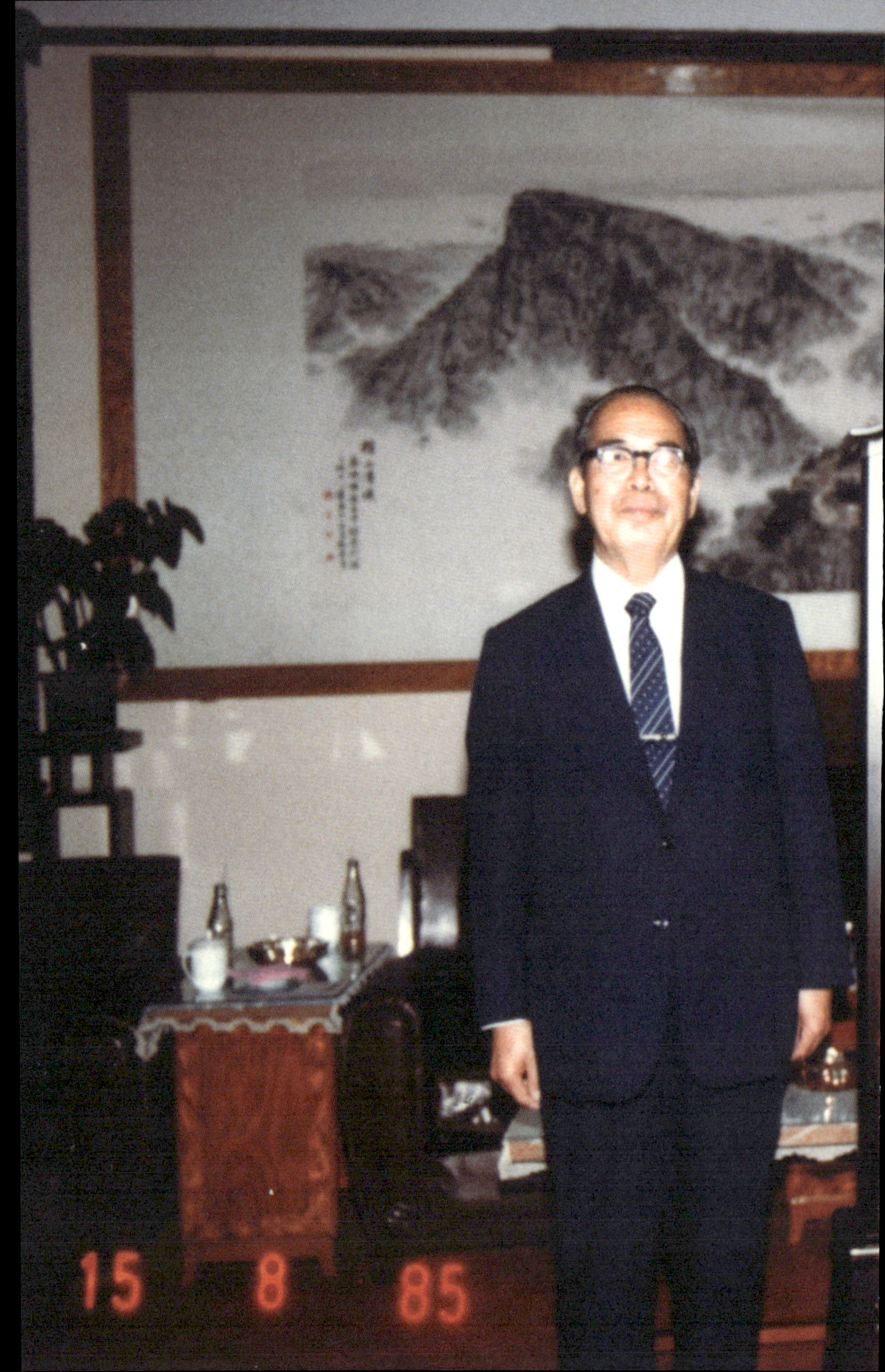
15 8 85

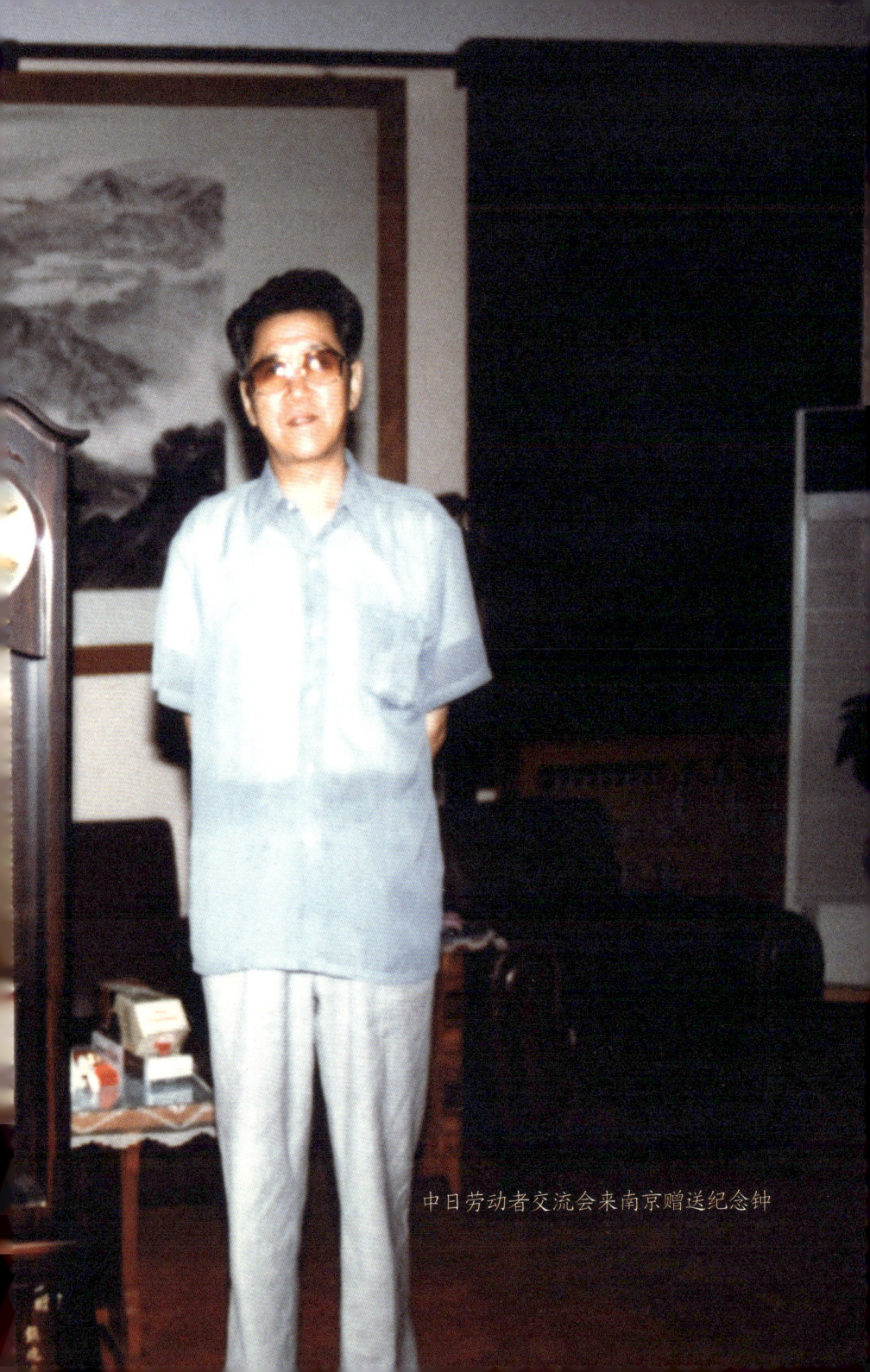

中日劳动者交流会来南京赠送纪念钟

始建立"宣誓日中永不再战之碑"的活动。吉冈先生提案说要把市川先生写的宣誓文刻在石碑上,留在南京的纪念馆。次月,吉冈就去世了。为了继承他的遗志,平坂事务局局长努力地推进建立誓言之碑的事情,于是就开始募捐,推进这件事情。讨论选择什么样的碑,该用什么样的石头?计划是把碑文刻在碑上,然后从日本直接运到南京。2007年5月得到了纪念馆的答复,说可以建碑。2007年12月13日扩建好的纪念馆再次开放,同意将碑放在纪念馆和平公园的一角。我们和纪念馆进行了各种联系,最终确定建碑已经是2009年6月了。前田裕唔和前川武志两人来了纪念馆,在一些具体问题上达成了一致,包括碑上不仅要有日语,还要用中英两种语言,在黑色花岗岩上刻上铜板浮雕,碑放在《和平》雕像附近,还包括所有的费用等。纪念馆帮我们做了铜板浮雕,我作为团长参加了2009年12月13日举行的揭幕仪式,《扬子晚报》和《南京日报》都作了报道。这个碑做得很着急,当时基座之类的都没做好,只刻了字,后来纪念馆又做了基座,帮我们进行了完善。

我们终于实现了市川会长和吉冈会长的心愿,在纪念馆建了碑。那么今后"日中劳交会"该怎么开展工作呢?我们决定守护着这个碑,将日中友好关系持续下去。在日中不再战的誓约下,继续开展和平活动。碑文是这样写的:"我们深刻反省没能通过劳动人民的斗争阻止 1931 年和 1937 年日本军国主义发动的侵华战争。""对南京大屠杀遇难者表示诚挚的谢罪和哀悼，并为他们祈祷冥福。我们再次宣誓：坚定日中不再战和反对霸权的决心，子子孙孙、世世代代加强和发展两国工人阶级的世代友好，为建立亚洲和世界的和平而团结奋斗！"要实现这个誓约是很艰难的，特别是要求子子孙孙、世世代代做到，这是非常重大的责任。这座碑是纪念馆用铜板制作的，能够抵抗六七百年的风雪，我觉得要让友好永久持续下去。1985 年来纪念馆的，都是了解战争的那一辈人，而现在的这一辈年轻人都不了解战争，既不知道日本跟美国之间发生过战争，也不知道日本跟中国之间发生过战争。我们该怎么样告诉他们正确的历史，该怎么去创造和平友好呢？这就是我们今后的课题。这个碑建好后，我就守着这个碑，我就是"守碑人"。

支援年轻人来南京参加国家公祭活动

1990年代开始，每年12月13日江苏省和南京市都会主办追悼仪式，2014年开始变成了国家级的南京大屠杀死难者国家公祭仪式，"日中劳交会"也连续派人来参加。

我卸任全港湾的委员长后，就有更多时间参加"日中劳交会"的活动了。2014年12月，我想来南京，来之前我并不知道从那年开始举办国家公祭仪式，来之后才听说这件事情。能够参加第一次国家公祭仪式，对我而言是一次很好的机会。我不知道以前的公祭仪式是什么样的，只在书里和别人的报告里看到或听到过。我在现场看到仪式有很多环节：国家主席讲话，和幸存者老奶奶等人一起把国家公祭鼎的幕布揭开，敲响和平大钟。我感受到了中国想要把南京大屠杀刻在历史上，告知后世。从那以后，"日中劳交会"确立了方针，即使人再少，每年的12月13日都会来参加公祭。我会事前给参加的团员分发中国国家主席在南京的发言资料，让他们了解中国是怎么看待南京大屠杀的，有正确的历史认知对我们的活动来说变得非常重要。特别是安倍政权之后，大肆宣传南京大屠杀不存在，"慰安妇"不存在。从这层意义上来讲，思考日中友好的时候，参加公祭仪式这件事情就非常有意义。国家公祭仪式开始举办后，我们一直都在参加，感受肃穆的气氛。每次参加公祭，都让我们下决心要好好开展日中友好运动，正确认识历史并告知后人。

现在参加的人里面，数量比较多的是六十几岁的人，我们觉得还必须有年轻人参加才行。因此"日中劳交会"成立了一个让年轻人来中国的日中交流推动基金，对想去中国又没钱去的年轻人进行经费上的援助，如果不这样的话就很少有年轻人参加，现在的年轻人既没钱又没时间。一开始的日程是六七天，现在是五天四夜，北京住一晚，南京住三晚。如果时间更充裕一点，就能参观更多的地方，看看中国的实际情况。

每次参加完中国的国家公祭仪式，回到日本后，我们都会开报告会。12月正值年末，就将年会和报告会一起开。报告会放在主页上，让其他人也能够看到。我们要求参加者都把参加后的感想写在自己所属组织的机关杂志上，然后登在主页上。"日中劳交会"的机关杂志因为财政原因已经停止发行了，现在信息都是发布在网站上的。2015年南京利济巷慰安所旧址展馆开馆后，我们的网站有时会收到年轻人的问题，比如请教"慰安妇"问题、询问展馆是什么样子等等。现在网站还没有受到右翼攻击，但如果浏览量多就可能被右翼盯上，得想对策。我们开展活动的时候，得考虑到各方面问题才行。

誓

私たちは、一九三七年十二月
一三日から約六週間にわたり旧日本軍が
南京人民を虐殺、凌辱した行為に対して
深く反省し、南京大虐殺の犠牲者に
対して心から謝罪すると共に、日本
軍国主義の復活を許さず、

私たちは、日中不再戦、友好親善
を誓い、アメリカや、世々代々にわたる両
国青少年の友好交流を強化し、アジア、
世界平和を確立するため、団結して奮闘
することをここに誓います

公元一九八五年八月十五日
抗日戦争及び反ファシズム戦争勝利四十
周年記念日

日中労働者交流会会長市川誠ら有志の
呼びかけによる南京大虐殺犠牲者の慰霊
事に賛同する有志一同

誓言

我们深刻反省不能抑制劳动人民斗争的在1931年和1937年日本军国主义发动的侵华战争，对南京大屠杀遇难者表示诚挚的谢罪和哀悼，并为其祈祷冥福。

我们再次宣誓，坚定日中不再战反对霸权的决心，加强和发展两国工人阶级的世代友好，为建立亚洲和世界的和平而团结奋斗！

公元一九八五年八月十五日
抗日战争及反法西斯战争胜利四十周年纪念日
日中工人交流协会会长市川诚等人并为南京大屠杀遇难者进行慰灵活动表示赞同有识之士

Oath

We, the Japanese working people express our deep regret for the Japanese militarists' invasion of China, beginning with the incident in 1931 and expanding through the incident in 1937. We extend our sincere apologies and condolences to the victims of the Nanjing Massacre and pray their souls may rest in peace. We take this oath once again: we are determined to oppose any war between Japan and China, and any hegemony; we commit ourselves to strengthen and develop friendship between the Japanese and Chinese working classes from generation to generation; we endeavor to make peace and solidarity in Asia and the world.

AD 1985. 8. 15
On the 40th Anniversary of the victory of the Chinese War of Resistance Against Japan and victory in the Anti-Fascist War
By people who support the campaign of Mr. Ichikawa Makoto, president of Japan-China Labor Research Association, to console the souls of those who were killed in the Nanjing Massacre.

宣誓日中永不再战之碑，位于纪念馆和平广场

"忘记历史的话就不会产生真正的友好"

我计划夏天随"日中劳交会"的访华团去东北，之前我也去了东北，去了"九一八"历史博物馆和侵华日军第七三一部队罪证陈列馆等地方，但是忘了去旅顺。中日甲午战争的时候，日军在旅顺进行了大屠杀，所以我想要去旅顺。我希望通过实地派遣交流团的形式，来打造双方能够相互交流的关系，这种交流是必要的。

我去北京的时候去了无人便利店，面部识别、二维码、银行账户之间转换，全部联网就能实现了。三十几岁的年轻人很高兴，感觉很厉害，没想到中国已经发展到这种程度了。以后还会进入这样的时代，例如丰田跟软银合作，用无人驾驶车去接客户。这种时代到来的话，不仅是一个国家的事情，而是需要超越国别来制作系统。日中两国之间也会制作这种系统吧。不过我已经老了，不会用智能机了。很多年轻人的历史认知不太够，现阶段日中友好还有很多需要做的事情。如果忘记历史的话就不会产生真正的友好，我们需要兼顾各方面，进行友好交流。

"日中劳交会"想做些什么事情呢？之前我们建了碑，我觉得有必要回顾日中劳动者交流的历史，整理过去的资料。我们现在也在拼命收集资料，我能做的事情是努力把它传承给年轻人。

现在日中两国年轻人身上存在着互不信赖的情况。日本方面，有人说现在存在历史修正主义，我更愿意用"历史歪曲主义"这个说法。日本国内进行正确报道的人逐渐被排挤，媒体看政府的脸色进行报道，肆意捏造历史。还有一个教育问题，也就是教科书问题，现在的日本教育没有在教真实的历史。我们这一辈人是战后没多久出生的，还反省过战争。有一些老师在1970年代后期和80年代也发起了和平教育运动，作为教育的一环尽力思考和平。而在安倍上台后，我们得去思考如何跟这样的历史歪曲主义战斗。

此外还有很多问题，比如集体自卫权的问题、安全保障法问题。之前跟中国人聊天的时候说，现在日本正在朝坏的方向修改宪法。他就问我，2015年通过安全保障法之后，是不是就确定了以后会进入战争体制。我也不知如何回答，后来仔细想想为什么会朝坏的方向修改宪法，应该就是历史认知的问题。战争结束后颁布了日本国宪法，并在宪法中规定永远不会再进行战争。战后日本成为了一个和平国家。安倍虽然一直把和平挂在嘴边，但是却想要向民众证明其外祖父（岸信介）那一辈打造"大东亚共荣圈"的行为是正确的，所以才想要修改宪法。

对今后日中友好事业的发展，我还是比较乐观的。中国和日本是邻国，比起板着脸来说，友好相处肯定更好。人们经常会说这样一句话："和则两利，斗则两伤。"正因为是邻国，才要搞好关系。看看现状，会发现日本经济界想要跟中国搞好关系，企业间进行了很多合作。

以后，我还想带着年轻人来访问中国。我可能也干不了10年了，但还是想打造一个大家可以畅所欲言进行讨论的地方，把这个活动持续下去。努力加油，再当一次"挖井人"。

黑田薫

纪念馆的首位国际志愿者

杨小平　访谈
马　培　整理
访谈时间　2019年8月

黑田薰

　　1938年出生于日本京都。1997年第一次来到南京，参观侵华日军南京大屠杀遇难同胞纪念馆之后，决心把在南京看到的南京大屠杀真相告诉更多的日本人。此后加入日本民众组织"南京大屠杀60周年全国联络会大阪委员会"，为揭露历史真相而积极参加各项市民活动，参与组织了南京大屠杀幸存者证言集会。2008年，成为纪念馆的第一位国际志愿者。

"从小就很讨厌战争"

我叫黑田薰,在京都出生,今年(2019年)已经81岁了。11年前,也就是2008年,正好70岁的时候我去南京的侵华日军南京大屠杀遇难同胞纪念馆做了两个月的志愿者[①]。我的主要工作是用日语向来自日本的观众介绍展览的内容,休息的时候我还去了南京各地,和许多人进行了交流,中日两国的报纸和电视台也采访了我。在南京两个月的生活中,我感到与当地人的交流是非常宝贵的经验,让我充分感受到了日中友好的氛围。

我从小就很讨厌战争,大概在小学五六年级的时候,我看了一些讲述战争中日本人悲惨经历的儿童图书。虽然当时并不了解

---

① 1994年,侵华日军南京大屠杀遇难同胞纪念馆成立志愿服务工作队,遵循帮助他人、服务社会,践行志愿者精神,为传播历史及和平做出贡献的原则,至今已招募社会各界志愿者2万余人。2008年,黑田薰成为纪念馆的第一位国际志愿者。至2021年底,已有来自美国、法国、韩国、日本等37个国家和地区的300多位国际志愿者。

南京大虐殺紀念館初の国際ボランティア

黒田　薫さん（70）

中国・南京の「南京大虐殺紀念館」の国際ボランティア第1号として、先月中旬までの2カ月間、日本からの平和団体や労組、学生グループや個人参観者への日本語ガイドを務めた。

1937年7月の盧溝橋事件で中国に全面侵攻した日本軍が、当時の首都・南京を占領したのは同年12月13日。それからの6週間、日本軍が多数の中国兵捕虜や市民を殺害したり、女性を強姦するなどした「南京大虐殺」が起きた。

紀念館は、中国では「30万人以上が犠牲になった」とされる惨禍を伝えようと建てられ、増床工事が昨年完了。6500点もの資料・写真を展示する。日本語の説明もあるが、時間の制約がある来場者には解説ボランティアは貴重な存在だ。

大阪府出身。南京大虐殺60カ年大阪実行委員会の一員として毎年、生存者の証言集会を開いている。

南京を6回訪問、生存者の証言を聞いたり、現地調査を行った。活動を通じ交流のあった同館から誘いがあった時、「実情を多くの人に知ってほしい」との思いから、賛成してくれた夫を残して南京行きを決めた。

南京では新聞やテレビで報道されたこともあり、地元の人から話しかけられることも多かった。日本軍の行為を謝罪すると、決まって「歴史の中の出来事。これからは友好を」との反応が返ってきた。

「その心に応えるためにも南京の歴史事実を忘れまい」との思いを新たにしている。

文と写真・湯谷茂樹

2008年10月，日本《每日新闻》对黑田薰成为侵华日军南京大屠杀遇难同胞纪念馆首位国际志愿者的报道细节，但是通过读书或者其他方式接触到这些内容后，我就开始讨厌战争了。我的大哥在战争期间去过中国，但是他从来不讲当时发生的事情，反而会说日本人做的都是些好事，我对此总觉得不太能接受。之后，我去了京都的私立学校读书，然后去大阪女子大学上学，现在大阪女子大学已经合并为大阪府立大学。我在大学学习的是社会福祉专业，其中也会学到历史。那时候我对战争的思考更加深化了，但是还没有思考到日本人加害的问题。大学毕业后，我在京都市的研究会工作，在教育委员会做一些类似助理的工作。当时有风潮认为现在的教育才是正确的，这与我的观点并不相同，但是在工作场合又没办法理论，只能将疑惑埋在心里。

结婚生子之后我就辞职了，后来一直没有工作，偶尔做一些志愿者活动。孩子们独立后，我开始参与市民活动，接触到了反战思想，自此我开始思考日本人的战争加害问题。有一次，我了解到有关南京大屠杀的证言集会在日本举行，我就报名参加了集会活动，在会场上见到了朱成山馆长[1]。通过这一次活动，我开始了解到日本在南京大屠杀中的加害（行为），此后逐渐开始参

---

[1] 1996年12月，侵华日军南京大屠杀遇难同胞纪念馆馆长朱成山与南京大屠杀幸存者倪翠萍、李高山一起赴日本广岛、熊本、神户、鹿儿岛、枚方等地参加证言集会。

加一些与日本人加害史相关的活动，致力于反对战争。

我觉得为了让日本不再发动战争，我们不仅要提到被害，更要提到加害。我们在枚方①组织了"考察和平城市枚方的市民之会"，在枚方筹备了南京大屠杀史绘画展，但是由于右翼（分子）的骚扰，导致没有办成。后来，我们组织了一个向市民宣传和平的组织——"研究和平城市枚方之会"。这个组织的活动大概持续了10年左右②。现在我已经不直接参与各种活动的筹备工作了，只是有时还会去参加一下。无论是在枚方进行的活动,还是(参加)松冈环女士组织的南京之会③，我的行动契机都是那一次参加的南京大屠杀证言集会。

---

① 位于日本大阪府东北部，与京都府、奈良县接邻。
② 主要活动包括：以加害者的视角来确认枚方市内存留的战争遗迹、组织证言集会等、举办音乐会以及举办电影会。
③ 松冈环，日本退休女教师、南京大屠杀史研究者，创办了日本"铭心会·南京"访华团，著有《南京战·寻找被封闭的记忆：侵华日军原士兵102人的证言》《南京战·被割裂的受害者之魂：南京大屠杀受害者120人的证言》等。

受邀来南京做志愿者

1997年，吹田市①的市议员组织人员去中国了解日本的加害史，我偶然知道了这件事，就报名随这个团体来到中国。这是我第一次来中国，那时候不仅去了南京，还去了中国的好多地方，比如说去了北京郊外的中国人民抗日战争纪念馆，我们还去了卢沟桥，只是那个时候没有了解得太详细，因为刚好遇到纪念馆闭馆。到了南京之后，我们看到了侵华日军南京大屠杀遇难同胞纪念馆内的展览，这才详细了解到日本的各种加害行为。我感觉到日本的加害行径比我想象中要严重得多，不仅是屠杀，还有针对女性的暴行，例如强奸杀人。我觉得日军做了非常残忍的事情，那里有一张女性被日军开膛剖肚的照片，我实在不忍心看，但是又忍不住想看，因为想了解更多历史，这是一种矛盾的感觉。为什么我此后会在日本传播南京所遭受的受害史，以及我决定再次前往南京这座城市，那张照片应该是最大的原因吧。后来他（市议员）不怎么组团去中国了，而松冈环女士在组织南京访问团，我就跟她的团一起去南京。从1997年到2007年，我去了大概有五六次吧。

2008年春天，朱馆长访问了大阪和日本很多城市，当时他邀

---
① 位于日本大阪府中北部。

请我去侵华日军南京大屠杀遇难同胞纪念馆做志愿者。受到邀请后，我觉得这是一个好机会，一定要去南京。2008年7月，我启程前往南京，在南京做了两个月左右的志愿者。当我说要去南京的时候，我的丈夫对我说："你去吧，要加油。"当时，我的儿子们都独立了，家里只有我跟丈夫两个人。我的丈夫也参加了反对强制悬挂日章旗①、唱《君之代》的运动。从这层意义上来讲，我们两个人的意见是相同的，其实我们对很多事情的看法都很像，所以我就安心去了中国两个月。

到南京之后，一开始感觉各个方面都挺难的，日本的所作所为太残忍了，我作为日本人感到非常羞愧，十分歉疚，就像我刚才所说的不仅是当时的日本人，现在的日本人仍然有这样（不承认大屠杀历史）的想法。我觉得这是不可原谅的，必须得做点什么才行。那个时候我基本上不会说中文，志愿工作是为来到纪念馆的日本人做讲解。我觉得做这个工作之前，自己得首先详细了解纪念馆，学习更多的内容才行。于是我就一直在纪念馆里看展览，把消息、报道，还有请教过专家的问题都做成笔记。馆内的说明，有中文、英语和日文三种语言，我不懂中文和英文，主要抄写了日语部分。

---

① 日章旗指日本国国旗。

两个月里，我给来自日本的大学的团体、福冈文化协会、山口县的学者等人做过讲解。其实，他们来馆的时候并没有主动说自己是日本人，也没有问我是不是日本人。那时候，纪念馆入口处有个存放行李的地方，馆内的工作人员看到行李，告诉我他们是日本人。然后，我就过去问他们是不是日本人，向他们介绍我是从日本来的，如果不介意的话我可以带他们参观，大概是这个流程。比较可惜的是，（自报家门的）日本人并不多，所以这两个月我主要是（用来）学习了。在实际活动中，我觉得如何让日本人去了解这件事情是最难的。如果是参加过集会的人，听到过证言和演讲的话，很多人还是能够理解接受的。但在平常生活中，没什么机会跟朋友和周围的人交流日本做过的加害历史，这是我感到最难、最辛苦的一点。

我在纪念馆做志愿者时，会一直戴着工作牌。有人对这里有日本人向导还是比较吃惊的，会觉得有些意外。有一次在纪念馆墓地广场旁的台阶上，我听到擦肩而过的中国人说日本人太残忍了。还有让我印象比较深刻的事情就是，大家都对我非常友好，我住在离纪念馆很近的酒店，也经常去逛商业街，请照相馆帮我洗照片等。我与纪念馆的讲解员们一起工作，她们对我非常亲切，陪我说话，陪我一起吃午饭，真的非常友好，我对此非常感激。那个时候我用简单的中文跟大家交流，稍微难一点的就写在纸上，

2008年8月，黑田薰为第七届中日韩青少年历史体验夏令营的日本营员讲解

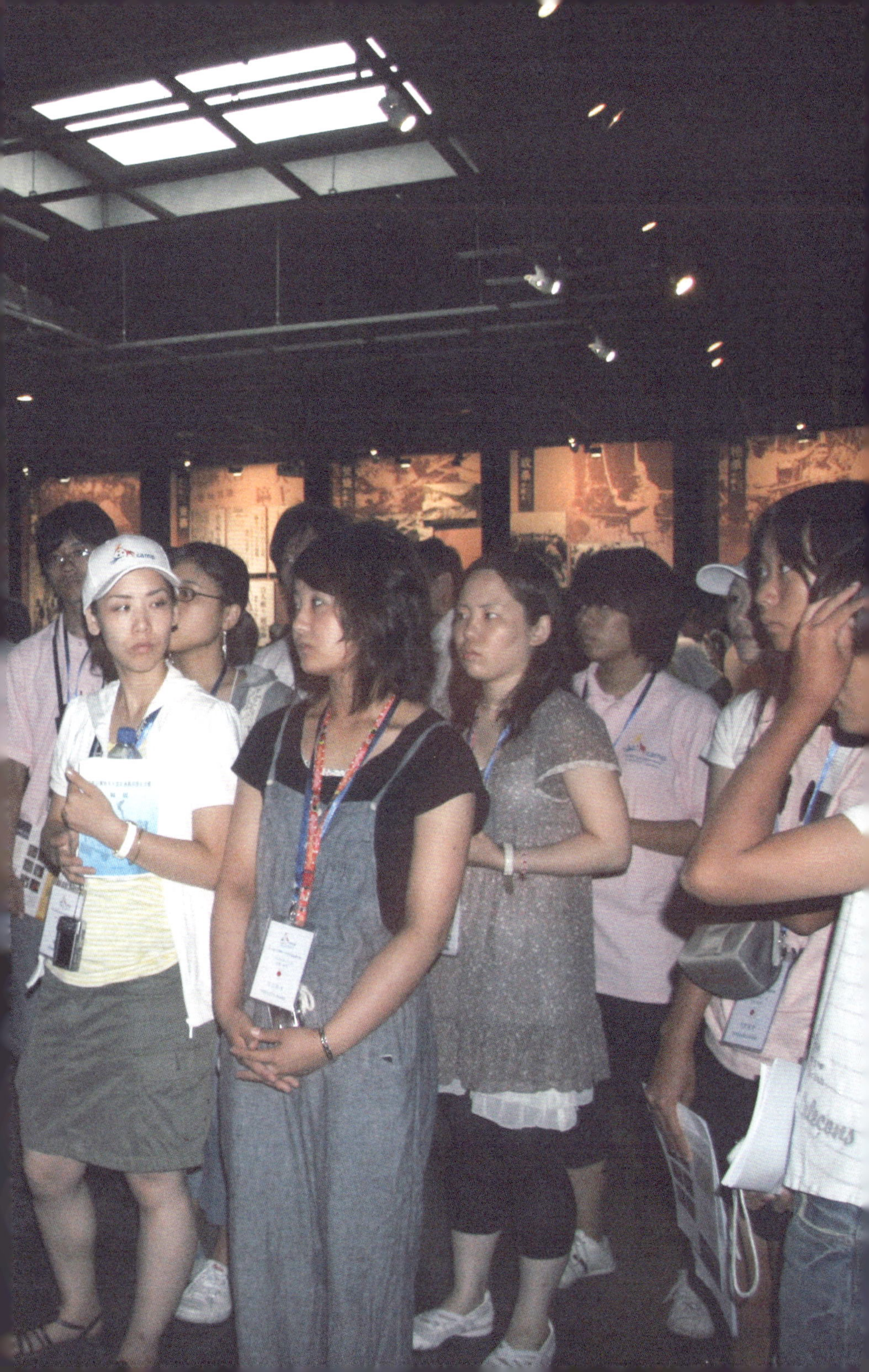

2008年9月，朱成山馆长为黑田薰颁发国际志愿者证书

我写的中文都是有瑕疵的，但是大家大致明白我想表达的意思，然后会把回答写上去。（纪念馆的工作人员）常嫦女士日语很好，我有时候会请她帮忙翻译。

两个月后，我拿到了国际志愿者证书。要结束的时候，我丈夫来南京了，馆里（工作人员）就带着我们去了南京很多地方，向我们介绍了南京。之后，我在夏天又来过中国两次，每次停留五到十天。后来我身体不好，得了帕金森，不怎么动得了，就没去过了。2017年，（纪念馆的工作人员）芦鹏先生来到日本，隔了好多年我又跟他见面了。我现在年纪越来越大了，体力越来越差。

"这是日本人的责任"

我从南京回来之后，在《原野》杂志上发表了文章《传递一颗南京之心》，在日本五六个地方举行了报告会。听的人都觉得日军非常残忍，（对中国）非常抱歉，我觉得这多多少少介绍了这段历史吧。我参加志愿者活动，筹划了一些活动，最大的目的是向日本人讲述应该如何看待南京大屠杀历史。作为日本人，我想要说清楚日本到底做了些什么事情，我觉得这是作为日本人的责任。虽然现在怎么做也无法改变历史，我能做的只有将事实传播下去,与大家携手一同去反对战争。

对于南京大屠杀,相比起悲惨的程度而言,我更想知道为什么日本军队会犯下这样的暴行。根本原因还是在于日本军队的命令系统吧,可能也有人是被迫参与屠杀,但是绝大多数是主动进行屠杀的。为什么他们会主动进行,原因可能在于从军的经历,以及在军队中受到的教育。我觉得最大的原因还是天皇制,天皇发出命令,军队就制订具体的方案,再由天皇认可军队的方案,天皇的责任是十分重大的。所以我觉得昭和天皇就是战犯,但因为美国的干涉,他被免去了战争责任。而美国、英国为了防止日本成为社会主义国家,把日本变成了现在的国家形态,所以我觉得日本和美国、英国都有责任。

现在的日本社会不应该掩盖历史,(比如)爱知县"表现不自由展"问题[①]。我看了大家关于这件事情的言论,有三分之一左右的人认为中止展览是不对的,侵犯了言论自由,但是更多的人认为应该中止,因为这种展览会导致外界对日本人产生误解,人数占了三分之二之多。反对举办展览的政治家,更是声称将税

---

① 日本爱知县举办的名为"表现不自由展之后"(表現の不自由展・その後)的文化艺术展览,呈现了二战期间被迫成为日军性奴隶的"慰安妇"少女形象,因涉及包括"慰安妇"问题、日本殖民地统治、战争与天皇、宪法九条等议题,展览组织者遭到暴力威胁而被迫终止展览。

金花在这种展览上是可笑的。我非常惊讶，没想到日本人，特别是在网上发表言论的人居然大多都是这么考虑的。关于爱知县"表现不自由展"问题的报道中，媒体的报道很有问题。除了《周刊金曜日》和《世界》等极少数杂志之外，媒体的切入点都很奇怪，这是我最近感触很深的事情。

不管是电视台还是报社，媒体都具有很大的力量，如果他们进行这种煽动性的报道，那么就会变得很可怕。以前都是依靠权力直接采取行动，而现在会以媒体为先锋，让大家都去赞成国家的政策。我们得全面反击这样的媒体（报道）才行，特别是针对其中一两个问题进行反对。讲述南京大屠杀历史也是这样，采用什么样的集会方式、宣传方式、标题以及主题的设定等都需要斟酌，如果不考虑这些就无法广泛地表达正确的观点。我想要让更多的人看到、了解到南京大屠杀历史，所以参与举行电影放映会。但是我最近基本上动不了了，工作主要由西端顺子女士、森一女士、枞山幸子女士等人负责，她们非常努力。

对于我个人来说，因为我在南京切身感受到了日中和平友好的氛围，因此对日中两国关系有着非常大的期待。在南京我一直挂着纪念馆志愿者胸牌，大家一看就知道我是日本人。不管是平常去店里买东西，还是其他人跟我打招呼，我觉得彼此之间有着相通之处，没有感到别扭。不管怎么说，我还是希望和平，一定不能发生战争。无论对于1937年的历史，还是当前的现实问题，双方都要意识到对方的存在，并且要加深双方国民之间的交流。

景山贡明
横见韦宪

景山贡明（左）、横见幸宪（右）

端正历史认知才能开展友好活动

杨小平　访谈
刘静静　整理
访谈时间　2019年4月

景山贡明[1]

　　1949年出生，日本冈山县人。曾担任日本公明党冈山支会议员，日本冈山县议会议员，2015年起担任冈山县日中友好协会会长。曾多次率团访问中国，参加了纪念中日合作修复南京城墙20周年活动、"绿色赎罪"植树活动以及南京大屠杀死难者国家公祭仪式。2021年因病去世。

---

[1] 本篇是景山贡明的口述。冈山县日中友好协会事务局长横见幸宪对一些事件的内容和时间做了补充。

参加侵华战争的父亲一直在痛苦中

我出生于 1949 年 11 月，也就是新中国成立的那一年。我的父亲叫景山猛，是冈山市政府的职员。在第二次世界大战的时候，他被（日本政府）征召，作为日军二等兵被派往了中国。父亲一直晋升到准尉①，到战争结束时都是军人。在战争结束的前两年，父亲回到日本，在松户的工兵学校当教官并结了婚，然后才迎来了战争结束的日子。

战争结束后，父亲的日子过得非常艰辛，可以说悲喜交加。我小的时候跟父亲一起睡，晚上他有时候会说"突击""进攻"之类的梦话。我还听他讲了很多战争时候的事情，他说日军在中国真的做了很残忍的事情，觉得非常地抱歉，对战争感到后怕。他做梦都没想到自己能回到日本娶妻生子，建立家庭，当兵的朋友有很多都死了，自己是少数能回来的人，而且还拥有了家庭，

---
① 即特务曹长，1942 年改为准尉。

他说对此真的感到很抱歉。父亲深刻感受到了战争的可怕之处，觉得一定不能发动战争。这是他在痛苦中得出的结论，也是我对日中友好最基本、最根本的想法。

我父亲的青春时代是在中国度过的，但可惜的是带过去的并不是和平，而是战争。某种意义上来讲，我父亲可能也是受害者，他被时代所逼迫，给中国带来了巨大的灾难。我的母亲（受父亲的影响）为了赎罪加入了创价学会，我也是创价学会的会员。我对那段历史觉得非常抱歉，想要去赎罪。19岁的时候，还是学生的我听了池田会长的日中提议[①]，当时我什么也不懂，年轻的池田会长非常认真地进行了演讲，流了很多汗，他所说的话一直在我的心中回响，成了我内心深处最重要的东西。

担任日中友好协会会长

工作后，我当了三届共12年的公明党冈山支会议员，五届共20年的冈山县议会议员，所以总共当了32年的议员。在这之前还有大概9年当过国会议员的秘书。任期结束后，我在日中友好协会担任会长这个重要职务。大概2015年左右吧，我开始访华，

---

① 指1968年创价学会会长池田大作发表的关于日中恢复邦交的提议。

景山贡明在南京城墙上留影

在近两年的时间内访问了十几次。

那个时候让我印象最深的还是南京，当然，除了南京也去过北京等地，还参加了各地反思战争悲剧的活动。对我来说，从事日中友好工作的重要契机就是与侵华日军南京大屠杀遇难同胞纪念馆的各位以及（日中友好协会）事务局局长横见先生的相遇和交流。大家经常会把友好挂在嘴边，但是单纯的友好只是瞬间的东西，友好需要长存才能产生价值。我觉得友好等于和平，没有什么比和平更珍贵、更重要的东西，也没有什么比友好还珍贵、还重要的东西。日中之间一定不能发生战争，我想把这样的想法好好地传递给当代日本年轻人。

那么日中友好协会能做些什么呢？以横见先生为中心的（日中友好协会）积极开展活动，一直持续到今天，今后也会坚持下去。2018年，我们在冈山举行了日中友好交流会，李小林[①]会长也来参加了。现在（我们）在各处设地方组织，做一些将来的计划和准备，特别是今后需要关注与在日本的中国人之间的友好关系。日本修改了《入管法》[②]，（政府）对于（来日）劳动者的增长非常期待。现在日本国内处于少生、高龄化的阶段，在激烈的变

---

① 李小林，中国人民对外友好协会原会长。
② 指日本在2019年4月1日实施的《出入境管理及难民认定法》，简称《入管法》。

景山贡明在日中友好协会 2015 年度大会上致辞

化中将来该如何确保日本的劳动人口呢？我觉得中国人访日是很重要的，我们也在考虑制订各种各样配套计划。从各种意义上来讲，（日本）全国和冈山今后得采取行动才行。

南京是"心之故乡"

我有幸去过中国的多个城市，其中对南京最有感情。我经常说对南京一见钟情，一想到历史和未来的事情，南京就非常吸引我。比如说唐朝的诗人杜牧的诗中就出现了南京："千里莺啼绿映红，水村山郭酒旗风。南朝四百八十寺，多少楼台烟雨中。"南京的风景、风情对我来说就像"心之故乡"一样，非常和平美好。然而历史上日本居然侵占了南京，这是无法饶恕的事情。我的父亲虽然没有随军到南京，但是参加了战争，他有一本从军手账，记录了所属的军队是以什么线路进入中国，几月几日通过了什么地方，几月几日进行了什么战斗等。

2015年12月，因为要参加国家公祭日活动，我去了南京。第二天该回日本了，早上我就在酒店泡了个澡。我在南京住的酒店很大，浴室也很大，也有防滑垫，但是我觉得太麻烦了就没垫，结果跳进大理石浴缸时一只脚崴了一下，摔了个四脚朝天，左大腿根后侧撞到了大理石浴缸的一个角。我动了一下发现腿嘎吱嘎

2015年5月16日，景山贡明与横见幸宪在纪念馆合影

吱响，我当时想应该伤得很严重，站都站不起来，很痛苦地从浴室移动到了房间。但是按照日程，我得按时赶上飞机才行，为了不让大家担心，我就忍着痛拿着行李下楼了。接下来我坐高铁去（上海）虹桥，然后回了日本。其实那个时候已经骨折了，但是自己不知道，晚上疼得睡不着，做梦的时候就梦到在南京的纪念馆里看到的东西，像走马灯一样出现在梦里。我在梦里就道歉，请求原谅，我说我现在这样多多少少也感受到了痛苦，当然跟大家的痛苦比起来是不足为道的。回到冈山后我马上做了手术，打了两根钢板，现在还在里面。好在我康复得比较快，大概两周，我就出院了。第二年3月份的时候，我又来了中国。

事务局局长横见先生有一些朋友在南京，我与他同行，了解了南京的很多事情。我也跟江苏省人民对外友好协会往来，维持着良好的关系，我感谢这样的友好往来并且希望将来能够更加密切。在这层意义上，南京是一个重要的地方。如果日本有些人忽略南京、无视南京的话，这是很危险的，最重要的是要端正历史认知，这样不管怎么样日中友好都能持续下去。就像我刚才所说的，对和平的期望和决心与对友好的期望和决心是相同的。

结识前辈白西绅一郎 ①

我和白西先生是在2015年的一次活动中认识的。2015年3月，我们和当时的冈山县华人总会刘会长 ②一起组织了一个访华团，我是团长。当时访问了北京和上海，主要目的是在北京加深与中日友好协会的交流。两个月后，日中友好协会（和中日友好协会）举办了纪念中日合作修复南京城墙20周年活动 ③。作为冈山的代表，我和事务局局长横见先生参加了开幕式，日中协会那边则由白西先生出席。横见局长和白西先生有些交情，因此把我引见给白西先生。我们俩志气相投，从那以后我俩经常见面。2016年3月在南京进行的"绿色赎罪"植树活动 ④，也是因为白西先生的介绍，我们作为冈山的代表得以参加。我们与日中协会"绿色赎罪"的活动立场相同，虽然不知道日中协会今后会怎样，但是我们想要一直参加这个活动。

---

① 白西绅一郎（1940—2017），出生于日本广岛，生前担任日中协会理事，从1967年首次访华开始，访问中国600余次，表示"一生只访问一个国家——中国"，为中日友好交流事业做了大量工作。
② 指日本冈山华侨华人总会会长刘胜德。
③ 2015年5月15日，为纪念世界反法西斯战争胜利70周年，在南京举行中日联合修复南京城墙20周年纪念活动。
④ 日中协会自1986年以来，每年清明前后招募组织日本国内各界人士到南京进行绿化植树活动，以此悼念在侵华战争中，尤其是在南京大屠杀中遇难的中国人民，进行"绿色赎罪"。

2018年10月，横见幸宪（左二）等第三十三次植树访华团成员在南京珍珠泉植树纪念去世的白西绅一郎先生

我从白西先生那里学到了很多国内外，特别是日中友好的理论知识。我看了他的许多著作，也会直接见面听他讲述很多事情，受到了很大影响。我是日中友好协会的会员，白西先生不是，但是他对日中友好的历史研究非常深入，我觉得要立足于历史认知去开展友好活动才行。白西先生可以说是我的老师，我生病的时候他还专程来我家看我，关心并鼓励我，我从他那儿学到了非常多的东西，他的去世真的非常可惜。

日中友好要子子孙孙传承下去

2018年11月，中国人民对外友好协会会长李小林来冈山参加了中日友好交流会①，中国政府的领导人和创价学会的池田名誉会长会谈的时候说过，中日友好真的非常重要，是要子子孙孙传承下去的。

我之前访华的时候，召集了冈山地区大概80人一起去了中国。那时候我把孙子也带去了，他现在已经是初中生了。让我开心的是他说将来还想去中国，去中国上大学，还想学习中文。在

---

① 指2018年11月18日至19日，在日本冈山县召开的第十六届中日友好交流会议，会议以"新时代 新作为——共创中日民间友好交流新局面"为主题，由中国人民对外友好协会、中国日本友好协会、日本中国友好协会主办，冈山县日本中国友好协会承办。

他小时候能带他去中国真是太好了，他现在干劲十足，成绩也很好。我印象很深刻的是带他去北京的（日本驻中国）大使馆，我跟他说你好好学习，考上日本驻中国大使馆。他说我知道了，我会努力学习去中国的。我说道，你去中国吧，我的梦想就是希望你成为中日友好的桥梁。我有几个孙子，觉得其中有一个人能做到就好了。

希望为在日的中国人提供支援

我个人觉得日中友好放在现实面来看，需要关注日日友好[1]。在日本生活的中国人会慢慢增加，我也希望他们能够增加，希望他们能够在日本社会中发挥自己的作用，找到自己的位置和人生的价值。为此我们能做些什么呢？这是我很在意的事情。

我作为冈山县日中友好协会的会长，希望今后能打造一个适合让在日中国人，特别是年轻人生活的地方，打造一个能让他们安心并且精神振奋的地方。具体来说，就是想开一所像外国语学院一样的学校。我生病之后，对"集体康复之家"有了很多想法，我希望我创办的"集体康复之家"不单是个疗养地，希望里面有美术馆、音乐厅，能够进行各种各样的文化娱乐活动。我希望它

---
[1] 指日本人与在日本的中国人之间的友好。

是一个像公民馆一样的地方，成为一个社会教育的场所，让入住的人感受到真正的幸福，让工作的人能够有生活的保证，我们经营者也能获得内心的满足。不光是中国，非洲、欧洲、南美各国有很多人来到日本，我觉得应该在日常生活方面为他们提供咨询服务。我建立了这个"集体康复之家"，有缘的话希望能够认识他们，请他们来这里工作，举办各种各样的活动。

我觉得来日本的年轻人，生活应该很艰难，想多支援他们一些。社会应该善待他们，日本人应该表现得绅士，应该尽量使用彼此能理解的日语。在职场上，他们的处境很艰难吧，毕竟有语言这层障碍存在。带着青云之志来日本的年轻人，受到挫折无奈回国的例子应该也不胜枚举，所以我想做出更多成功的事去支援他们。这种支援不仅面向中国人，也是面对所有来日的外国人。另外，我鼓励日本人能够与来日本的外国人结婚，婚后可以留在日本也可以去伴侣的国家。总之，希望年轻人之间能够建立超越国界的友谊。

最后我再强调一下，真的没什么比和平更珍贵的东西了。友好就是和平，我希望日中友好协会今后能够更好地展开日中友好活动，好好报恩。要不然，我会觉得惭愧。

一戸彰晃

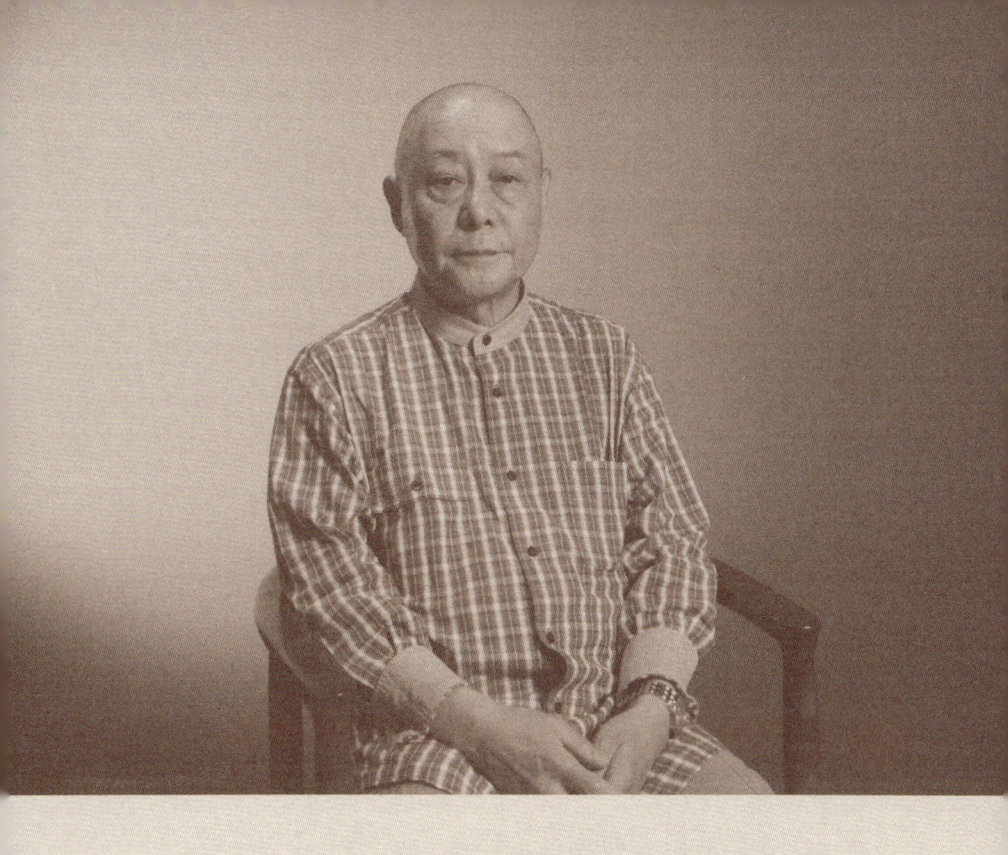

日本佛教与战争责任

曹　阳　访谈
刘嘉雯　段玉婷　整理
访谈时间　2018年6月

一户彰晃

1949年生,毕业于日本驹泽大学研究生院英美文学专业,日本青森县五所川原市金木町曹洞宗云祥寺住持、东亚佛教运动史研究会会员、韩国群山市荣誉市民。著有《曹洞宗的战争》(2010年)、《曹洞宗在朝鲜做了什么》(2012年)等。曾多次参加在南京大屠杀死难者国家公祭日举办的世界和平法会,并向纪念馆捐赠多件与日军"慰安妇"制度相关的物证。

我是一户彰晃，生于1949年11月11日，出生地是在青森县五所川原市金木町。因为我自小就成为寺庙的继承人，需要具有成为僧人的资格，所以在高中毕业之后，就进入了驹泽大学①的佛教学部，这是曹洞宗②的宗立大学，是宗门经营的大学。正常情况下，在那里学习了四年之后，就应该前往总寺院修行，以取得成为僧人的资格。但是，父母答应了我的任性决定，让我能够稍稍学习自己喜欢的东西，于是我又在驹泽大学的英文系念了两年硕士课程，学习英美文学。毕业之后我回到了老家，一边从事高中英语教师的工作，一边帮忙处理寺庙的事务。当时正好是在日本年号变更的时候，昭和天皇裕仁去世后，年号变更为平成。在平成元年③，我继承了父亲的衣钵，成为了寺庙

---

① 驹泽大学：位于日本东京，始建于1592年，最初是日本佛教曹洞宗的僧侣培养机构，现已发展为综合性私立大学。
② 曹洞宗：日本佛教禅宗的一大派别。
③ 平成：日本第125代天皇明仁的年号，自1989年1月8日使用至2019年4月30日。

的住持。寺名叫云祥寺，意思是云上吉祥之寺。我现在依旧担任该寺的住持一职。

反思日本佛教界的战争责任

我出生在1949年，那时距离日本战败只过去了4年。所以，在我孩提时代，日本各处都还残留着战争的痕迹。当我懂事之后，我就理解了这里发生过战争，也理解了这之后的日本发生的改变。比如说，战前是军队掌握着权力，支配着日本。但是，到了战后突然一下子变成了民主主义。那时候我还小，曾经问我的父亲："军国主义真的能够一下子变成民主主义吗？"父亲听了之后稍稍面露难色，说道："可能是因为民主主义使人更加轻松的缘故吧。"人真的只要选择一条轻松的道路就可以了吗？我有着这样单纯的疑问，同时又觉得父亲的话并没有（真正）回答我的问题。现在回想，这个疑问一直在我的脑海里未曾消失。对于人类的生活方式也好，国家的存在形式也好，我总是有意无意地去思考这些问题。

（促使我醒悟的）最大契机是50年前的一个事件，日本有一个非常有名的冤案，就是一个叫石川一雄的人，他并没有杀人，却硬被安上了杀人的罪名，甚至被判处了死刑。他现在已经被保释,并且已经结婚。在十几年前,我曾经有机会听到石川一雄先生的谈话。在当时,我还认为国家是不会犯这样的错误的,法庭也不可能搞错。可是在听到石川先生的话时,我立刻就凭直觉明白这个人不是罪犯。所以,我自然而然地开始思考为什么会发生这样的事情。思考在现在这样的时代,是否也有可能发生像这样明明没有犯罪却被当作犯人的事情。究竟什么是正义,我们必须要做些什么等问题我渐渐有了些醒悟。这与已经去世的父亲所说的因为轻松而选择民主主义的话重叠在一起,我觉得不能再这样下去。我开始思考,对于这样的情况不能回避,应该面对它。所以实在要说契机的话,那就是石川一雄的冤案事件,在日本被称为"狭山事件"[①]。我开始关注我所属的日本曹洞宗一直以来做了些什么,现在正在做些什么等问题。于是,渐渐就了解到了很多事情。这其中有很多不能谈论的东西,也有很多不该做的事情。我不得不深入到这些事物中去,从某种意义上讲,这是迄今为止谁都没有做过的工作。我开始着手研究在战争年代佛教做了些什么,或者说没有做什么,然后现在该如何发挥作用,这成为了我关注佛教与和平、佛教的战争责任等问题的机遇。

---

① 狭山事件:1963年日本埼玉县狭山市发生一起绑架杀人案,社会上就警方起诉的石川一雄是否是杀人真凶展开了争论,并最终演变成一场社会斗争。2018年9月,该案件三审结束,东京高等法院宣判石川一雄无罪。

与南京结缘

南京大屠杀惨案发生 70 周年的时候，我参加了日本都留文科大学教授笠原十九司先生组建的访华团，第一次来到南京。那一次，我通过参加学术研讨会、观看话剧等各式各样的活动，有机会深入地学习了南京大屠杀的历史。当时，我对民间学者小野贤二先生组织的现场调查活动印象深刻。我们在南京各地通过比照历史资料，寻访 70 年前的线索。每当有了新发现的时候，感觉就像那段历史跨越了时空直接与我们进行了对话，这使我学到了现场调查的意义与方法。

我的研究课题是日本佛教界，特别是日本曹洞宗的战争责任问题，以此证实宗教的脆弱性。战争年代中，日本佛教不仅在南京，而且在中国全国范围内开展宗教活动，传播所谓的"皇道佛教"。我的研究对象中也包括韩国，韩国仍然留存着殖民地时期的日本寺庙遗迹，不过在中国已经荡然无存。

不管怎么说，到访南京是我从事研究过程中迈出的第一大步，即使建筑物已经不复存在，当我手持历史资料站立于现场，心境平和地思考之际，当时的场景似乎就浮现在我的眼前。尤其是在侵华日军南京大屠杀遇难同胞纪念馆、南京大屠杀死难者丛葬地纪念碑的面前，我一方面感受到离自己的目标还很遥远，一方面又觉得这里就是起点,必须振奋精神前进。

第二年,我再次访问南京,当时是与"两尊观音思考会"①一同前往的。大东仁先生也参加了这次活动,他和我的研究课题相近,我们两人此前就曾多次交流过。这次访问南京时间不长,我们主要拜访了南京的毗卢寺。我记得当时负责接待工作的南京中北友好国际旅行社的曹阳先生在道别时说道:"我与各位在此作别,不过总感觉与一户先生今后还会有缘相会。"听了这话后我稍感吃惊,第一次相见怎会有这样的预感?

然而这个预感还真准了。为了编写日本佛教侵华资料(即此后出版的《曹洞宗的战争》),此后我每年都前往中国调查,每次都是曹阳先生负责接待。我们的足迹遍及南京、上海、武汉、青岛、济南、太原、天津、大连、沈阳、哈尔滨等地,访问中国成为了我每年例行的工作,同时也逐渐加深了对中国的理解。

对一个陌生城市、一个陌生国家的了解,需要通过居住在这个城市和这个国家的居民来指引。如果是一个不好相处的人,那么对所在的城市也不会有好的印象,反之有朋友的话,对朋友所

---

① 1941年汪伪政府与侵华日军狼狈为奸,为粉饰太平互相交换了一座观音像,分别为名古屋市瑞云寺旧藏十一面观音像和南京市毗卢寺旧藏千手观音像。2005年,日本友好人士为帮助千手观音像回到南京,加强中日两国的历史交流,促进中日友好关系,成立了"两尊观音思考会"这一市民团体。

在的地方自然也会产生好感。曹阳先生正是我理解南京、理解中国的朋友，他让我对中国产生了好感，我真心地感谢与南京的这段缘分。

收集出版日本的战争资料

历史资料，例如实物、档案等等在讲述历史时最有说服力，要比 100 篇论文更加言之凿凿。在战争年代里，日本曹洞宗的出版物留下了记录，还有一些中国寺庙的僧人日记等资料都非常写实地描绘出了当时战争的情形。因此，我一直对于搜集这些资料抱着浓厚的兴趣，现在也很感兴趣。因为有了这些资料，可以让我们重新回到那个年代。

我建了一个资料室，虽然很小，但在里面排了很多书架，整理有各种各样的资料。跟佛教相关的资料数量具体没有数过，但是我想应该至少有 600 份。其他还有中国相关的资料，以及韩国相关的资料，不少于 1000 份。所以我想总计在 1500 至 2000 份左右。

目前我主要是进行韩国方面的资料研究，因此，我还有个别名，被称为"韩国的大东仁"[①]。当然，对于中国方面有意义的资料，我也会进行研究学习。我在去年捐赠了战争的"纪念币"给南京的纪念馆，是面值为1日元的"纪念"硬币。我还提供了据说是战争时期在慰安所中发给士兵们使用的避孕器具——"突击一号"安全套，另外还有青岛的慰安所照片等等。

在日本，有很多人对这些资料的公开会感到不安，因为有很多人希望它们不存在。所以为了得到这些资料，我着实花了不少力气。如果是那些人最终拿到手的话，结果这些资料都会被烧掉，销毁掉吧。我能够获得一些资料也是需要运气的，比如说刚才提到的青岛慰安所的照片，这张照片拍卖信息出现的时候刚好是在正月前后。正月的时候，大家都很忙碌，没空去参加拍卖。我当时正好没那么忙，就参加了那次拍卖。与我竞价的人也很少，算是非常幸运。日本拍卖规模最大的地方在雅虎拍卖[②]，这个网站上的拍卖活动每天都非常活跃。因此，对这类资料感兴趣的人都会参与竞拍，导致拍卖价格上涨。现在它的操作系统已经改了，但当时的账号是可见的，一旦我参加拍卖会，就会有人认为"这

[①] 大东仁是一名研究反战历史的日本真宗大谷派僧侣，坚持十余年搜集日本侵华史相关文物和资料，并捐赠给侵华日军南京大屠杀遇难同胞纪念馆。一户彰晃同为僧侣，收集研究日本侵略韩国方面的战争资料，故被称为"韩国的大东仁"。

[②] 雅虎拍卖：日本最大、最活跃的个人二手用品交易网站，采用竞拍方式交易。

家伙来竞价了,肯定是有价值的东西",于是就会有各种各样的人伸长了脖子凑过来。如此一来,本来 1000 日元就能买到的东西甚至会被竞拍到 10000 日元,我就曾经有过这样的遭遇。现在雅虎拍卖的系统已经改了,新系统里互相不知道有谁参与了投标,所以现在轻松了不少。

在大量搜集这些资料的时候,我萌生出把它们整理总结出来的想法,于是就有了第一部作品。这部作品是以战前位于中国山东省济南市的日本曹洞宗的一座寺庙为主题写成的,书名叫做《曹洞宗的战争》,内容是发生在中国的事,也有一些关于南京大屠杀历史的内容。上海有曹洞宗的分院,昭和十二年(1937),那里的日军部队即将去进攻南京,于是他们组建了一支从军僧人队伍,随同军队一起奔赴南京。在这之中,有一个济南曹洞宗分院的住持中泉先生,他当时写有日记。从军僧人到达南京时,正是南京大屠杀的日子,是日军入侵南京的"入城式"[①]的时候,而恰恰只有这段时间的记录"完美"地缺失了。关于这一天的内容,什么都没有写。我认为没有记录这一情况本身就有相应的含义,在此之前一直都有非常详细的记录,而在那一天只有空白,在这之后又继续记录,我认为这是无形之中证明了大屠杀的存在。第

---

① 1937 年 12 月 13 日南京沦陷,日军为了炫耀战功,于 12 月 17 日在南京举行"入城式"。

一户彰晃的著作《曹洞宗的战争》和《曹洞宗在朝鲜做了什么》

一本书《曹洞宗的战争》就是这样的内容，可能有些晦涩难懂，受到了读者们的不少批评。第二本书做了一些转变，从中国转向了韩国，因为关于韩国我也积累了相当多的资料，对此进行了整理，形成了《曹洞宗在朝鲜做了什么》一书。因为第一本书受到了读者的批评，说太难读，所以这次写得很浅显易懂，结果这本书受到了好评。此前韩国研究者中并没有什么人专门研究日帝时期①的日本佛教，但是最近年轻一辈的研究者逐渐意识到无论是日帝时代的历史，还是现在的历史，不都是韩国的历史吗？所以进行日帝时代宗教情况研究的年轻研究者也大大增加了。这本书能够被他们用来作为很好的参考书，我也感到非常高兴。

致力和平运动

我在日本、韩国参加了一些和平活动，主要是对于日本的所作所为，针对那些尚未得到解决的问题。我说其中的一件，那就是对于安倍首相参拜靖国神社行为的违宪诉讼，我作为原告在东京法院作证。作为一国的首相，必须要遵循政教分离的原则，而安倍晋三以首相之名访问和参拜靖国神社，这是绝不应有的事情。

---

① 指日本占领朝鲜半岛时期。1910 年 8 月至 1945 年 8 月，朝鲜半岛沦为日本的殖民地。

靖国神社自身的性质当然也有问题，神社本身也同样是宗教机构。我作为宗教人士，无论如何都无法赞同这种行为。所以我和众多人士一起投入了违宪诉讼中。但日本法院却不受理，终究还是惧怕权力体制，这就和之前提到的"狭山事件"一直都得不到解决一样。

对于和平活动，曹洞宗内部和右翼分子就会有反对的声音。就算是右翼，也有好几个派别。有纯粹右翼，或者行动派右翼、流氓右翼等等，总的来说都叫右翼。否定自由、平等、友爱，这就是右翼。自由、平等、友爱，是法国大革命提出的口号。在法国大革命中，将自由、平等、友爱作为中心思想，市民们纷纷站了起来，对君主政体进行改革。然而直到现在，仍有人对此无法接受。他们认为君主才是国家的象征、国家的顶点，而臣民们必须要侍奉君主。所以说，这是与法国大革命时期的思想背道而驰的想法，这个就是右翼所信奉的，所以我是无论如何也无法与他们走近的。这些日本右翼分子不会死心，如果我再有什么行动的话，他们恐怕又要来我这儿攻击了。

鶴田恒郎
田下尚夫

田下尚夫（左）、鹤田恒郎（右）

三十年日中友好交往的组织者

谷大任　访谈
许亚文　整理
访谈时间　2018年10月

鹤田恒郎[1]

1940年出生于中国抚顺，1987年组织"友好访中团"，开启了与侵华日军南京大屠杀遇难同胞纪念馆的互动交流。在担任鹿儿岛县日中友好教职员之会会长期间，多次在中日两国组织交流活动，加强了两地青年学生及教师的交往。

---

[1] 鹤田恒郎作为主要口述对象，田下尚夫（鹿儿岛县日中友好教职员之会事务局局长）补充。本篇以鹤田恒郎为第一视角。

"对中国有着比别人多一倍的执念"

我叫鹤田，1940年出生于中国抚顺，1944年跟随家人南航到朝鲜半岛，经由釜山回到了日本下关。从中国的抚顺南航到达大连，那里就是我父亲曾经工作过的地方。父亲在1933年靠着（他的）大哥来到了中国东北，当时日本经济非常不好，什么工作机会都没有。父亲在东北的铁路学校毕业，被所谓"满铁"录用了，此后父亲在中国待了11年。父亲和我谈起中国的事情时，我们两人总会意见不合。虽然日军（在中国）做了各种残忍的事情，但父亲不那么认为，总会像口头禅一般，唠叨着中国人会在晚上骑马袭击日本的村落，村落里会有匪贼出现之类的事情。我是学校的老师，就想自己去中国调查一下历史，于是制订了历史学习的旅行计划，找到了旅行社，1987年第一次组成了"友好访中团"。这就是访华的开端。

当时访华团有108人参加，航班包机都坐不下，于是有一部

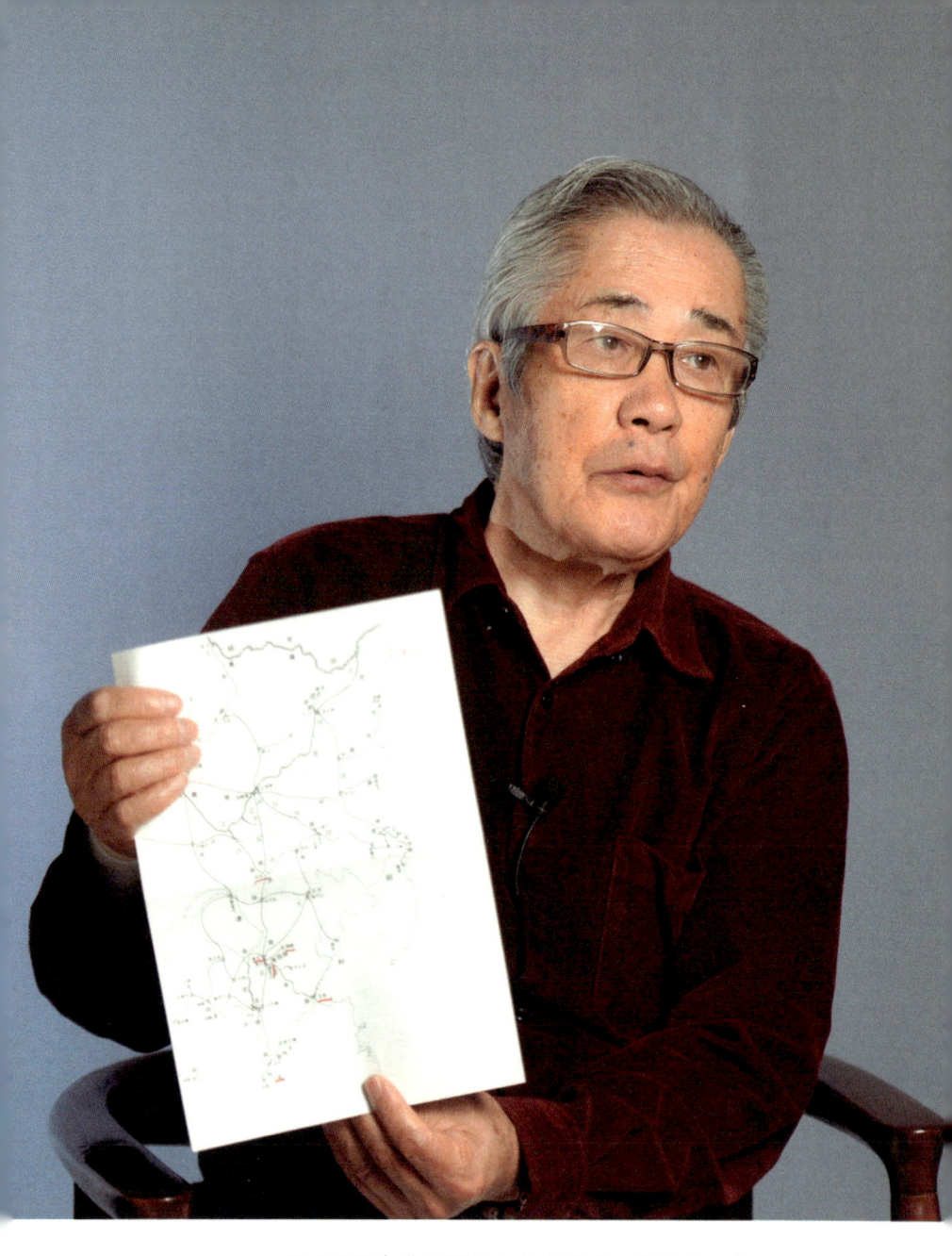

鹤田恒郎拿着地图指出当年父亲工作过的地方

分人是坐停经福冈的班机过来的，现在想起来这仿佛还是昨天的事情。当时我们从福冈先去北京，到北京机场的时候，不知道为什么我在机内先鼓起掌来，大家看着我都笑了。我还记得这件事，都是很久之前的事情了，参加者对我说："这是非常有意义的一次旅程，谢谢你让我体验了美好的夏天，希望今后能再次参团。"在这次学习之旅中，我们跟中国教育部门的人进行了交流。1972年，中日邦交正常化之际，中国放弃了对日本提出赔偿要求，但是之后，中日之间因为靖国神社和教科书问题关系变得比较紧张。中国人是这样跟我讲的，他们说："我们没有拘泥于侵略战争等过去的事实，但是也不会忘记。"这句话一直都留在我的脑海里。在教育方面，中国以"四个现代化"为目标推行了教育制度。我了解到这些情况后，对比日本孩子的教育状况，心情很复杂。第一次访华的时候我们去了南京的侵华日军南京大屠杀遇难同胞纪念馆。当时，旅行社的翻译谷大任先生和纪念馆段月萍副馆长接待了我们。我们看了纪念馆展示的照片和纪录电影等等，不光是我，大家都非常震惊。由此我就想更加深入地了解这段历史事实。这就是最根本的开端吧。

去了中国后，我觉得可能不止会来这一次，以后可能还会有什么活动，于是同（1987年）年12月，我们在鹿儿岛县成立了日中友好教职员之会。当时还没有鹿儿岛县日中友好协会，我估计很多地方基本上也没有这样的组织。其实我们本来也是想取名叫鹿儿岛县日中友好协会的，结果还是在里面加入了教职员三个字。这个会的成立，寓意着所有故事的开端。我是在中国出生的，所以在各种意义上对中国有着比别人多一倍的执念。

2005 年，我们邀请了段月萍女士来鹿儿岛，开展了学习历史的集会，当时是谷大任担任翻译。由于担心会受到反对者的干扰，于是我们去找了警察。虽然警察说这事不好办，但最后还是派了警用特种车辆和 50 个便衣警察过来，让我们放了心。

2018 年我们没有访问中国，于是就想用其他的活动代替一下。8 月份的时候召开了名为"中国人眼中的日本和思考友好"的集会。鹿儿岛有很多的中国留学生、护士等，我们邀请了 5 名在日中国人进行座谈，花了大概一天时间交流了中国人眼中的日本是什么样子的，今后友好该怎么做。这个活动也受到了好评，报社也过来进行了报道。我认为通过这种活动，实现了另一种意义上的友好。

把参观感想写成《和平的誓言》

我们去了中国的各种纪念馆，包括长春、沈阳、抚顺、以及南京的纪念馆，了解历史事实应该是最主要的任务。日军的行为真的非常残暴，做了很多非人道的事情。虽然也听过学过，但当这个事实第一次摆在面前的时候，不光是我，所有参加的人都非常震惊。早上参观后，中午就有位女士吃不下午饭。我们觉得光看光听是不行的，每次都会总结成报告集寄给纪念馆，这其中记录了我们的一部分活动。我们将过去在这些纪念馆的感想整理成了文章，名叫《和平的誓言》（以下简称《誓言》）。这个誓言里面包含了我们的想法，以及作为教师今后的行动和使命等，教师们回到学校后应该都教给学生了。我们并不是每一年都会访华，没去的时候就在鹿儿岛举行各种活动，制作各种小册子，广泛地传播给县民。

《和平的誓言》总结了我们这些参加者访问纪念馆后的真实想法。在正式组团访问中国的相关纪念馆，例如侵华日军南京大屠杀遇难同胞纪念馆、中国人民抗日战争纪念馆、侵华日军第七三一部队罪证陈列馆等会公开诵读，其中一段内容写道："为了明天的和平，必须了解历史事实。1987年我们开始了我们的旅程，我们一直都在回顾历史。中日甲午战争、日俄战争、第一次世界大战、第二次世界大战、太平洋战争，其中日军在侵华战争中做了极其残忍的事情，诸如毒气战、生化战、南京大屠杀、"731"、"三光政策"等难以原谅的暴行。中国这片大地记得这一切。"中国人对我们说过："中国和日本有2000年的友好历史，中日战争只是其中的一个污点。侵略中国的是日本军国主义，日本人民也是受害者。"他们考虑到我们，（把我们和日本军国主义）分开对待。我们因此放下心来，但是我接着反应过来，不能因为放下心来就不重视。我们想要以某种形式在教育中把看到的、知道的事实告诉下一代。

邀请老兵东史郎来鹿儿岛演讲

1987年首次访问南京，之后过了一两年通过教职工会请到了东史郎①先生。我跟东史郎先生很早就认识了，他住在京都的丹后，是一个制造纺织机器的公司社长，写了一本叫《我们的南京步兵联队》的书，我也看了。他体格比较壮实但是比较矮，当时大概70岁左右吧。他说当时的日本部队虽然会行军，但是基本上没有后方支援，后方支援主要就是武器和粮食，所以一看到中国的村落就会袭击，夺取粮食，强奸妇女，最后放火。他说原来这就是战争啊，他自己也在中国杀死了4个人。这是他第一次在鹿儿岛县讲述那段故事。我带他去了很多地方，演讲主要都是在晚上。

---

① 东史郎（1912—2006），原日军第十六师团步兵二十联兵队上等兵，参与了1937年12月开始的南京大屠杀暴行。战后出版《东史郎日记》，向中国人民谢罪。

当时我还在工会①里，负责文化教育方面的工作，好像是工会主办的这个演讲活动。

（东史郎的演讲会上）聚集了挺多人，只是没什么人提问，估计大家都半信半疑吧：虽然东史郎先生是当事人，但日军真的做了这种事情吗？我们在《誓言》中也列举了日军的各种暴行，战争就会把人变得不像人。当时有很多人来听，但听的人的反应我不记得有什么比较特别的。在鹿儿岛市演讲的时候，有200人左右，当时我们的协会也才成立，现在想想这次活动对我们会的发展起到了启发作用。

"南京成了我的第二故乡"

在鹿儿岛有人问我，为什么是南京，为什么要去南京？甚至有不少人说30万这个数量太多了。其实我们在计划行程的时候考虑了很多，可是最后觉得去中国的话还是得去南京才行。第一次的时候我们曾经联系了很多地方，当时我们日本教职工会的妇女部长就给我们介绍了这里。那位妇女部长跟段月萍女士有所交流，应该是熟人吧。只来一回肯定是了解不完的，而且每次来的

---

① 指鹿儿岛县日中友好教职员之会。

成员都会变化。所以 16 次访华有 11 次都来了这里。（馆内）有许多照片，比如"百人斩"[①]的照片，也有质疑声问真的能用刀杀死 100 人吗？其实我们不应该拘泥于这些东西，日军的暴行是非人道的、愚蠢的，是人类做不出来的事情，重要的是我们得认识到这点。

我们来南京，谷大任先生就会介绍他的朋友给我们，我们还多次拜访江苏省中医院。我记得那里的医生和护士还在学习日语，现在我们还跟医生和护士保持着交流。我们也去了好几次上海的少年宫。不仅是学习历史，通过跟人的深入交流，广泛地了解了南京，了解了中国。我在数年前还有幸被任命为南京市的友好观光大使，在鹿儿岛宣传了南京的魅力。抚顺是我出生的地方，但通过跟谷大任先生等人 30 多年的交流，我觉得南京成了我的第二故乡。

日本青年人来南京的收获

我们每两年就会组织正式的访问团，去中国体验各种事情，制作总结报告集。第 12 次访华团中有 4 名初中和高中生参加，

---

① 百人斩指 1937 年 11 月底至 12 月中旬，两名日本军官向井敏明和野田毅在上海向南京进攻途中以谁先杀满 100 个中国人为胜进行竞赛。

他们在报告集中留下了感想。一名叫吉海的女生写的题目叫《战争无法孕育出任何东西》，里面写道："1937年日军进攻南京，对许多人犯下了暴行，但是这所纪念馆却非常热诚地接待了我们，我很疑惑为什么要接待身为日本人的我们呢？这应该是多亏了25年间一直促进日中友好的协会的老师们。希望不仅协会和纪念馆之间能有这样的关系，国家之间也能变成这样的关系。大家都这样想的话就不会相互仇视了吧，希望能变成相互尊重的良好关系。"这个就是吉海写的内容，说参观了纪念馆后有很多人感到了震惊。还有一名叫北原的男同学是这样写的："我知道在日中战争中发生过南京大屠杀，但是我所学的教科书上只写了1937年末，日军占领南京，在这个过程中大量杀害了包括妇女儿童在内的中国人，我也没有想过要去详细了解。这次去了纪念馆，我强烈觉得我们应该充分了解南京大屠杀，了解自己的国家犯下的罪，我觉得什么都不知道的话对对方的国家来说是非常失礼的，今后我也会经常了解战争和南京大屠杀并且铭记于心，把中国的美好告诉大家，尽自己所能扩大日中友好的范围。"

另外宫内同学写了访问南京的感想，其中写道："我们现在在侵华日军南京大屠杀遇难同胞纪念馆，数十万日军侵略南京，12月13日南京陷落。为了不让尸体被挖出来，要全部处理掉，日军以杀中国人为乐，这是多么残忍的事情啊。在所有的展示物

谷大任（右）在采访鹤田恒郎和田下尚夫

鶴田恒郎、田下尚夫 口述

"子々孫々までの
第15次鹿児島県

2015年,鹤田恒郎(后排左一)、
田下尚夫(后排右二)等访问
侵华日军南京大屠杀遇难同胞
纪念馆

中最让我记忆深刻的是一幅叫《屠·生·佛——南京大屠杀》的油画，它是由旅美画家李自健先生创作的，这个作品让我思考了许多。另一个让我思考良多的是挂在馆内墙壁上的一句话'前事不忘，后事之师'，我认为这句话是不忘记历史，把事实代代相传的意思。我也不会忘记南京大屠杀，并且告诉子子孙孙。"一位姓牧的同学写的题目是《为了成为桥梁》，他写道："我觉得对中国抱有先入为主的成见是一个巨大的错误，我想要成为日本和中国之间的友好的桥梁，两国间的相互理解就是日中关系中所需要的东西。"

至今为止我们组织了16次访华团，组织了包括普通市民和教师在内的鹿儿岛县民共800人到访中国。其中有一位教师对学生真由美写了一封名为《深刻吸取历史教训》的信，信中写道："真由美，我们现在在南京，就是和你们一起学习过的那个南京。我们今天去了侵华日军南京大屠杀遇难同胞纪念馆，我们学习的时候用的词语叫'大虐杀'，而这里写的是'大屠杀'，从字面上就能感受到惨状。真由美，实际上日军杀害了30万中国人，禁锢无罪的女性，随意虐杀没有抵抗能力的婴儿、老人，以及跟你们一般大的拥有光明未来的孩子，还让自己显得是一个英雄一样。真由美，我之前对日章旗不曾抱有嫌恶感。日本兵的所作所为是非笔墨和言辞能够形容尽的，当我看到他们掠夺他国财产，

第16次鹿儿岛县教职员访华团参观南京利济巷慰安所旧址陈列馆

危害人民，作为胜利的证明大吵大闹地插上日章旗的视频时，不自觉地避开了视线。出了纪念馆就是澄澈的夏天。友好的中国人就像什么都没发生一样，对我们微笑，我十分愧疚。对被称为中国残留孤儿的日本人，中国向他们伸出援手，我该怎么理解这另一个事实呢？我向青年导游提出了这个问题。他告诉我，中国人都是这样的，不会忘记过去的事实，但也会面对未来，思考发展中日友好的重要性。看着他爽朗的表情，我对自己这种日本人式的偏见感到羞愧。"像这样有许多人来了纪念馆，学到了很多东西。大概有800人访问了中国，大家都觉得要反战，不能进行战争，日中友好非常重要。

日中友好的希望在年轻人身上

南京大屠杀照片展是在2001年的时候办的，在我们举办过的各种展览中，这是最沉重的一个主题。我们还办过两次731部队罪证的展览，参观者也很多。虽然这种类型的展览很可能受到骚扰，但我们还是下定决心办了。还好我们从名古屋的团体借到了各种照片集、展板，大概有1500人前来参观。馆外也有人骚扰，发了反对的传单，但从结果上来说，我们的展览还是非常成功的，当然，我们也联系了警察协助。展会结束之后大家写了感想文，年轻人中有人说："我为什么都不知道感到很羞愧。""明天我就要去高考了，至今为止我都做了些什么。"但没想到的是，有很多70岁以上的人质疑我们说："都到今天了，干吗还要做这种事情？"总的来说，我觉得办了这个展会是正确的选择。2012年的时候我们带了23名初中和高中生来南京，我把他们那年的参观感想节选带过来了。他们有的具有敏锐的观察力，有的坦然写出了自己的不足，超出了我的想象。我之前觉得当代的高中生不太行，看来我的想法有点陈旧了，带他们来是有意义的。

在历史教育这个问题上中日立场是不一样的，所以我们也犹豫过，最后下定决心想要尝试一下学校间的交流。我委托谷大任先生联系了南京市第一中学，与中国教师们进行了交流。通过这次交流，我方参加者都觉得很有意义，拓展了我们的视野。当时，代表日方进行报告的是一所私立高中的老师，他是很有实践精神的一位老师。他的报告做得很好，就是说法稍微委婉了一点，不过足以表达出我们的意见。闲聊的时候，一位南京的女校长说，满目望过去都是老年人，希望你们带更多年轻人来参加活动。这句话让我印象非常深刻，有点受到打击。所以有机会的话我想再派一次初中和高中生访问团去中国。

说实话，（日本的）教科书里对南京大屠杀史只写了三行左右，最后还加工成了"南京事件"。像在第一中学进行实践报告的那位老师一样，参考教科书之外的其他资料进行教学的老师很少。工会下了很大功夫提供了各种各样的参考资料给老师，但是日本的教育总体上有右倾化的倾向，已经变得跟公司一样，按能力来发工资，鹿儿岛县也是这样。如此一来，老师们也就逐渐退缩，对于知识点只能泛泛地解释。照理来说我们是应该解决这件事情的，但事实上我们的能力也有限。相对来说，各种照片展还是有用的，就像刚才我说过的，有一位女学生说"我明天就要参加高考了，至今为止我都在干吗"。每当听到这种声音我们就更加觉得需要更多地做一些学校没教的事情才行。

从中国回来之后就是暑假结束的新学期了。也有教师尝试在课上运用一些新的资料，但是因为参加者比较少，事实上并没有大范围扩展开来。刚刚我也介绍过我们把在这里学到的东西整理成了报告集送给学校也是一个方法，但是资金方面有点问题，非常困难。我自己是这样想的：当时是日本战后70年，是所谓再出发的一年。鹿儿岛有鹿儿岛县日中友好协会、鹿儿岛市日中友好协会、萨摩川内市日中友好协会等团体，我觉得如果这些人不单独活动，而是能够聚一次，相互交流，思考怎么能让离中国最近的鹿儿岛开展日中交流就好了。我现在还是觉得肩负着未来的是年轻人，是初中生、高中生、大学生，如果能够让他们来这里就好了，学习果然才是最重要的事情。

自己掏 200 万日元资助学生去中国

2012 年，我们完成了一个心愿，组成了初中和高中生友好访华团。离鹿儿岛最近的就是中国，我们在思考如何让肩负着未来的下一代去中国进行交流、加深日中友好关系。年轻人肩负着未来，肩负着这个使命，所以我们无论如何都想要实现这一目标。在几番思考之后，我们决定去上海、北京、南京以及苏州，八天七夜每人费用 15 万日元。不过，一说要让父母拿 15 万元让孩子去中国，就很少有家长愿意出这个钱了。家长会说："去中国啊？拿 15 万让你们带过去的话还不如去其他地方，国内游也好。"幸好我的父母还给我留了一点财产，于是我告诉家长，让他们各出 5 万日元就行了，剩下的 10 万日元由我们协会想办法。我从大家那里筹集了一部分钱，自己大概出了 200 万日元。这件事情我的家人还不知道，我是从继承的遗产中拿出了 200 万日元。这个消息登在报纸上后，远一点的还有从岐阜和福冈过来的团员，凑足了人数，总共大概有 20 个人，初中生和高中生数量差不多，要是有三四十人的话，我就有点吃不消了。出发之前我们开了讨论会，其中有一个要升学的孩子说："我想吃中国菜，所以想参加。"我们觉得这也行，就让他参加了。来之后他们茅塞顿开说："我们之前什么都不知道。"这次访华行程结束后，9 月份我们又聚了一次，来了9个人，大家一边吃午饭一边杂谈，有人问能不能再办一次。如果要再办一次的话，就不能让来过的学生再来了，因为我们想让更多的人参加。但是要想实现，就不能让家长出全额旅费。说个笑话，我都想着要是能中彩票就好了。我们这些上了年纪的人对在这里的所见所闻的理解方式，与年轻人完全不一样，所以有可能的话还是想再让学生来一次。

我灵光一闪突然想到可以捐赠给中国的学校呀。于是跟大家解释说本来准备全额退还给大家，但是我们又有一个想法，想在中国建一所学校，方便的话大家可以捐一部分，这样一来又凑到了大概400万日元。我与父亲商量后，他出了5万日元。哦，对了，父亲的这5万日元其实是给餐馆的，他说要是建学校的话你就把钱还给我，但是我没还给他。在鹿儿岛市内经营乌冬店的一个社长捐了10万，给学校也捐了5万。为了建学校还专门去中国当地考察了，去了两次。当时徐龙[①]先生非常关照我们。我觉得选择捐赠学校是一件好事，校舍也能留存下来，要是能组织学校的孩子去鹿儿岛交流的话就更好了。

南京往北300公里左右有一个地方叫淮安市，其中有一个县叫盱眙县。2004年的时候以我们的协会为中心，筹集了400万日

---

① 徐龙当时任职江苏省外办亚洲处处长。

鹤田恒郎参加学校捐赠仪式

元①资金，捐赠给当地的一所学校。我们去参加了竣工仪式，在一块石头上刻了一段话，记录了我们的心情，碑文写道：

> 致大地的孩子们：鹿儿岛县日中友好教职员会成立以来，为了推进日中友好事业，10次访问了中国，开展了内容丰富的友好交流活动。我们于2004年第10次组团访问中国，作为"友好的象征"决定援建学校，我们鹿儿岛县的100多名教职员和志愿者们积极参与了这项活动。我们衷心希望在这里健康成长，充满欢笑的孩子们能够为日中友好事业的发展作出贡献。

出资开展日中学生文化交流

每次访华团来南京的时候我都会跟谷大任先生见面。他私下问我说能不能赞助少年宫的孩子们去日本。那是南京的一所艺术学校，当时好像还在世界各地巡演过。我看了演出之后也觉得要是能邀请他们来鹿儿岛就好了，为此我们组成了筹备委员会，包

---

① 去除各项开销之后，实际捐赠了302万日元。

括县里的委员会以及各地的委员会，分别是鹿儿岛、指宿、加世田、川内、出水、垂水、国分这七个地方。

我们拜托前国会议员川崎宽治先生担任鹿儿岛县筹备委员会的会长，由我担任事务局局长。最初的预算应该是300万日元，但是随着开会次数的增加，预算最终增加到了700万日元，还要做海报、传单，负担食宿费、交通费、租借巴士等，最后一共用了1000万日元。整理结算的时候发现超支了80万日元，原因是川内和出水这两个地方的观众比较少。之前我还想能赚个一两百万当协会的活动资金，结果超支部分就由我自己承担了。当时，我们三人去福冈机场迎接孩子们。到了现场发现艺术团使用的道具被装在巨大的木箱子里，一开始是想装进大巴车里的，但是装不下，就紧急从鹿儿岛调了卡车过来。一开始演出是在我的故乡国分，在国分、鹿儿岛、指宿、加世田、垂水，观众都坐满了。在鹿儿岛，人多到甚至可以白天晚上演出两次，过道上也站满了人，我们还被提醒说这违反了消防法。一开始看的人觉得可能就是小学文艺汇演的水平，但看了后才知道档次完全不一样，演出受到了广泛好评。在福冈机场送别孩子们的时候，孩子们和我们都流泪了，真的是非常好的演出。

我们还收集鹿儿岛的孩子们的作品送到中国展出，是在2009年的时候，当时正好配合着第12次访华团的时间，我们举办了书画展。收集作品的过程很辛苦，但也收集了很多作品，准备工作很麻烦，特别是运送的时候要考虑怎么运送才不会伤到作品。书画展是在很气派的南京市少年宫举办的，主要有书法和绘画，我也让我的孙子写了字、画了画，由我带了过来。我个人的作品是照片，拍的是敦煌的月牙泉和鸣沙山。后来，在鹿儿岛开中国少儿书画展是2013年的时候，从这边运送作品到鹿儿岛去。我们收集了很多作品，也千方百计地进行了宣传，但参观的人却没那么多。我们给所有参展的孩子们制作了奖状，又寄回了中国。邀请南京的小红花艺术团来日本演出、举行两国少儿书画展、捐款给中国建学校，这些都是我们在文化领域开展的日中交流活动。